前漢演義

蔡東藩 著

從計獻美姬至誘斬陳餘

皇有皇猷，帝有帝德

欲成大業在開端，有勇非難有德難
從密謀詭計到英雄崛起，楚漢之間的王者爭霸
歷史洪流中的贏家與輸家

目錄

第一回	移花接木計獻美姬　用李代桃歡承淫后	005
第二回	誅假父納言迎母　稱皇帝立法愚民	013
第三回	封泰岱下山避雨　過湘江中渡驚風	021
第四回	誤椎擊逃生遇異士　見圖讖遣將造長城	029
第五回	信佞臣盡毀詩書　築阿房大興土木	037
第六回	阬深谷諸儒斃命　得原璧暴主驚心	045
第七回	尋生路徐巿墾荒　從逆謀李斯矯詔	053
第八回	葬始皇驪山成巨塚　戮宗室犴獄構奇冤	061
第九回	充屯長中途施詭計　殺將尉大澤揭叛旗	069
第十回	違諫議陳勝稱王　善招撫武臣獨立	077
第十一回	降真龍光韜泗水　斬大蛇夜走豐鄉	085
第十二回	戕縣令劉邦發跡　殺郡守項梁舉兵	093
第十三回	說燕將廝卒救王　入趙宮叛臣弒主	101
第十四回	失兵機陳王斃命　免子禍嬰母垂言	109

目錄

第十五回	從范增訪立楚王孫　信趙高冤殺李丞相	119
第十六回	駐定陶項梁敗死　屯安陽宋義喪生	129
第十七回	破釜沉舟奮身殺敵　損兵折將畏罪乞降	139
第十八回	智酈生獻謀取要邑　愚胡亥遇弒斃齋宮	147
第十九回	誅逆閹難延秦祚　坑降卒直入函關	157
第二十回	宴鴻門張樊保駕　焚秦宮關陝成墟	165
第二十一回	燒棧道張良定謀　築郊壇韓信拜將	175
第二十二回	用祕計暗度陳倉　受密囑陰弒義帝	185
第二十三回	下河南陳平走謁　過洛陽董老獻謀	193
第二十四回	脫楚厄幸遇戚姬　知漢興拚死陵母	203
第二十五回	木罌渡軍計擒魏豹　背水列陣誘斬陳餘	211

第一回
移花接木計獻美姬　用李代桃歡承淫后

　　皇有皇猷，帝有帝德，史家推論史事，首推三皇五帝。其實三皇五帝的本身，並未嘗自稱為皇，自稱為帝，後人因他首出御宇，創造文明，把一個渾渾沌沌的世界，化成了雍雍肅肅的國家，真是皇猷丕顯，帝德無垠，所以格外推崇，因把皇字帝字的徽號，加將上去。**是意未經人道，一經揭破，恰有至理**。到了夏商周三朝，若大禹，若成湯，若周文武，統是有道明君，他卻恐未及古人，不敢稱皇道帝，但降號為王罷了。及東周已衰，西秦崛起，暴如嬴政，憑藉了祖宗遺業，招攬關隴間數十百萬壯丁，橫行海內，蠶食鯨吞，今日滅這國，明日滅那國，好容易把九州版圖，一古腦兒聚為己有，便自以為震古鑠今，無人可及，遂將三皇的「皇」字，五帝的「帝」字，合成了一個名詞，叫做「皇帝」。

　　咳！這皇帝兩字的頭銜，並不是功德造就，實在是腥血鑄成。試看暴秦歷史，有什麼皇猷？有什麼帝德？無非趁著亂世紛紛的時候，靠了一些武力，僥倖成功，他遂昂然自大，唯我獨尊。還有一種千古紀念的事情，就是中國的君主專制，實是嬴政一人，完全造成。從前黃帝開國以來，頒定國法，原是君主政體，歷代奉為準繩，但究未嘗有「言莫予違，獨斷獨行」的思想。堯置諫鼓，立謗木，舜詢四嶽，諮十有二牧，禹拜昌言，湯

第一回
移花接木計獻美姬　用李代桃歡承淫后

改過不吝,周有詢群臣詢群吏詢萬民的制度,簡策流傳,至今勿替。可見古時的聖帝明王,雖然尊為天子,管轄九州,究竟也要集思廣益,依從輿論,好民所好,惡民所惡,才能長治久安,做一位昇平主子,貽謀永遠,傳及子孫。看官聽說!這便是開明專制,不是絕對專制哩。**聲大而閎。**

　　自從嬴政得國,專務君權,待遇百姓,好似牛馬犬豕一般,凡所有督責抑勒的命令,嚴酷殘暴的刑罰,無一不作,無一不行,也以為生殺予奪,唯我所為,百姓自然帖伏,不敢再逞,從此皇帝的位置,牢固不破,好教那子子孫孫,千代萬代的遺傳下去。那知專欲難成,眾怒難犯,本身幸得速死,不致隕首,才及一傳,宮廷裡面,就鬧得一塌糊塗,戍卒叫,函谷舉,楚人一炬,可憐焦土。於是楚漢逐鹿,劉項爭雄。項羽力能扛鼎,叱吒萬夫,卻是個空前絕後的壯士,無如有勇無謀,以暴易暴,反讓那泗上亭長,出人頭地,用了好幾個策士謀臣,武夫猛將,終將項霸王除去,安安穩穩的得了中原。史官說他豁達大度,確非凡夫,而且入關約法,盡除苛禁,能得百姓歡心,所以掃秦滅項,五年大成。

　　但小子追溯漢家事蹟,多半沿襲秦制,並沒有一番大改革的事業。蕭何原是刀筆吏,叔孫通又是綿蕞生,**綿蕞係表位標準,綿是置設綿索,蕞是植茅地上,為肄習典禮之處,使知尊卑次序**。所見所聞,無非是前秦故事,曉得什麼體國經野的宏規,因此佐漢立法,仍舊是換湯不換藥的手段,厲行專制政體,尊君抑民。漢高祖嘗沾沾自喜,謂吾今日乃知皇帝之貴。照此看來,秦漢二代,規模大略相同,不過嚴刑峻法,算比暴秦差了一層。史官或鋪張揚厲,極端稱許,其實多是浮詞諛頌,未足盡信呢。漢高一歿,呂后專權,險些兒覆滅劉氏,要繼續那亡秦的後塵。**這便是貽謀未善。**幸虧還有一二社稷臣,撥亂反正,才得保全劉家基業。孝文入嗣,卻是個守成令主,允恭玄默,守儉持盈,寬刑律,獎農事,府藏充實,囹

囷空虛，漢家元氣，實是孝文一代，休養成功。景帝遵業，略帶刻薄，用兵七國，未免勞民，但尚是萬不得已的舉動，未可譏他黷武，此外還有乃父遺風，不忘恭儉。周云成康，漢言文景，兩相比例，頗若同揆。傳至孝武，與祖考全不相同，簡直是好大喜功，彷彿秦始皇一流人物。秦皇好征伐，漢武亦好征伐；秦皇好巡遊，漢武亦好巡遊；秦皇好雄猜，漢武亦好雄猜；秦皇好誅夷，漢武亦好誅夷；秦皇好土木，漢武亦好土木；秦皇好神仙，漢武亦好神仙；秦皇好財色，漢武亦好財色。後世嘗以秦皇漢武並稱，還道他力征經營，開拓疆宇，東西南北的外族，聞風遠遁，好算是一代武功，兩朝雄主。誰知秦亡不由胡亥，實自始皇；漢亡不在孝平，實始武帝。**本編並列秦漢，隱寓此意。**文景二主四十餘年積蓄，被漢武一生蕩盡，從此海內虛耗，民生困敝。昭宣二朝，尚能與民更始，勵精圖治，勉強維持過去。傳到元成時代，弘恭石顯，幾類趙高，杜欽谷永，酷似李斯，外戚王氏，遂得乘隙入朝，把持國柄。哀平昏庸，漢祚潛移。不文不武的王莽，佯作謙恭，愚弄士民，朝野稱安漢公功德，多至八千人，雖由王莽善能運動，得此無謂的標榜，但也由漢武以來，人心漸貳，不願歸漢，遂為那逆莽所紿，平白地將漢室江山，篡奪了去。推究禍根，不能不歸咎漢武。若謂秦傳二世，漢傳至十一世，歷年久暫，大判逕庭，這是由漢祖漢宗，有一兩代積德累仁的效果，不比那秦嬴政一味暴橫，無人感念，所以一暫一久，有此區別呢。**評論的確。**話休敘煩，事歸正傳。

且說秦朝第一代皇帝，就是嬴政，遠祖乃是帝舜時代的伯益。益掌山澤，佐禹治水，有功沐封，賜姓嬴氏。好幾傳到了蜚廉，生子惡來，善走有力，助紂為虐，與紂同誅。惡來五世孫非子，住居犬邱，善養馬，得周孝王寵召，令主汧渭間畜牧。馬大蕃息，孝王遂封他為附庸，食邑秦地。四傳至襄公，佐周平戎，護送平王東遷，得岐豐地，受封為伯，嬴秦

第一回
移花接木計獻美姬　用李代桃歡承淫后

始大。又數傳至穆公，並國十二，遂霸西戎；再歷十餘傳，正當六國七亂的時候，孝公奮起，用商鞅為左庶長，變法圖強，戰勝各國，定都咸陽。子惠文君嗣，僭號稱王，嗣是為武王、昭襄王，與山東六國爭衡，攻城略地，日見盛強。周赧王獻地入秦，所有寶器九鼎，統被秦人取歸。昭襄王子孝文王，有子異人，入質趙國，陽翟大賈呂不韋，行經趙都邯鄲，見了異人，私嘆為奇貨可居，乃陽為結納，與訂知交。異人質居異地，舉目無親，免不得憂鬱寡歡，離愁百結，驀然碰著了意外良朋，正是天涯知己，相得益歡，當下往來日密，情好日深，遂把那羈旅苦衷，及平生願望，一一流露出來。不韋遂替他設法，想出一條斡旋的妙計。原來異人出質時，昭襄王尚然在位，孝文王柱，正為太子，有妃華陽夫人，未得生男，異人乃是夏姬所出，兄弟甚多，約有二十餘人。不韋既得異人傳述，便即乘間進言，謂必取悅華陽夫人，作為嫡嗣，將來方得承統云云。異人當然稱善，但恨無人代為先容，偏不韋又願為效勞，且慨出千金，半贈異人，令結賓客，半貯行囊，西行詣秦，替異人作運動費。**這真叫做投機事業。**異人聽到這般幫忙，怎得不感激萬分？便與不韋訂了密約，說是計果得成，他日當與共秦國。不韋便欣然西去，沿途購辦奇物玩好，攜入關中，先向華陽夫人的阿姊處，買通關節，託她入白夫人。大略謂：夫人無子，亟宜擇賢過繼，若待至色衰愛弛，尚且無嗣承立，悔何可及？今異人出質趙國，日夜泣思太子及夫人，乘此機會，立異人為嫡嗣，請令歸國，是異人必感德不忘，夫人亦終身有靠，一舉兩得，莫如此策」云云。這一席話，說得夫人如夢初醒，非常感佩。當夜轉告太子，用著一種含顰帶淚的柔顏，宛轉陳詞，不由太子不從。彼此破符為約，決立異人為嗣子。夫人得自姊言，知由不韋替他畫策，便囑使不韋歸傅異人，並贈他厚賻。**已經賺得利息。**不韋返報異人，異人自然欣慰，從此與異人交誼，又加添了一層。

不韋更懷著鬼胎，隨時訪覓美人兒，湊巧趙都中有一歌妓，生得嫋娜娉婷，楚楚可愛，遂不惜重資，納為簉室，憑著那天生精力，交歡數次，居然種下了一點靈犀。不韋預先窺測，料是男胎，**這是何術？想是不韋蓄有種子祕方**。便去引那異人進來，開筵相待。酒到半酣，才令趙姬盛妝出見，從旁勸酒。異人不瞧猶可，瞧著那花容月貌，禁不住目眩心迷，一時神情失主，儘管偷眼相窺。偏那趙姬也知湊趣，轉動了一雙秋波，與他對映，**想是不韋已經授意，但此姬本來狂蕩，當然愛及少年**。惹得異人心癢難熬，躍躍欲動。可巧不韋似有酒意，就在席間假寐，把手枕頭，略有鼾聲。異人色膽如天，便去牽動翠袖，涎臉乞憐。那美姬若嗔若喜，半就半推，正要引人入勝，不防座上拍的一聲，接連便聞呵叱道：「你，你敢調戲我姬人麼？」異人慌忙回顧，見不韋已立起座前，面有怒容，頓嚇得魂飛天外，只好在不韋前做了矮人，長跪求恕。不韋又冷笑道，「我與君交好有年，不應這般戲侮，就使愛我姬人，也可直言告我，何必鬼鬼祟祟，作此伎倆呢？」異人聽了，**轉驚為喜**，便向不韋叩頭道：「果蒙見惠，感恩不淺，此後如得富貴，誓必圖報。」不韋複道：「交友貴有始終，我便將此姬贈君，但有條約二件，須要依我。」異人道：「除死以外，無不可從。」不韋即說出兩大條件：「一是須納此姬為正室，二是此姬生子，應立為嫡嗣。」異人滿口應承，方由不韋將他扶起，索性囑使趙姬，坐在異人座側，緩歌侑觴，直飲到夜色倉黃，才喚入一乘輕輿，使趙姬陪伴異人上車，同返客館。這時趙姬的身孕，已經閱兩月了。美眷如花，流光似水，異人與趙姬日夕綢繆，約莫過了八個月，本來是腹中兒胎，應該分娩，偏偏這個異種，安然藏著，不見震動，又遲延了兩月，方才坐蓐臨盆，生下一個男兒。說也奇怪，巧遇是日為正月元旦，因取名為政，寄姓趙氏。**非呂非嬴，不如姓趙**。異人總道是十月生男，定由己出，那知是呂氏種下的

第一回
移花接木計獻美姬　用李代桃歡承淫后

暗胎，已有以呂代嬴的默兆了。**特筆表明**。

　　越三年秦趙失和，邯鄲被圍，趙欲殺害異人，虧得呂不韋陰賂守吏，把他縱去，逃赴秦軍，妻子由不韋引匿。待至魏兵救趙，秦軍西還，異人原得歸國，不韋也將異人妻子，送入咸陽，俾他完聚。華陽夫人見了異人，異人當即下拜，涕泣陳情，敘那數年離別的思慕，引起夫人的感情。他又因夫人本是楚女，特地改著楚服，取悅親心。果然夫人悲感交併，也揮淚與語道：「我本楚人，汝能曲體我心，便當養汝為子，汝可改名為楚罷。」異人唯唯從命，自是晨昏定省，格外殷勤。**想又是不韋所教**。就是趙姬母子，得入秦宮，見了華陽夫人，也是致敬盡禮，不敢少疏，因此華陽夫人，喜得佳兒佳婦，便與孝文王再申前約，決不負盟。既而昭襄王病歿，孝文王嗣位，即立楚為太子。喪葬才畢，升殿視事，才閱三日，便即逝世。太子楚安然繼統，得為秦王，報德踐約的期限，居然如願以償。當下尊嫡母華陽夫人為華陽太后，生母夏姬為夏太后，立趙姬為王后，子政為嗣子，進呂不韋為相國，封文信侯，食河南洛陽十萬戶，一番大交易，至此成功。

　　會東周君聯合諸侯，謀欲伐秦，為秦王楚所聞，遂遣相國呂不韋督兵往攻。東周君地狹兵單，那裡敵得過秦軍，諸侯復觀望不前，眼見是周家一脈，不得再延。**東西周詳情，應載入周史中，故本回從略**。呂不韋大出風頭，滅了東周，把東周君遷錮陽人聚。周朝八百多年的宗祚，反被一個陽翟賈人，剗滅無遺，文武成康，恐也不免餘恫呢。**明《翦姬籙》暗移嬴祚，凶狡如呂不韋，怎得久存**。不韋班師還朝，飲至受賞，不勞細說。

　　轉眼間又是四年，秦王楚春秋鼎盛，坐享榮華，總道是來日方長，好與那正宮王后，白頭偕老，畢世同歡。誰料到二豎為災，膏肓受厄，終落得嗚呼哀哉，伏唯尚饗，年才三十有六。子政甫十三歲，繼承秦祚，追諡

父楚為莊襄王，尊母為王太后，名目上雖是以子承父，暗地裡實是以呂易嬴。**畫龍點睛**。政未能親政，國事俱委任呂不韋，號為仲父。**應該呼父**。不韋大權在握，出入宮廷，時常與秦王母子，見面敘談。只這位莊襄太后，尚不過三十歲左右，驟遭大故，竟作孀姝，她本是個送舊迎新的歌姬，怎禁得深宮寂寂，孤帳沉沉？空守了好幾月，終有些忍耐不住，好在不韋是個舊歡，樂得再與勾引，申續前盟。不韋也未免有情，因同她重整旗鼓，演那顛鳳倒鸞的老戲文。宮娥綵女，統是太后心腹，守口如瓶，秦王政究竟少年，未識個中情景，所以兩口兒暗地往來，仍然與伉儷相似。

一年二年三四年，秦王政已將弱冠了，不韋年亦漸老了。偏太后淫興未衰，時常宣召不韋，入宮同夢。不韋未免愁煩，一則恐精力浸衰，禁不住連宵戕賊，一則恐少主浸長，免不得瞧破機關，於是想出一法，私擬薦賢自代。湊巧有個浪子嫪毐，**讀若愛**。陽道壯偉，嘗戲御桐木小車，不假手力，但用那話兒插入輪軸，也能轉捩執行。**見不韋列傳**。事為不韋所聞，立即召為舍人，先向太后關說，極稱嫪毐絕技。太后果然歆羨，親欲一試，當由不韋令人告訐，誣毐有罪，當置宮刑，一面厚賄刑吏，但將毐拔去鬚眉，並未割勢，便使冒作閹人，入侍太后。太后即引登臥榻，實地試驗，果然堅強無比，久戰不疲，惹得太后樂不可支，如獲至寶，朝朝暮暮，我我卿卿，老淫嫗又居然有娠了。**多年不聞生育，至此又復懷妊。畢竟嫪毐有力**。會值夏太后病逝，嫪毐遂與太后密商，買通卜人，詐言宮中不利母后，應該遷居避禍。秦王政不知有詐，就請母后徙往雍宮，嫪毐當然從往。嗣是母子離居，不必顧忌，一索得男，再索復得男，保抱鞠育，視若尋常，且封嫪毐為長信侯，食邑山陽，尋且加封太原郡國。凡宮室車馬衣服，及苑囿馳獵等情，均歸嫪毐主持，毐至此真快活極了。小子有詩嘆道：

第一回
移花接木計獻美姬　用李代桃歡承淫后

宮闈廝養得封侯，肉戰功勞也厚酬。
若使雄狐長得志，人生何憚不淫偷！

欲知嫪毒後事，且待下回說明。

本回第一段文字，揭出皇帝專制四字，是籠罩全書之大宗旨。秦造成之，漢沿襲之，是秦漢本一脈相關，無甚區別，此著書人之所以併為一編不煩另提也。且秦皇漢武，為後人連語之口頭禪，兩兩相較，不期而合，即秦即漢，會心固不遠耳。敘事以後，即寫秦政出世之來歷，見得嬴呂相代，暗寓機關。後來政母復通呂不韋，並淫及嫪毒，母既不貞，子安得不流為暴虐？演述之以示後人，亦一儆世之苦心也。

第二回
誅假父納言迎母　稱皇帝立法愚民

　　卻說嫪毐得封長信侯，威權日盛，私下與秦太后密謀，擬俟秦王政歿後，即將毐所生私子，立為嗣王。毐非常快樂，往往得意妄言。一日與貴臣飲博，喝得酩酊大醉，遂互起齟齬，大肆口角，毐瞋目大叱道：「我乃秦王假父，怎敢與我鬥口？汝等難道有眼無珠，不識高下麼？」貴臣等聽了此言，便都退去，往報秦王。秦王政已在位九年，年已逾冠，血氣方剛，驀然聽到這種醜事，不禁忿怒異常，當下密令幹吏，調查虛實。旋得密報，說毐原非閹人，確與太后有姦通情事，遂授昌平君昌文君為相國，引兵捕毐。**昌平昌文史失姓名，或謂昌平君為楚公子，入秦授職，未知確否，待考。**毐得知消息，不甘坐斃，便捏造御璽，偽署敕文，調發衛兵縣卒，抗拒官軍。兩下裡爭鋒起來，究竟真假有憑，難免敗露，再經昌文昌平兩君，宣告毐罪，毐眾當即潰散，單剩毐數百親從，如何支持，也便竄去。

　　秦王政更下令國中，懸賞緝毐，活擒來獻，賞錢百萬，攜首來獻，賞錢五十萬。大眾期得厚賞，踴躍追捕，到了好時，竟得擒住淫賊，並賊黨二十人，獻入闕下。秦刑本來酷烈，再加嫪毐犯了重罪，當命處毐輘刑，五馬分屍。毐黨一體駢誅，且夷毐三族。**父族、母族、妻族。**一面飭將士

第二回
誅假父納言迎母　稱皇帝立法愚民

往搜雍宮，得太后私生二子，撲殺了事。就把太后驅往萯陽宮，派吏管束，不准自由。**是謂樂極生悲**。呂不韋引毒入宮，本當連坐，因念他侍奉先王，功罪相抵，不忍加誅，但褫免相國職銜，勒令就國，食採河南。

秦大臣等互相議論，多怪秦王背母忘恩，未免過甚，就中有幾個激烈官吏，上疏直諫，請秦王迎還太后。秦王政本來蜂鼻長目，鷙膺豺聲，是個刻薄少恩的人物，一閱諫書，怒上加怒，竟命處諫官死刑，並榜示朝堂，敢諫者死。還有好幾個不怕死的，再去絮聒，徒落得自討苦吃，身首分離。總計直諫被殺，已有二十七人，**太后不謂無罪，諫官真自取死**。群臣乃不敢再言。獨齊客茅焦，伏闕請諫，秦王大怒，按劍危坐，且顧左右取鑊，即欲烹焦。焦毫不畏縮，徐徐趨進，再拜起語道：「臣聞生不諱死，存不諱亡，諱死未必得生，諱亡未必終存，死生存亡的至理，為明主所樂聞，陛下今亦願聞否？」秦王政聽了，還道他別有至論，不關母事，因即改容相答道：「容卿道來。」焦見秦王怒容已斂，便正色朗聲道：「陛下今日行同狂悖，車裂假父，囊撲二弟，**言之太甚**。幽禁母后，殘戮諫士，夏桀商紂，尚不至此，若使天下得聞此事，必且瓦解，無復嚮秦，秦國必亡，陛下必危。臣不忍緘默無言，與國同盡，情願先就鼎鑊，視死如歸！」說著，便解去外衣，赴鑊就烹。說得秦王政也覺著忙，下座攬焦，當面謝過。**秦王政之得據中原，想由這點好處**。遂命焦為上卿，令他隨往迎母，與太后同輦還都，再為母子如初。

呂不韋既往河南，一住年餘，山東各國，多遣使問訊，勸駕請往。**莫非也要他去作淫亂事麼**。事為秦廷所聞，秦王政防他為變，即致不韋書道：「君與秦究有何功，得封國河南，食十萬戶？君與秦究屬何親，得號仲父？今可率領家屬速徙蜀中，毋得逗留！」不韋得書覽畢，長嘆數聲，幾乎淚下。**任君用盡千般計，到頭仍是一場空**。意欲上書申辯，轉思從前

情事，統皆曖昧，未便明言，倘若唐突出去，反致速斃。想了又想，將來總沒有良好結果，不如就此自盡，免得刀頭受苦。主意已定，便取了鴆酒，勉強吞下，須臾毒發，當然畢命。**看到此處，方知刁鑽無益。**

不韋妻已經先死，安葬洛陽北邙，僚佐等恐尚有後命，急將不韋遺骸，草草棺殮，夤夜舁往與妻合葬。後人但知呂母塚，不知呂相墳，其實是已經合墓，乏人知曉，所以有此傳聞呢。**生時不明白，死也不明白。**唯這位莊襄王後，又苟延了七八年，與華陽太后相繼病亡。秦王政總算舉哀成衣，發喪引柩，與莊襄王合葬芷陽。**實是不必。**這也毋庸細表。

且說秦王政親攬大權，很是辣手，居然有雷厲風行的氣象。當時山東各國，均已浸衰，秦遂乘隙出兵，陸續吞併。秦王政十七年，使內史勝《史記》**作騰。**滅韓，虜韓王安；十九年又遣將王翦滅趙，虜趙王遷；二十二年覆命將王賁滅魏，虜魏王假；二十四年再令王翦滅楚，虜楚王負芻；二十五年更令王賁滅燕，虜燕王喜；二十六年飭賁由燕南攻齊，掩入齊都臨淄，齊王建舉國降秦，被徙至共，活活餓死，六國悉數蕩平，秦遂得統一中原，囊括海內了。於是秦王政滿志躊躇，想幹出一番空前絕後的大事業，號令四方，遂首先下令道：

　　寡人以眇眇之身，興兵誅暴亂，賴宗廟之靈，咸伏其辜，天下大定，今名號不更，無以稱成功，傳後世，其妥議帝號上聞。

這令一下，丞相王綰，御史大夫馮劫，廷尉李斯，便召集博士，會議了一日一夜。越宿方入朝奏聞道：「古時五帝在位，地方不過千里，外列侯服夷服等類，或朝或否，天子常不能制。今陛下興義兵，除殘賊，平定天下，法令統一，自從上古以來，得未曾有，五帝何能及此？臣等與博士合議，統言古有天皇，有地皇，有泰皇，**想即人皇。**泰皇最貴。今當恭

第二回
誅假父納言迎母　稱皇帝立法愚民

上尊號，奉陛下為泰皇，命為制，令為詔，自稱曰朕，伏乞陛下裁擇施行。」秦王聽了，半晌無言，暗想泰皇雖是貴稱，究竟成為陳跡，沒甚稀奇，我既功高古人，奈何再襲舊名，眾議當然未合，應即駁去，另議為是。嗣又轉念道：「有了有了，古稱三皇五帝，我何不將皇帝二字合成徽稱，較為美善呢。」乃宣諭群臣道：「去泰存皇，更採古帝位號，稱為皇帝便了。餘可依議。」王綰等便皆匍伏，口稱陛下德過三皇，功高五帝，應該尊稱皇帝，微臣等才疏識淺，究竟不及聖明。說著又舞蹈三呼，方才起來。**一班媚子諂臣**。秦王大喜，便命退朝，自己乘輦入宮。過了一日，又復頒制道：

朕聞太古有號毋諡，中古有號，死而以行為諡，如此則子得議父，臣得議君，甚無謂也，朕所弗取，自今以後，除去諡法，朕為始皇帝，後世子孫，以次計數，二世三世至千萬世，傳之無窮，豈不懿歟！

看官，你道這篇制書，是何命意？他想諡有美惡，都是本人死後，定諸他人。美諡原不必說了；倘若他人指摘生平，加一惡諡，豈不要遺臭萬年？我死後，保不住定得美諡，不若除去諡法，免得他人妄議。且我手定天下，無非為子孫起見，得能千萬代的傳將下去，方不負我一番經營，所以特地頒制，說出這般一廂情願的話頭。當下追尊莊襄王為太上皇，自稱始皇，小子依史敘述，此後也呼他為始皇了。**提清眉目**。

先是齊人鄒衍，嘗論五德推遷，更迭相勝，如火能滅金，即火能勝金，金能克木，即金能勝木，列代鼎革，就是相勝等語。始皇採用衍說，以為周得火德，秦應稱為水德，水能勝火，故秦可代周。自是定為水德，命河名為德水。又因夏正建寅，商正建丑，周正建子，秦應特創一格，與昔不同，乃定製建亥，以十月朔為歲首。**陰曆莫如夏正，商周改建，不免多事，如秦更覺無謂了**。衣服旌旄節旗，概令尚黑，取像水色。水主北

方,終數為六,故用六為紀數,六寸為符,六尺為步,冠制六寸,輿制六尺。且謂水德為陰,陰道主殺,所以嚴定刑法,不尚慈惠,一切舉措,純用法律相繩,寧可失入,不可失出。**後世謂秦尚法律,似有法治國規模,不知秦以刑殺為法,如何制治**。從此秦人不能有為,動罹法網,赭衣滿道,黑獄叢冤。

會丞相王綰等伏闕上言,略說諸侯初滅,燕齊楚地方遼遠,應封子弟為王,遣往鎮守。始皇不以為然,乃令群臣妥議。群臣多贊成綰言,唯廷尉李斯駁議道:「周朝開國,封建同姓子弟,不可勝計,後嗣疏遠,互相攻擊,視若仇讎,周天子無法禁止,坐致衰亡。今賴陛下威靈,統一海內,何勿析置郡縣,設官分治?所有諸子功臣,但宜將公家賦稅,量為賞給,不令專權。內重外輕,天下自無異志,這乃是安寧至計哩。」**計非不善,但上無令主**,**無論如何妙法,總難持久**。始皇欣然喜道:「天下久苦兵革,正因列侯互峙,戰鬥不休。現在天下初定,若再仍舊制封王立國,豈不是復開兵禍麼?廷尉議是,朕當照行!」王綰等掃興退出,始皇即命李斯會同僚屬,規劃疆土。費了許多心力,才得支配停當,分天下為三十六郡,列名如下:

內史郡	三川郡	河東郡	南陽郡	南 郡	九江郡	鄣 郡
會稽郡	潁川郡	碭 郡	泗水郡	薛 郡	東 郡	瑯琊郡
齊 郡	上谷郡	漁陽郡	古北平郡	遼西郡	遼東郡	代 郡
鉅鹿郡	邯鄲郡	上黨郡	太原郡	雲中郡	九原郡	雁門郡
上 郡	隴西郡	北地郡	漢中郡	巴 郡	蜀 郡	黔中郡
長沙郡						

每郡分置守尉,守掌治郡,尉掌佐守,典武職甲卒。朝廷設御史監郡,便稱為監。每縣設令,與郡守尉同歸朝廷簡放。守令下有郡佐縣佐,

第二回
誅假父納言迎母　稱皇帝立法愚民

各由守令任用。以下便是鄉官，選自民間，大約十里一亭，亭有長；十亭一鄉，鄉有三老，及嗇夫遊徼。三老掌教化，嗇夫判訴訟，遊徼治盜賊，這還是周朝遺制，略存一斑。改命百姓為黔首，特創出一條恩例，許民大酺。原來秦律嘗不准偶語，不准三人以上，一同聚飲，此次因海內混一，總算特別加恩，令民人合宴一兩天，所以叫做大酺。百姓接奉此令，才得親朋相聚，杯酒談心，也可謂一朝幸遇。那知酒興未闌，朝旨又到，一是令民間兵器，悉數繳出，不准私留；二是令民間豪家名士，即日遷居咸陽，不准遲慢；三是令全國險要地方，凡城堡關塞等類，統行毀去。小子揣測始皇心理，無非為防人造反起見，吸收兵器，百姓無從得械，徒手總難起事。遷入豪家名士，就近監束，使他無從勾結，自然不能反抗朝廷。削平城堡關塞，無險可據，何人再敢作亂？這乃是始皇窮思極想，方有這數條號令，頒發出來。**自以為智，實是呆鳥**。只可憐這百姓又遭荼毒，最痛苦的是令民遷居。他本來各守土著，安居樂業，不勞遠行，此番無端被徙，拋去田園家產，又受那地方官吏的驅迫，風餐露宿，飽嘗路途辛苦，才到咸陽。咸陽雖然熱鬧，無如人地生疏，謀食維艱，好好一個富戶，變做貧家，好好一個豪士，也害得垂頭喪氣，做了落魄的窮氓，可嘆不可嘆呢！就是名城巨堡，無故削平，雖是與民無礙，但總要勞動百姓，且將來或有盜賊，究靠何處防守？至若兵器一項，乃是民間出資購造，防衛身家，始皇叫他一概繳出，並沒有相當償給，百姓只有自認晦氣。郡縣守令，把兵器收下，一古腦兒運入咸陽。這種兵器，統是銅質造成，始皇立命熔毀，共有數百萬斤。適值臨洮縣中，報稱有十二大人出現，長約五丈，足履六尺，統著夷人服飾云云。始皇以為瑞兆，即命將熔化諸銅，摹肖大人影像，鑄成銅人十二個，每個重二十四萬斤，擺列宮門外面。**這好算做銅像開始**。還有餘銅若干，令鑄鐘及鐘架，分置各殿。相傳這十二個

銅人，漢時尚存，至漢末董卓入京，始椎破了十個，移鑄小錢，尚剩兩個，傳到西晉亡後，被後趙主石虎徙至鄴城，後來秦王苻堅，又把銅人搬還長安，銷毀了事。這是後話不題。

唯秦始皇令行禁止，夢想太平，自思天下可從此無事，樂得尋些快樂，安享天年。從前秦國諸宗廟，及章臺上林等苑榭，統在渭南。及削平六國，輒令畫工往視，仿繪各國宮室制度，匯呈秦廷，始皇便擇一精巧華麗的圖樣，令匠役依式營造。當下在咸陽北坂，闢一極大曠地，南臨渭水，西距雍門，東至涇渭二水合流處，迤邐築宮，若殿宇，若樓閣，若臺榭，沿路聯繫，層接不窮，下互複道，上架周閣，風雨不侵，日光無阻。落成以後，就將六國的妃嬪子女，鍾簴鼓樂，分置宮中，沒一處不有美人，沒一室不有音樂。始皇除臨朝視政外，往往至宮中玩賞，張樂設飲，喚女侑筵。這班被俘的嬌娃，還記什麼國亡主辱，但期得始皇歡心，殷勤伺候，一遇召幸，好似登仙一般，巴不得親承雨露，仰沐皇恩。可惜始皇只有一身，怎能到處周旋，慰她渴望，所以咸陽宮裡，怨女成群，唯不敢流露面目，只背人拭淚罷了。**亡國婦女，狀似可憐，實是可恨。**

始皇尚嫌宮宇狹小，才閱一年，又在渭南添造宮室，叫做信宮，嗣復改名「極廟」，取象天極。自極廟通至驪山，造一極大的殿屋，叫做甘泉前殿。殿通咸陽宮，中築甬道，如街巷相似，乘輿所經，外人不得望見，這也是防人侵犯的計策。始皇到此，好算是窮奢極欲，快樂無比了。偏他是個好動不好靜的人物，日日在宮中游宴，似覺得味同嚼蠟，沒甚興趣，遂又想出一法，令天下遍築馳道，準備御駕巡遊。小子有詩嘆道：

為臣不易為君難，名論相傳最不刊。
古有覆車今可鑑，暴秦遺史試重看！

第二回
誅假父納言迎母　稱皇帝立法愚民

　　欲知馳道規模，及始皇出巡事蹟，且至下回續詳。

　　嫪毐自稱假父，可醜之至，但毐固一無賴子，宜有此等口吻。茅焦乃亦以假父稱之，而始皇乃下座謝過，煞是異事！乃母既與毐犯奸，則已自絕於宗祧，遷居別宮，亦無不可。唯秦王若念鞠育之恩，但報之以終養可耳，禁錮固不可也，迎還亦屬不必。獨怪他人諫死，至二十七人，而茅焦獨能數語挽回，此非始皇尚知戀母，實因焦以天下瓦解之語，作為恐嚇，始皇有志統一，乃不得不迫而相從爾。不然，嫪毐當誅，呂不韋尚若可赦，胡為亦逼諸死地，不念前功耶？厥後始皇併吞六國，自稱皇帝，種種法令，無一非毒民政策，彼果若知孝親，何至如此不仁？不過彼毒民，民亦必還而毒彼，彼以為智，實則愚甚。夫始皇為呂不韋所生，不韋欲愚人而卒致自愚，始皇亦欲愚民而終亦自愚，有是父即有是子，是毋乃所謂父作子述耶？閱此回，可笑亦可慨矣。

第三回
封泰岱下山避雨　過湘江中渡驚風

　　卻說秦始皇欲出外巡遊，特令天下遍築馳道。馳道便是御駕往來的大路，須造得平坦寬敞，方便遊行。當時秦築馳道，定制廣五十步，相距三丈，土高石厚，各用鐵椎敲實，兩旁栽植青松，濃陰密布，既可卻暑，復可賞心，真是最好的布置，不過勞民費財，騷擾天下罷了。始皇二十七年秋季，下詔西巡，令一班文武百官，扈蹕起行，鹵簿儀仗，很是繁盛。始皇戴冕旒，著袞龍袍，安坐鑾輿上面。驊騮開道，貔虎揚鑣，出隴西，經北地，逾雞頭山，直達回中。時當深秋，草木凋零，也沒有什麼景色。唯勞動了地方官吏，奔走供應，迎送往來，費了若干金銀，尚不見始皇如何喜歡，但得免罪愆，總算幸事。始皇亦興盡思歸，即就原路回入咸陽。

　　過了殘年，漸漸的冬盡春來，日光和煦。**秦以十月為歲首，已見前回，故文中加入漸漸二字。**始皇遊興又動，復照著西巡故事，改令東巡。途中俱已築就馳道，兩旁青松，方經著春風春露，饒有生意，欣欣向榮。始皇左顧右矚，興味盎然。行了一程又一程，已到齊魯故地，望見前面層巒迭嶂，木石嵯峨，便向左右問明山名，才知是鄒嶧山。當下登山遊眺，覽勝探奇，向東顧視，又有一大山遙峙，比鄒嶧山較為高峻，嵐光擁碧，霞影增紅，**寫景語自不可少。**不由的瞻覽多時，便指問左右道：「這

第三回
封泰岱下山避雨　過湘江中渡驚風

便是東嶽泰山麼？」左右答聲稱是。始皇複道：「朕聞古時三皇五帝，多半巡行東嶽，舉辦封禪大典，此制可有留遺否？」左右經此一問，都覺對答不出，但說是年湮代遠，無從查考。始皇道：「朕想此處為鄒魯故地，就是孔孟二人的故鄉，儒風稱盛，定有讀書稽古的士人，曉得封禪的遺制，汝等可派員徵召數十人，教他在泰山下接駕，朕向他問明便了。」左右奉命，立即派人前去。始皇又顧語群臣道：「朕既到此，不可不勒石留銘，遺傳後世！卿等可為朕作文，以便鑴石。」群臣齊聲遵旨。始皇一面說，一面令整鑾下山，留宿行宮。是夕即由李斯等咬文嚼字，草成一篇勒石文，呈入御覽。始皇覽著，語語是歌功頌德，深愜心懷。翌日便即發出，令他繕就篆文，鑴石為銘，植立鄒嶧山上，當由臣工趕緊照辦，不消細敘。

始皇隨即啟程，順道至泰山下，早有耆儒七十人候著，上前迎駕。行過了拜跪禮，即由始皇傳見，問及封禪儀制。各耆儒雖皆有學識，但自成周以後，差不多有七八百年，不行此禮，倒也無詞可對。就中有一個龍鍾老生，仗著那年高望重，貿然進言道：「古時封禪，不過掃地為祭，天子登山，恐傷土石草木，特用蒲輪就道，蒲乾為席，這乃所以昭示仁儉哩。」始皇聽了，心下不悅，露諸形色。有幾個乖巧的儒生，見老儒所對忤旨，乃易說以進。誰知始皇都不合意，索性叫他罷議，一概回去。**便為坑儒伏案。**

各儒生都掃興而回，那始皇飭令工役，斬木削草，開除車道，就從山南上去，直達山巔，使臣下負土為壇，擺設祭具，望空禱祀，立石作志，這便叫做封禮。又徐徐向山北下來，擬至梁父小山名。行禪。禪禮與封禮不同，乃在平地上掃除乾淨，闢一祭所，古稱為墠，後人因墠為祭禮，改號為禪。車駕正要下山，忽刮到一陣大風，把旗幟盡行吹亂，接連又是幾

陣旋飆，吹得沙石齊飛，滿山皆黯，霎時間大雨如注，激動谿壑，上降下流，害得巡行人眾，統是帶水拖泥，不堪狼狽。幸喜山腰中有大松五株，亭亭如蓋，可避風雨，大眾急忙趨近，先將乘輿擁入樹下，然後依次環繞，聚成一堆。雖樹枝中不免餘滴，究比那空地中間，好得許多。始皇大喜，謂此松護駕有功，可即封為五大夫。**樹神有知，當不願受封。**

既而風平雨止，山色復明，乃行，就梁父山麓，申行禪禮，衣仗多半霑溼，免不得禮從簡省，草草告成。始皇返入行轅，尚覺雄心勃勃，覆命詞臣撰好頌辭，自誇功德，勒石山中。史家曾將原文載錄，由小子抄述如下。

皇帝臨位，作制明法，臣下修飭。二十有六年，初並天下，罔不賓服。親巡遠方黎民，登茲泰山，周覽東極。從臣思跡，本原事業，只誦功德。治道執行，諸產得宜，皆有法式。大義休明，垂於後世，順承勿革。皇帝躬聖，既平天下，不懈於治。夙興夜寐，建設長利，專隆教誨。訓經宣達，遠近畢理，咸承聖志，貴賤分明，男女禮順，慎遵職事。昭融內外，靡不清淨，施於後嗣。化及無窮，遵奉遺詔，永承重戒。

封禪已畢，遊興未終，再沿渤海東行，過黃腄，窮成山，跋之罘，之今作芝。歷祀山川八神，**天主、地主、兵主、陰主、陽主、日主、月主、四時主，共稱八神。見《史記‧封禪》書。**統是立石紀功，異辭同頌。又南登瑯琊山，見有古臺遺址，年久失修，已經毀圮，始皇問是何人所造？有幾人曉得此臺來歷，便即陳明。原來此臺為越王勾踐所築，勾踐稱霸時，嘗在瑯琊築一高臺，以望東海，遂號召秦晉齊楚，就臺上歃血與盟，並輔周室。到了秦並六國，約莫有數百年，怪不得臺已毀圮了。始皇得知原委，便道：「越王勾踐，僻處偏隅，尚築一瑯琊臺，爭霸中原，朕今並有天下，難道不及一勾踐麼？」說著，即召諭左右，速令削平舊臺，另行構造，

第三回
封泰岱下山避雨　過湘江中渡驚風

規模須較前高敞數倍，不得有違。左右答稱臺工浩大，非數月不能成事，始皇作色道：「偌大一臺，也須數月麼？朕準留此數旬，親自督造，何患不成！」**摹寫暴主口吻，恰是畢肖**。左右不敢再言，只好趕緊興工。即命就地官吏，廣招伕役，日夜營造。萬人不足，再加萬人，二萬人不足，又加萬人，三萬人一齊動手，運木石，施畚挶，加版築，勞苦的了不得，尚未能指日告成。始皇連日催促，勢迫刑驅，備極苛酷，工役無從訴冤，沒奈何拚命趕築，直至三易蟾圓，方才畢事。臺基三層，層高五丈，臺下可居數萬家，端的是崇閎無比，美大絕倫。始皇親自檢視，逐層遊幸，果然造得雄壯，極合己意。乃下令獎勵工役。命三萬人各遷家屬，居住臺下，此後得免役十二年。**好大皇恩**。遂又使詞臣珥筆獻頌，刻石銘德。略云：

維二十八年，皇帝作始，端平法度，萬物之紀。以明人事，合約父子。聖智仁義，顯白道理。東撫東土，以省卒士。事已大畢，乃臨於海。皇帝之功，勤勞本事。上農除末，黔首是富。普天之下，摶心揖志。器械一量，同書文字。日月所照，舟輿所載，皆終其命，莫不得意。應時動事，是維皇帝。匡飭異俗，陵水經地。憂恤黔首，朝夕不懈。除疑定法，咸知所闢。方伯分職，諸治經易。舉措畢當，莫不如畫。皇帝之明，臨察四方。尊卑貴賤，不逾次行。奸邪不容，皆務貞良。細大盡力，莫敢怠荒。遠邇闢隱，專務肅莊。端直敦忠，事業有常。皇帝之德，存定四極。誅亂除害，興利致福。節事以時，諸產繁殖。黔首安寧，不用兵革。六親相保，終無寇賊。歡欣奉教，盡知法式。六合之內，皇帝之土，西涉流沙，南盡北戶，東有東海，北過大夏，人跡所至，無不臣者。功蓋五帝，澤及牛馬，莫不受德，各安其宇。

俗語說得好，做了皇帝好登仙，這就是秦始皇故事。始皇督造瑯琊臺，一住三月，常在山上眺望，遙見東海中間，隱隱有樓閣聳起，燦爛莊

嚴。俄而又有人影往來，肩摩轂擊，彷彿如市中一般。**無非是蜃樓海市。**及仔細辨認，又覺半明半滅，轉眼間且絕無所見了。始皇不禁驚異，連稱怪事，左右問為何因？由始皇述及海中形態，並詢左右有無見過。左右或言所見略同，且乘間進言道：「這想是海上三神山，就叫做蓬萊方丈瀛洲。」**搗鬼**。始皇猛然觸悟道：「是了！是了！朕記得從前時候，有燕人宋毋忌羨門子高等，入海登仙，徒侶輾轉傳授，謂海上有三神山，諸仙叢集，並有不死藥，齊威王宣王燕昭王，嘗派人入海訪求，可惜皆不得至。相傳神山本在渤海中，不過舟不能近，往往被風吹回，朕今親眼看見，才知傳聞是實。可惜朕未能親往，無從乞求不死藥，就使貴為天子，總不免生老病死，怎得與神仙相比哩。」說罷，又長嘆了數聲。左右亦未便勸解，只好聽他自言自嘆罷了。及琅琊臺築成，再到海邊探望神山，有時所見，仍與前相同，不由的瞻顧徘徊，未忍捨去。

可巧齊人徐市等，**市係古黻字，一作徐福**。素為方士，上書言事，說是齋戒沐浴，與童男童女若干人，乘舟往求，可到神山云云。始皇大喜，立命他如法施行。徐市等分僱船隻，率領童男女數千名，航海東去。始皇便在海濱布幄為轅，恭候了一兩天，並不見有好音回報。又越一二日，仍無音信，忍不住焦躁起來，復親出探望。適有好幾船回來，移時停泊，始皇還道有仙藥採到，急忙傳問。那知舟中人統是搖首，謂被逆風吹轉，雖近神山，不得攏岸，說得始皇滿腔慾望，化作冰消，旋由徐市等到來覆命，亦如前說。**不知到何處玩耍幾天。**

始皇不便再留，只好命他隨時訪求，得藥即報，自己啟蹕西歸。千乘萬騎，陸續拔還。道過彭城，始皇又發生幻想，欲向泗水中尋覓周鼎，因即虔心齋戒，購募熟習水性的人民，入水撈取。原來周有九鼎，為秦昭王所遷，遷鼎時用船載歸，行經泗水，突有一鼎躍入水中，無從尋取，只有

第三回
封泰岱下山避雨　過湘江中渡驚風

八鼎徙入咸陽。始皇得自祖傳，記在心裡，此次既過泗水，樂得乘便搜尋。當下茹素三日，禱告水神，一面傳集水夫，共得千人，督令泗水取鼎。千人各展長技，統向水中投入，巴不得將鼎取出，好領重賞。偏偏如大海撈針一般，並沒有周鼎影跡。好多時出水登岸，報稱鼎無著落，始皇又討了一場沒趣，喝退募夫，渡淮西去。順道過江，至湘山祠，驀從水波中颳起狂飆，接連數陣，舟如箕簸，嚇得始皇魂魄飛揚，比在泰山上面，還要危險十分。一班扈蹕人員，亦皆驚惶得很，還虧船身堅固，舵工純熟，方才支撐得住，慢慢兒駛近岸旁。**登山遇風，過江又遇風，莫謂山川無靈。**

始皇屢次失意，懊惱的了不得，待船既泊定，就向岸上望去，當頭有一高山，山中露出紅牆，料是古祠，便語左右道：「這就是湘山祠麼？」左右答聲稱是。始皇又問祠中何神？左右以湘君對。再經始皇問及湘君來歷，連左右都答不出來。幸有一位博士，在旁復奏道：「湘君係堯女舜妻，舜崩蒼梧，二妻從葬，故後人立祠致祭，號為湘君。」始皇聽了，不禁大怒道：「皇帝出巡，百神開道，什麼湘君，敢來驚朕？理應伐木赭山，聊洩朕忿。」左右聞命，忙傳地方官吏，撥遣刑徒三千人，攜械登山，把山上所有樹木，一律砍倒，復放起一把無名火來，燒得滿山皆赤，然後回報始皇。始皇才出了胸中惡氣，下令迴鑾，取道南郡，馳入武關，還至咸陽。

好容易又是一年，已是秦始皇二十九年了，天下初平，人心思治，雖是以暴易暴，受那秦始皇的專制，各種法律，非常森嚴，但比七國戰亂的時代，究竟情勢不同，略能安靜，四面八方，沒有兵戈。百姓但得保全骨肉，完聚家室，就是終歲勤勞，竭力上供，也算是太平日子。受賜已多，還要起什麼異心？闖什麼禍祟？所以始皇兩次遊幸，只有那風師雨伯，山

神川只,同他演了些須惡劇,隱示儆戒,此外不聞有狂徒暴客,犯蹕驚塵等事。始皇得安安穩穩的出入往來,未始非當日幸事。自從東巡還都以後,安息咸陽宮中,所有六國的珍寶,任他玩弄,六國的樂懸,任他享受,六國的美女嬌娃,任他顛鸞倒鳳,日夕交歡,這也好算得無上快樂,如願以償,又況天下無事,不勞籌劃,正好乘著政躬閒暇,坐享承平,何必再出巡遊,飽受那風霜雨露,跋涉那高山大川呢?那知他好大喜功,樂遊忘倦,還都不過數月,又想出去巡行。默思去年東巡時,餘興未闌,目下又是陽春時候,不妨再往一遊,乃即日下制,仍擬東巡。文武百官,不敢進諫,只好遵制奉行。一切儀仗,比前次還要整備,就是隨從武士,亦較前加倍。前呼後擁,復出了咸陽城,向東出發。但見戈鋋蔽日,甲乘如雲,一排排的雁行而過,一隊隊的魚貫而趨,當中乃是赫聲濯靈的御駕,坐著一位蜂準鳥膺的暴主,坦然就道,六轡無驚。好在馳道寬大,能容多人並走,擁駕過去。**全為下文返射**。夾道青松,逐年加密,愈覺陰濃,也似為了天子出巡,露出歡迎氣象。始皇到此,當然目曠神怡,非常爽適。一路行來,已入陽武縣境,徑過博浪沙,猛聽得一聲怪響,即有一大鐵椎飛來,巧從御駕前擦過,投入副車。小子就以博浪椎為題,詠成一詩道:

削平六合恣巡遊,偏有奇男誓報仇。
縱使祖龍猶未死,一椎已足永千秋!

畢竟鐵椎從何處飛來,且至下回敘明。

巡狩古制也,而封禪不見古書,唯《管子》中載及之,此未始非後人之譸言,偽託管子遺文,作為證據,欺惑時主耳。況古時天子巡狩,度亦必輕車簡從,不擾吏民,寧有如秦皇之廣築馳道,恣意巡遊,借封禪之美名,為荒耽之佚行也者?而且築琅琊臺,遣方士率童男女數千,航海求

第三回
封泰岱下山避雨　過湘江中渡驚風

仙，種種言動，無非厲民之舉。至若渡江遇風，即非真天意之示儆，亦應知行路之艱難，奈何遷怒湘君，復為此伐木赭山之暴令也！後世以好大喜功譏始皇，始皇之惡，豈止好大喜功已哉！

第四回
誤椎擊逃生遇異士　　見圖讖遣將造長城

　　卻說博浪沙在今河南省陽武縣境內，向系往來大道，並沒有崇山峻嶺，曲徑深林，況已遍設馳道，車馬暢行，更有許多衛隊，擁著始皇，呵道前來，遠近行人，早已避開，那個敢觸犯乘輿，浪擲一椎。偏始皇遇著這般怪劇，還幸命不該絕，那鐵椎從御駕前擦過，投入副車。古稱天子屬車三十六乘，副車就是屬車的別號，隨著乘輿後行，車中無人坐著，所以鐵椎投入，不至傷人，唯將車軾擊斷了事。始皇聞著異響，出一大驚，所有隨駕人員，齊至始皇前保護，免不得譁噪起來。始皇按定了神，喝定譁聲，早有衛士拾起鐵椎，上前呈報。始皇瞧著，勃然大怒，立命武士搜捕刺客，武士四處查緝，毫無人影，不得已再來覆命。始皇復瞋目道：「這難道是天上飛來嗎？想是汝等齊來護朕，所以被他溜脫，前去定是不遠，朕定當拿住凶手，碎屍萬段！」說著，即傳令就地官吏，趕緊兜拿。官吏怎敢違慢，嚴飭兵役，就近搜查，害得家家不寧，人人不安，那刺客終無從捕獲，只好請命駕前，展寬期限。始皇索性下令，飭天下大索十日，務期捕到凶人，嚴刑究辦。那知十日的限期，容易經過，那刺客仍沒有捕到。**奇哉怪哉**。始皇倒也無法可施，乃馳駕東行，再至海上，重登之罘，又命詞臣撰就歌功頌德的文辭，鐫刻石上。一面傳問方士，仍未得不死

第四回
誤椎擊逃生遇異士　　見圖讖遣將造長城

藥，因即悵然思歸。此次還都，不願再就迂道，但從上黨馳入關中，匆匆言旋，幸無他變。**一椎已足褫魄。**

看官欲究問椎擊情由，待小子補敘出來。投椎的是一個力士，史家不載姓名，小子也不便臆造。唯主使力士者，乃是一位大名鼎鼎的人物，後來報韓興漢，號稱人傑，姓張名良字子房。**張子房為無雙譜中第一人，應該特筆提出。**良係韓人，祖名開地，父名平，併為韓相，迭事五君。秦滅韓時，良尚在少年，未曾出仕，家童卻有三百人，弟死未葬，他卻一心一意，想為韓國報仇，所有家財，悉數取出，散給賓客，求刺秦皇。無如此時秦威遠震，百姓都屏足帖耳，不敢偶談國事，還有何人與良同志，思復國仇。就使有幾個力大如虎的勇士，也是顧命要緊，怎敢到老虎頭上搔癢，太歲頭上動土？所以良蓄志數年，終難如願。他想四海甚大，何患無人，不如出遊遠方，或可得一風塵大俠，藉成己志。於是託名遊學，徑往淮陽。好容易訪聞倉海君，乃是東方豪長，蓄客多人，當下攜資東往，傾誠求見。倉海君確是豪俠，坦然出見，慨然與語，講到秦始皇暴虐無道，也不禁怒髮衝冠，憤眥欲裂。再加張良是絕有口才，從旁慫恿，激起雄心，遂為張良招一力士，由良使用。良見力士身軀雄偉，相貌魁梧，料非尋常人物，格外優待，引作知交。平時試驗力士技藝，果然矯健絕倫，得未曾有，因此解衣推食，俾他知感，然後與談心腹大事，求為臂助。力士不待說畢，便即投袂起座，直任不辭。**也是專諸聶政一流人物。**張良大喜，就祕密鑄成一個鐵椎，重量約一百二十斤，交與力士，決計偕行。一面與倉海君辭別，自同力士西返，待時而動。

可巧始皇二次東巡，被良聞知，急忙告知力士，迎將上去。到了博浪沙，望見塵頭大起，料知始皇引眾前來，便就馳道旁分頭埋伏，屏息待著。馳道建築高厚，兩旁低窪，又有青松植立，最便藏身。力士身體矯

捷，伏在近處，張良沒甚技力，伏得較遠。**這是想當然之事，否則張良怎得逃生？**待至御駕馳至，由力士縱身躍上，兜頭擊去，不意用力過猛，那鐵椎從手中飛出，誤中副車。扈蹕人員，方驚得手足無措，力士已放開腳步，如風馳電掣一般，飛奔而去。張良遠遠聽著響聲，料力士已經下手，只望他一擊成功；不過因身孤力弱，還是乘此遠颺，再探虛實。所以良與力士，分途奔脫，不得重逢，後來聞得誤中副車，未免嘆惜。繼又聞得大索十日，無從緝獲，又為力士欣幸，自己亦改姓埋名，逃匿下邳去了。**張良以善謀聞，不聞多力，《史記》雖有良與客狙擊秦皇之言，但必非由良自擊，作者讀書得間，故演述情形語有分寸。**

且說下邳地瀕東海，為秦時屬縣，距博浪沙約數百里，張良投奔此地，尚幸腰間留有餘蓄，可易衣食，不致飢寒。起初還不敢出門，蟄居避禍。嗣因始皇西歸，捕役漸寬，乃放膽出遊，嘗至圯上眺望景色。圯上就是橋上，土人常呼橋為圯，良不過藉此消遣，聊解憂思。忽有一皓首老人，躑躅登橋，行至張良身旁，巧巧墜落一履，便顧語張良道：「孺子，汝可下去，把我履取來！」張良聽著，不由的動起怒來。自思此人素不相識，如何叫我取履？意欲伸手出去，打他一掌，旋經雙眼一瞟，見老人身衣毛布，手持竹杖，差不多有七八十歲的年紀，料因足力已衰，步趨不便，所以叫我拾履。語言雖是唐突，老態卻是可矜，不得已耐住忿懷，搶下數步，把他的遺履拾起，再上橋遞給老人。老人已在橋間坐下，伸出一足，復與良語道：「汝可替我納履。」張良至此，又氣又笑，暗想我已替他取履，索性好人做到底，將他穿上罷了。遂屈著一腿，長跪在老人前，將履納入老人足上。**虧他容忍。**老人始掀髯微笑，待履已著好，從容起身，下橋徑去。良見老人並不稱謝，也不道歉，情跡太覺離奇，免不得詫異起來。且看他行往何處，作何舉動，一面想，一面也即下橋，遠遠的跟著老

第四回
誤椎擊逃生遇異士　見圖讖遣將造長城

人。走了一里多路,那老人似已覺著,轉身復來,又與張良相值,溫顏與語道:「孺子可教!五日以後,天色平明,汝可仍到此地,與我相會!」張良究竟是個聰明的人,便知老人有些來歷,當即下跪應諾。老人始揚長自去,張良也不再隨,分投歸寓。

　　流光易過,倏忽已到了第五日的期間,良遵老人前約,黎明即起,草草盥洗,便往原地伺候老人。偏老人先已待著,憤然作色道:「孺子與老人約會,應該早至,為何到此時才來?汝今且回去,再過五日,早來會我!」良不敢多言,只好復歸。越五日格外留心,不敢貪睡,一聞雞鳴,便即趨往,那知老人又已先至,仍責他遲到,再約五日後相會。**這也可謂歷試諸艱**。良又掃興而回。再閱五日,良終夜不寢,才過黃昏,便已戴月前往,差幸老人尚未到來,就佇立一旁,眼睜睜的望著。約歷片時,老人方策杖前來,見張良已經佇候,才開顏為喜道:「孺子就教,理應如此!」說著,就從袖中取出一書,交給張良,且囑咐道:「汝讀此書,將來可為王者師!」良心中大悅,再欲有問,老人已申囑道:「十年後,當佐命興國;十三年後,孺子可至濟北谷城山下,如見有黃石,就算是我了。」說畢遂去。此時夜色蒼茫,空中雖有淡月,究不能看明字跡,良乃懷書亟返。臥了片刻,天已大明,良急欲讀書,霍然而起,即將書展閱。書分三卷,卷首注明太公兵法,當然驚喜。他亦知太公為姜子牙,熟諳韜略,為周文王師,唯所傳兵法,未曾覽過,此次由老人傳授,叫他誦讀,想必隱寓玄機。嗣是勤讀不輟,把太公兵法三卷,唸得爛熟。古諺有云:熟能生巧。張良既熟讀此書,自然心領神會,溫故生新,此後的興漢謀劃,全靠這太公兵法,融化出來。唯圯上老人,究系何方人氏,或疑他是黃石化身,非仙即怪。若編入尋常小說,必且鬼話連篇,捏造出許多洞府,許多法術。小子居今稽古,徵文考獻,雖未免有談仙說怪等書,但多是託諸寓

言，究難信為實事。就是圯上老人黃石公，大約為周秦時代的隱君子，飽覽兵書，參入玄妙，只因年已衰老，不及待時，所以傳授張良，俾為帝師。後來張良從漢高祖過濟北，果見谷城山下，留一黃石，乃取歸供奉，計與圯上老人相見，正閱一十三年，這安知非老人尚在，特留黃石以踐前言。況老人既預知未來時事，怎見得不去置石，否則張良歿後，將黃石並葬墓內，為什麼不見變化呢？**夾入論斷，掃除一切怪談**。話休敘煩。

再說始皇自上黨回都，為了博浪沙一擊，未敢遠遊，但在宮中安樂。一住三年，漸漸的境過情遷，又想出宮遊幸。他以為京畿一帶，素為秦屬，人民向來安堵，總可任我馳驅，不生他變，但尚恐有意外情事，特屏去儀仗，扮作平民模樣，微服出宮，省得途人注目。隨身帶著勇士四名，也令他暗藏兵器，不露形跡，以便保護。一日正在微行，忽聽道旁有數人唱歌，歌云：「神仙得者茅初成，駕龍上升入太清，時下玄洲戲赤城，繼世而往在我盈，帝若學之臘嘉平。」

始皇聽得這種歌謠，一時不能索解，遂向里中父老詢明歌中的語意，父老便據他平日所聞，約略說明。原來太原地方，有一茅盈，研究道術，號為真人。他的曾祖名蒙，表字初成，相傳在華山中，得道成仙，乘雲駕龍，白日昇天。這歌謠便是茅蒙傳下，流播邑中，因此邑人無不成誦，隨口謳吟。始皇欣然道：「人生得道，果可成仙麼？」父老不知他是當代皇帝，但答稱人有道心，便可長生！既得長生，便可成仙。始皇不禁點首，遂與父老相別，返入宮中，依著歌中末句的意思，下詔稱臘月為嘉平月，算作學仙的初基。覆在咸陽東境，擇地鑿池，引入渭水，瀦成巨浸，長二百里，廣二十里，號為蘭池。池中疊石為基，築造殿閣，取名蓬瀛，就是將蓬萊瀛洲並括在內的痴想。又選得池中大石，命工匠刻作鯨形，長二百丈，充做海內的真鯨。不到數月，便已竣工，始皇就隨時往來，視此

第四回
誤椎擊逃生遇異士　見圖讖遣將造長城

地如海上神山，聊慰渴望。**實是呆鳥。**

不意仙窟竟成盜藪，靈沼變做萑蒲，都下有幾個暴徒，亡命蘭池中，晝伏夜出，視同巢穴。始皇那裡知曉，日日遊玩，未見盜蹤。某夕乘著月色，又帶了貼身武士四人，微行至蘭池旁，適值群盜出來，一擁上前，夾擊始皇。始皇慌忙避開，倒退數步，嚇做一團，虧得四武士拔出利刃，與群盜拚命奮鬥，才得砍倒一人。盜眾尚未肯退，再惡狠狠的持械力爭，究竟盜眾烏合，不及武士練就武工，殺了半晌，復打倒了好幾個，餘盜自知不敵，方呼嘯一聲，覓路逃去。始皇經此一嚇，把遊興早已打消，急忙由武士衛掖，擁他回宮。詰旦有嚴旨傳出，大索盜賊。關中官吏，當然派兵四緝，提了幾個似盜非盜的人物，毒刑拷訊，不待犯人誣伏，已早斃諸杖下。官吏便即奏報，但說是已得罪人，就地處決。始皇尚一再申斥，責他防檢不嚴，申令搜緝務盡。官吏不得不遵，又復挨戶稽查，騷擾了好幾天，直至二旬以後，才得消差。自是始皇不再微行。

忽忽間又過一年，始皇仍夢想求仙，念念不忘，暗思仙術可求，不但終身不死，就是有意外情事，亦能預先推測，還怕什麼凶徒？主見已定，不能不冒險一行，再命東遊，出抵碣石。適有燕人盧生，業儒不就，也藉著求仙學道的名目，干時圖進。遂往謁始皇，憑著了一張利口，買動始皇歡心。始皇就叫他航海東去，訪求古仙人羨門高誓。盧生應聲即往，好幾日不見回音。始皇又停蹤海上，耐心守候，等到望眼將穿，方得盧生回報。盧生一見始皇，行過了禮，便捏造許多言詞，自稱經過何處，得入何宮，滿口的虛無縹渺，誇說了一大篇，然後從懷中取出一書，捧呈始皇，謂仙藥雖不得取，仙書卻已抄來。始皇接閱一週，書中不過數百言，統是支離恍惚，無從了解。唯內有「亡秦者胡」一語，映入始皇目中，不覺暗暗生驚。**此語似應後讖，不識盧生從何採入？**他想胡是北狄名稱，往古有

獯鬻獫狁等部落，占據北方，屢侵中國，輾轉改名，叫做匈奴。現在匈奴尚存，部落如故，據仙書中意義，將來我大秦天下，必為胡人所取，這事還當了得？趁我強盛時候，除滅了他，免得養癰貽患，害我子孫。當下收拾仙書，令盧生隨駕同行，移車北向，改從上郡出發，一面使將軍蒙恬，調兵三十萬人，北伐匈奴。

　　匈奴雖為強狄，但既無城郭，亦無宮室，土人專務畜牧，每擇水草所在，作為居處，水涸草盡，便即他往。所推戴的酋長，也不過設帳為廬，披毛為衣，宰牲為食，差不多與太古相類。只是身材長大，性質強悍，禮義廉恥，全然不曉，除平時畜牧外，一味的跑馬射箭，搏獸牽禽。有時中國邊境，空虛無備，他即乘隙南下，劫奪一番。所以中國人很加仇恨，說他是犬羊賤種。獨史家稱為夏后氏遠孫淳維後裔，究竟確實與否，小子也無從證明。但聞得衰周時代，燕趙秦三國，統與匈奴相近，時常注重邊防，築城屯兵，所以匈奴尚不敢犯邊，散居塞外。**匈奴源流不得不就此略敘。**此次秦將軍蒙恬，帶著大兵，突然出境，匈奴未曾預備，驟遇大兵殺來，如何抵當，只好分頭四竄，把塞外水草肥美的地方，讓與秦人。這地就是後人所稱的河套，在長城外西北隅，秦人號為河南地，由蒙恬畫土分割槽，析置四十四縣，就將內地罪犯，移居實邊；再乘勝斥逐匈奴，北逾黃河，取得陰山等地，分設三十四縣。便在河上築城為塞，並把從前三國故城，一體修築，繼長增高，西起臨洮，東達遼東，越山跨谷，延袤萬餘里，號為萬里長城。看官！你想此城雖有舊址，恰是斷斷續續，不相連屬，且東西兩端，亦沒有這般延長，一經秦將軍蒙恬監修，才有這流傳千古的長城，當時需工若干，費財若干，實屬無從算起，中國人民的困苦，可想而知，毋容小子描摹了。小子有詩嘆道：

第四回
誤椎擊逃生遇異士　見圖讖遣將造長城

> 鼖鼓頻鳴役未休，長城增築萬民愁。
> 亡秦畢竟誰階厲？外患雖寧內必憂。

長城尚未築就，又有一道詔命，使將軍蒙恬遵行。欲知何事，請看下回。

博浪沙之一擊，未始非志士之所為，但當此千乘萬騎之中，一椎輕試，寧必有成，幸而張良不為捕獲，尚得重生，否則如荊卿之入秦，殺身無補，徒為世譏，與暴秦果何損乎？蘇子瞻之作〈留侯論〉，謂幸得圯上老人，有以教之，誠哉是言也！彼始皇之東巡遇椎，微行厄盜，亦應力懲前轍，自戒佚遊，乃惑於求仙之一念，再至碣石，遣盧生之航海，得圖讖而改轍。北經上郡，遽發重兵，逐胡不足，繼以修築長城之役，其勞民為何如耶？後人或謂始皇之築長城，禍在一時，功在百世，亦思漢晉以降，外患相尋，長城果足恃乎？不足恃乎？天子有道，守在四夷，築城亦何為乎！

第五回
信佞臣盡毀詩書　築阿房大興土木

　　卻說蒙恬方監築長城，連日趕造，忽又接到始皇詔旨，乃是令他再逐匈奴。蒙恬已返入河南，至此不敢違詔，因復渡河北進，拔取高闕陶山北假等地。再北統是沙磧，不見行人，蒙恬乃停住人馬，擇視險要，分築亭障，仍徙內地犯人居守，然後派人奏報，佇聽後命。嗣有復詔到來，命他回駐上郡，於是拔塞南歸，至行宮朝見始皇。始皇正下令回都，匆匆與蒙恬話別，使他留守上郡，統治塞外。並命闢除直道，自九原抵雲陽，悉改坦途。蒙恬唯唯應命，當即送別始皇，依旨辦理。此時的萬里長城，甫經修築，役夫約數十萬，辛苦經營，十成中尚只二三成，粗粗告就，偏又要興動大工，開除直道，這真是西北人民的厄運，累得叫苦不迭！又況西北一帶，多是山地，層嶺複雜，深谷瀠洄，欲要一律坦平，談何容易。怎奈這位蒙恬將軍，倚勢作威，任情驅迫，百姓無力反抗，不得不應募前去，今日塹山，明日堙谷，性命卻拚了無數，直道終不得完工；所以秦朝十餘年間，只聞長城築就，不聞直道告成，空斷送了許多民命，耗費了許多國帑，豈不可嘆！一片淒涼嗚咽聲。

　　越年為秦始皇三十三年，始皇既略定塞北，復思征服嶺南，嶺南為蠻人所居，未開文化，大略與北狄相似，唯地方卑溼，氣候炎燠，山高林密

第五回
信佞臣盡毀詩書　築阿房大興土木

等處，又受熱氣燻蒸，積成瘴霧，行人觸著，重即傷生，輕亦致病，更利害的是毒蛇猛獸，聚居深箐，無人敢攖。始皇也知路上艱難，不便行軍，但從無法中想出一法，特令將從前逃亡被獲的人犯，全體釋放，充作軍人，使他南征。又因兵額不足，再索民間贅婿，勒令同往。贅婿以外，更用商人充數，共計得一二十萬人，特派大將統領，剋日南行。可憐咸陽橋上，爺孃妻子，都來相送，依依惜別，哭聲四達。那大將且大發軍威，把他趕走，不准喧譁。看官，你道這贅婿商人，本無罪辜，為何與罪犯並列，要他隨同出征呢？原來秦朝舊制，凡入贅人家的女婿，及販賣貨物的商人，統視作賤奴，不得與平民同等，所以此次南征，也要他行役當兵。這班贅婿商人，無法解免，沒奈何辭過父母，別了妻子，銜悲就道，向南進行。途中越山逾嶺，備嘗艱苦，好多日才至南方。南蠻未經戰陣，又無利械，曉得什麼攻守的方法，而且各處散居，勢分力薄，驀然聽得鼓聲大震，號炮齊鳴，方才有些驚疑。登高遙望，但見有大隊人馬，從北方迤邐前來，新簇簇的旗幟，亮晃晃的刀槍，雄糾糾的武夫，惡狠狠的將官，都是生平未曾寓目，至此才得瞧著，心中一驚，腳下便跑，那裡還敢對敵？有幾個蠻子蠻女，逃走少慢，即被秦兵上前捉住，放入囚車。再向四處追逐蠻人，蠻人逃不勝逃，只好匍匐道旁，叩首乞憐，情願充作奴僕，不敢抗命。**敘寫南蠻，與前回北伐匈奴時，又另是一種筆墨。**其實秦兵也同烏合，所有囚犯贅婿商人，統未經過訓練，也沒有什麼技藝，不過外面形式，卻是有些可怕，僥倖僥倖，竟得嚇倒蠻人，長驅直入。不到數旬，已將嶺南平定，露布告捷。旋得詔令頒下，詳示辦法，命將略定各地，分置桂林南海象郡，設官宰治。所有嶺南險要，一概派兵駐守。嶺南即今兩粵地，舊稱南越，因在五嶺南面，故稱嶺南。五嶺就是大庾嶺，騎田嶺，都龐嶺，萌渚嶺，越城嶺，這是古今不變的地理。唯秦已取得此地，即將南

徵人眾，留駐五嶺，鎮壓南蠻。又復從中原調發多人，無非是囚犯贅婿商人等類，叫他至五嶺間助守，總名叫做謫戍，通計得五十萬人。這五十萬人離家遠適，長留嶺外，試想他願不願呢！**近來西國的殖民政策，也頗相似，但秦朝是但令駐守，不令開墾，故得失不同。**

獨始皇因平定南北，非常快慰，遂在咸陽宮中，大開筵宴，遍飲群臣。就中有博士七十人，奉觴稱壽，始皇便一一暢飲。僕射周青臣，乘勢貢諛，上前進頌道：「從前秦地不過千里，仰賴陛下神聖，平定海內，放逐蠻夷，日月所照，莫不賓服，當今分置郡縣，外輕內重，戰鬥不生，人人樂業，將來千世萬世，傳將下去，還有什麼後慮？臣想從古到今，帝王雖多，要像陛下的威德，實是見所未見，聞所未聞。」始皇素性好諛，聽到此言，越覺開懷。偏有博士淳于越，本是齊人，入為秦臣，竟冒冒失失的，起座插嘴道：「臣聞殷周兩朝，傳代久遠，少約數百年，多約千年，這都是開國以後，大封子弟功臣，自為枝輔。今陛下撫有海內，子弟乃為匹夫，倘使將來有田常等人，從中圖亂，**淳于越究是齊人，所以僅知田常。**若無親藩大臣，尚有何人相救？總之事不師古，終難持久，今青臣又但知諛媚，反為陛下重過，怎得稱為忠臣！還乞陛下詳察！」始皇聽了，免不得轉喜為怒，但一時卻還耐著，便即遍諭群臣，問明得失。當下有一大臣勃然起立，朗聲啟奏道：「五帝不相因，三王不相襲，治道無常，貴通時變。今陛下手創大業，建萬世法，豈愚儒所得知曉！且越所言，係三代故事，更不足法，當時諸侯並爭，廣招遊學，所以百姓並起，異議沸騰，現在天下已定，法令畫一，百姓宜守分安己，各勤職業，為農的用力務農，為工的專心作工，為士的更應學習法令，自知避禁，今諸生不思通今，反想學古，非議當世，惑亂黔首，這事如何使得？願陛下勿為所疑！」始皇得了這番言語，又引起餘興，滿飲了三大觥，才命散席。看官

第五回
信佞臣盡毀詩書　築阿房大興土木

道最後發言的大員，乃是何人？原來就是李斯。李斯此時，已由廷尉升任丞相，他本是創立郡縣，廢除封建的主議，**見第二回**。得著始皇信用，毅然改制，經過了六七年，並沒有什麼弊病，偏淳于越獨來反對，欲將已成局面，再行推翻，真正是豈有此理！為此極力駁斥，不肯少容。**淳于越卻是多事**。到了散席回第，還是餘恨未休，因復想出嚴令數條，請旨頒行，省得他人再來饒舌。當下草就奏章，連夜繕就，至翌晨入朝呈上，奏中說是：

丞相李斯昧死上言：古者，天下散亂，莫之能一，是以諸侯並作，語皆道古以害今，飾虛言以亂實，人善其所私學，以非上之所建立。今皇帝並有天下，別黑白而定一尊。私學而相與非法教，人聞令下，則各以其學議之。入則心非，出則巷議，誇主以為名，異趣以為高，率群下以造謗。如此弗禁，則主勢降乎上，黨與成乎下。禁之便！臣請：史書非秦紀皆燒之；非博士官所職，天下敢有藏詩書百家語者，悉詣守尉雜燒之；有敢偶語詩書，棄市；以古非今者族；吏見知不舉者與同罪。令下三十日不燒，黥為城旦。**刺面成文為黥，即古墨刑，城旦係發邊築城，每旦必與勞役，為秦制四歲刑。**所不去者，醫藥卜筮種樹之書，若欲有學法令，以吏為師。龐言息而人心一，天下久安，永譽無極。謹昧死以聞。

這篇奏章，呈將進去，竟由始皇親加手筆，批出了一個「可」字。李斯當即奉了制命，號令四方，先將咸陽附近的書籍，一體搜尋，視有詩書百家語，盡行燒毀，依次行及各郡縣，如法辦理。官吏畏始皇，百姓畏官吏，怎敢為了幾部古書，自致犯罪，一面將書籍陸續獻出，一面把書籍陸續燒完，只有曲阜縣內孔子家廟，由孔氏遺裔藏書數十部，暗置複壁裡面，才得儲存。此外如窮鄉僻壤，或尚有幾冊留藏，不致盡焚，但也如麟角鳳毛，不可多得。唯皇宮所藏的書籍，依然存在，並未毀去，待至咸陽

宮盡付一炬，燒得乾乾淨淨，文獻遺傳，也遭浩劫，煞是怪事！**無非愚民政策。**

　　一年易過，便是始皇三十五年。始皇厭故喜新，又欲大興土木，廣築宮殿，乘著臨朝時候，面諭群臣道：「近來咸陽城中，戶口日繁，屋宇亦逐漸增造，朕為天下主，平時居住只有這幾所宮殿，實不敷用。從前先王在日，不過據守一隅，所築宮廷，不妨狹小，自朕為皇帝後，文武百官，比前代多寡不同，未便再拘故轍。朕聞周文都豐，周武都鎬，豐鎬間本是帝都，朕今得在此定居，怎得不擴充規制，抗跡前王！未知卿等以為何如？」群臣聞命，當然連聲稱善，異口同辭。於是在渭南上林苑中，營作朝宮，先命大匠繪成圖樣，務期規模闊大，震古鑠今，各匠役費盡心思，才得制就一個樣本，呈入御覽。復經始皇按圖批改，某處還要增高，某處還要加廣，也費了好幾日工夫，方將前殿圖樣，斟酌完善，頒發出去，令他照樣趕築；此外陸續批發，次第經營。匠役等既經奉命，就將前殿築造起來，役夫不足，當由監工大吏，發出宮刑徒刑等人，一併作工，逐日營造。相傳前殿規模，東西五百步，南北五十丈，分作上下兩層，上可坐萬人，下可建五丈旗，四面統有迴廊，可以環繞，廊下又甚闊大，無論高車駟馬，儘可驅馳。再經殿下築一甬道，直達南山，上面都有重簷覆蓋，迤邐過去，與南山相接，就從山巔豎起華表，作為闕門。殿闕既就，隨築後宮，五步一樓，十步一閣，不消細說。監工人員，與作工役夫，統已累得力盡筋疲，才算把前殿營造，大略告就。偏始皇又發詔令，說要上象天文，天上有十七星，統在天極紫宮後面，穿過天漢，直抵營室。今咸陽宮可仿天極，渭水不啻天漢，若從渭水架起長橋，便似天上十七星的軌道，可稱閣道。因此再命加造橋梁，透過渭水。渭水兩岸，長約二百八十步，築橋已是費事，且橋上須通車馬，不能狹隘，最少需五六丈，這般巨工，

第五回
信佞臣盡毀詩書　築阿房大興土木

比築宮殿還要加倍。始皇也不管民力，不計工費，但教想得出，做得到，便算稱心。需用木石，關中不足，就命荊蜀官吏，隨地採辦，隨時輸運。工役亦依次徵發，逐屆加添，除匠人不計外，如宮徒兩刑犯人，共調至七十萬有奇。他尚以為人多事少，再分遣築宮役夫，往營驪山石槨，所以此宮一築數年，未曾全竣，到了始皇死後，尚難完成。唯當時宮殿接連，照圖計算，共有三百餘所，關外且有四百餘所，復壓至三百多里，一半已經築就，不過裝潢堊飾，想還欠缺，就中先造的前殿，已早告成。時人因他四阿旁廣，叫做阿房。其實始皇當日，欲俟全工落成，取一美名，後來病死沙邱，終不能償此宿願，遂至阿房宮三字，長此流傳，作為定名了。**實是幻影。**

且說始皇既築阿房宮，不待告竣，便將美人音樂，分宮布置，免不得有一番忙碌。適有盧生入見，始皇又惹起求仙思想，便問盧生道：「朕貴為天子，所有製作，無不可為，只是仙人不能親見，不死藥無從求得，如何是好！」盧生便信口答道：「臣等前奉詔令，往求仙人，並及靈芝奇藥，曾受過多少風波，終未能遇，這想是有鬼物作祟，隱加阻害。臣聞人主欲求仙術，必須隨時微行，避除惡鬼，惡鬼遠離，真人便至；若人主所居，得令群臣知曉，便是身在塵凡，不能招致真人，真人入水不濡，入火不爇，乘雲駕霧，到處可至，所以萬年不死，壽與天地同長。今陛下躬親萬機，未能恬淡，雖欲求仙，終恐無益。自今以後，願陛下所居宮殿，毋使外人得知，然後仙人可致，不死藥亦可得呢。」**全是瞎說。**這一席話，說得始皇爽然若失，不禁唏噓道：「怪不得仙人難致，仙藥難求！原來就中有這般阻難，朕今才如夢初覺了。但朕既思慕真人，便當自稱真人，此後不再稱朕，免為惡鬼所迷。」**面前就是惡鬼，奈何不識。**盧生即順勢獻諛道：「究竟陛下聖明天縱，觸處洞然，指日就可成仙了。」**指日就要變鬼**

了。說畢，即頓首告退。看官試想始皇為人，雖然有些痴呆，究竟非婦孺可比；況併吞六國，混一區宇，總有一番英武氣象，為什麼聽信盧生，把一派荒誕絕倫的言語，當作真語相看，難道前此聰明，後忽愚昧麼？小子聽得鄉村俗語云：聰明一世，懵懂一時，越是聰明越是昏，想始皇一心求仙，所以不多思索，誤入迷途呢。

　　自經始皇迷信邪言，遂令咸陽附近二百里內，已成宮觀二百餘所，統要添造複道甬道，前後聯接，左右遮蔽，免得遊行時為人所見，瞧破行蹤。並令各處都設帷帳，都置鐘鼓，都住妃嬪，其餘一切御用物件，無不具備。今日到這宮，明日到那宮，一經趨入，便是吃也有，穿也有，侑觴伴寢，一概都有。只是這班宋子齊姜，吳姬趙女，撥入阿房宮裡，伺候顏色，打扮得齊齊整整，裊裊婷婷，專待那巫峽襄王，來做高唐好夢。有幾個僥倖望著，總算不虛此生，仰受一點聖天子的雨露，但也不過一年一度，彷彿牛郎織女，只許七夕相會，還有一半晦氣的美人，簡直是一生一世，盼不到御駕來臨，徒落得深宮寂寂，良夜悽悽。後人杜牧嘗作〈阿房宮賦〉，中有數語云：

　　妃嬪媵嬙，王子皇孫，辭樓下殿，輦來於秦，朝歌夜弦，為秦宮人。明星熒熒，開妝鏡也；綠雲擾擾，梳曉鬟也；渭流漲膩，棄脂水也；煙斜霧橫，焚椒蘭也；雷霆乍驚，宮車過也；轆轆遠聽，杳不知其所之也。一肌一容，盡態極妍，縵立遠視，而望幸焉，有不得見者，三十六年。

　　內多怨女，外多曠夫，興朝景象，豈宜若此！那始皇尚執迷不悟，鎮日裡微行宮中，不使他人聞知。且令侍從人員，毋得漏洩，違命立誅，侍從自然懍遵。不過始皇是開國主子，究竟不同庸人，所有內外奏牘，仍然照常批閱。凡一切築宮人役，勞績可嘉，便令徙居驪邑雲陽，十年免調。總計驪邑境內，遷住三萬家，雲陽境內，遷住五萬家。又命至東海上朐界

第五回
信佞臣盡毀詩書　築阿房大興土木

中，立石為表，署名東門。他以為皇威廣被，帝德無涯，那知百姓都願守土著，不樂重遷，雖得十年免役，還是怨多感少，忍氣吞聲。始皇何從知悉？但覺得言莫予違，快樂得很。

一日遊行至梁山宮，登山俯矙，忽見有一隊人馬，經過山下，武夫前呵，皂吏後隨，約不下千餘人，當中坐著一位寬袍大袖的人員，也是華麗得很，可惜被羽蓋遮住，無從窺見面目。不由的心中驚疑，便顧問左右道：「這是何人經過，也有這般威風？」左右仔細審視，才得據實復陳。為了一句答詞，遂令始皇又起猜嫌。小子有詩詠道：

欲成大德務寬容，寧有苛殘得保宗！
怪底秦皇終不悟，但工溪刻好行凶。

究竟山下是何人經過，容至下回發表。

始皇之南征北略，已為無名之師，顧猶得曰華夷大防，不可不嚴，乘銳氣以逐蠻夷，亦聖朝所有事也。乃誤信李斯之言，燒詩書，燔百家語，果奚為者？詩書為不刊之本，百家語亦有用之文，一切政教，恃為模範，顧可付諸一炬乎？李斯之所以敢為是議者，乃隱窺始皇之心理，揣摩迎合耳。天下非一人之天下，豈一人所得而私？始皇不知牖民，但務愚民，彼以為世人皆愚，而我獨智，則人莫予毒，可以傳世無窮。庸詎知其不再傳而即止耶！若夫阿房之築，勞役萬民，圖獨樂而忘共樂，徒令怨女曠夫，充塞內外，千夫所指，無疾而死，況怨曠者之數不勝數乎！其亡也忽，誰曰不宜！

第六回
阮深谷諸儒斃命　　得原璧暴主驚心

　　卻說梁山下面，經過的大員，就是丞相李斯。當由始皇左右，據實陳明，始皇道：「丞相車騎，果如此威風麼？」這句說話，明明是含有怒意。左右從旁窺透，便有人報知李斯。李斯聽說，吃驚不小，嗣是有事出門，減損車從，不復如前。偏又被始皇看見，越覺動疑，便將前日在梁山宮時，所有侍從左右，一律傳到，問他何故洩漏前言？左右怎敢承認，相率狡賴，惹得始皇怒不可遏，竟命武士進來，把左右一齊綁出，悉數斬首。**冤酷之至**。餘人無不股慄，彼此相戒，永不多言。盧生屢紿始皇，免不得暗地心虛，私下與韓客侯生商議道：「始皇為人，天性剛戾，予智自雄，幸得併吞海內，志驕意滿，自謂從古以來，無人可及。雖有博士七千人，不過備員授祿，毫不信用。丞相諸大臣，又皆俯首受成，莫敢進言。尚且任刑好殺，親倖獄吏，天下已畏罪避禍，裹足不前。我等近雖承寵，錦衣美食，但秦法不得相欺，不驗輒死，仙藥豈真可致？我也不願為求仙藥，不如見機早去，免受禍殃。」**真是乖刁**。侯生也以為然，遂與盧生乘隙逃去。

　　及始皇聞知，追捕無及，不由的大怒道：「我前召文學方士，並至都中，無非欲佐致太平，煉求奇藥。今徐市等費至鉅萬，終不得藥，盧生等

第六回
阬深谷諸儒斃命　得原璧暴主驚心

素邀厚賜，今反妄肆誹謗，敢加侮蔑。我想方士如此，其他可知。現在咸陽諸生，不下數百，必有妖言構造，煽惑黔首。我已使人探察，略得情偽，此次更不得不徹底清查了。」隨即頒詔出去，令御史案問諸生，訊明呈報。御史等隱承意旨，傳集諸生數百人，問他有無妖言惑眾等情。諸生等俱齊聲道：「聖明在上，某等怎敢妄議？」說尚未畢，但聽得一聲驚堂木，出人意外。接連有厲聲相訶道：「汝等若不用刑，怎肯實供！」說著，即喝令皂役，取出許多刑具，把諸生拖翻地上，或加杖，或加笞，打得諸生皮開肉爛，鮮血直噴。有幾個淒聲呼冤，又經問官令加重刑。三木之下，何求不得，沒奈何屈打成招，無辜誣伏。問官煞是厲害，再把供詞深文鍛鍊，**輾轉牽引**，遂構成一場大獄，砌詞矇奏。始皇反說他有治獄才，立即准詞批覆，飭將犯禁諸生一體處死，使天下知所懲戒，不敢再犯。可憐諸生遭此慘禍，盡被獄卒如法捆綁，推出咸陽市上，共計得四百六十餘人。可巧始皇長子扶蘇，入宮省父，瞥見市上一班罪犯，統是兩手反綁，蹣跚前來，面上都帶慘容，口中尚有籲詞，情既可憐，跡亦可憫，遂商諸監刑官，叫他暫時停刑，俟自己奏請後，再行定奪。監刑官見是扶蘇，自然不敢反抗，連聲相應。扶蘇忙搶步入宮，尋見始皇。好容易才得覓著，行過了問省禮，便向始皇進諫道：「天下初定，黔首未安，諸生皆誦法孔子，習知禮義，今若繩以重法，概處死刑，臣恐人心不服，反累聖聰。還求陛下特沛仁恩，酌予赦免。」道言甫畢，即聞始皇盛怒道：「孺子何知？也來多言！此處用你不著，你可北赴上郡，監督蒙恬，快將長城直道，趕緊造就，我就要北巡了。」扶蘇見始皇面帶威稜，料知不好再諫，只得奉諭出宮，飭人報知監刑官，述明情形。監刑官怎好再緩，索性將四百六十多個儒生，盡驅入深谷中，上面拋擲土石，霎時間將谷填滿。一班讀書士子，冤魂相接，統入柱死城中去了。**恐柱死城中尚是容受不住。**

扶蘇聞諸生坑死，也為淚下，只因父命在身，未敢稽留，只得匆匆北去。**也是前去送死。**始皇雖盡坑咸陽諸生，尚嫌不足，意欲將四方名士，悉數屠滅，才得斬草除根，不留遺種。唯一旦下詔，叫地方官盡殺文人，究未免令出無名，反致騷動天下，況文人多半狡猾，一聞命令，或即遠颺，如盧生、侯生等類，在逃未獲，終致漏網，豈不可慮！於是輾轉圖維，竟得想就了一個妙策，下詔求才，限令地方官訪求名儒，送京錄用。地方官當即採訪，便有許多梯榮干進的儒生，冒死應徵。不到數月，已由各處保送，陸續赴都，準備召見。始皇大喜，一齊宣入，檢點人數，約有七百名，半係耆年，半係後進。當即溫言詢問，得了答詞，或通經，或善文，盡命左右證明履歷，然後令退。越宿即傳出一道旨意，命七百人都為郎官。七百人得此恩詔，真個是意外高升，彈冠相慶，**熱中者其聽諸。**便即聯翩入宮，舞蹈謝恩。

　　轉瞬間已屆寒冬，忽由驪山守吏，報稱馬谷地方，有瓜成實，累累可觀。始皇便召集郎官，故意驚問道：「現當嚴寒時候，果實皆殘，為何馬谷生出瓜來？卿等稽古有年，可能道出原因否？」諸郎官聞此異事，倒也暗暗稱奇，但又不敢不對答數語。有的說是瑞兆，有的說是咎徵，聚訟盈庭，莫衷一是。還是始皇定出主意，叫他同往馬谷，親去審視，方足核定災祥。各郎官也欲親往一瞧，驗明真偽，隨即聯袂出都。一口氣跑至馬谷，果然谷中有瓜數枚，新鮮得很，大眾越加驚訝，互相猜疑。正在紛紛議論的時候，猛聞得有爆裂聲，不由的慌張四望。說也奇怪，那一聲暴響後，便有許多土石，從頭上壓來，急忙忍痛四竄，覓路欲奔，偏偏谷口外面，已被木石塞住，不留一隙。大眾到此，才知始皇是設計陰險，巧為陷害，彼此懊悔無及，哭作一淘。過了數時，都已被木石打倒，駢死谷中。**誰叫你等想做高官。**看官閱此，應已曉得馬谷坑儒的冤案，但冬令如何有

第六回
阮深谷諸儒斃命　得原璧暴主驚心

瓜，不免費後人疑猜。原來驪山下有溫泉，通入馬谷，谷中包含熱氣，無論天時寒暖，常生草木。始皇密令心腹，至谷內植下瓜種，逐漸發生，竟得結實。諸生那裡曉得毒謀，遂為始皇所欺，騙到谷中。那時谷外已預設伏機，一經諸生入谷，便有人扳動機捩，亂拋土石，且把谷口塞斷，使他無從飛越，除死以外無他法，七百人竟不留一個。後人稱馬谷為坑儒谷，或號為愍賢鄉，至唐明皇時，又改為旌賢鄉，這是後話不提。

且說始皇在世，刻忌的了不得，不但讀書士人，冤冤枉枉的死了無算，就是海內百姓，也為了連年徭役，吃盡了許多苦楚，並沒有什麼封賞。就中只有兩人，得叨恩眷，親受封旌。一個是烏氏縣中的販豎，名叫做倮，一個是巴郡中的寡婦，名叫做清。倮素畜牧，至畜類蕃盛，便即出售，賺了若干銀錢，便去改買綢絹，運往西戎兜銷。戎人素著毛褐，從未見過花花色色的繒彩，一經見到，都是嘖嘖稱羨，立向戎王報知。戎王召倮入見，看了許多繒物，即把玩流連，不忍釋手。也是倮福至心靈，便挑選上等綢匹，雙手奉獻。戎王不禁大悅，情願償還價值，只苦西戎境內，沒有金銀，只有牲畜，當下命將牲畜給倮，約千百頭，作為繒價。倮樂得收受，謝別戎王，驅歸牲畜，再至內地銷售，營利十倍。又輾轉豢養馬牛，越養越多，數不勝計，連圈笠都不夠容納，索性購置一座山園，就將馬牛等驅至谷內，朝出暮羈，但教谷中滿足，便算沒有走失。從來富可致貴，錢足通靈，不知如何運動官長，竟將他奏聞始皇，說他專心畜牧，因致鉅富。**若非阿堵物上獻，則倮本販夫，為秦所賤，怎得仰邀封賞**。好容易得了一道恩詔，竟比倮為封君，准他按時入都，得與群臣同班朝賀，號為朝請。一介賈豎，居然參入朝班，豈非異數？那寡婦清青年守節，靠著祖傳的丹穴，作為生計，克勤克儉，享有巨資。她恐盜賊搶劫，也隨時取出金帛，饋送官吏。官吏也派兵保護，嚴拒盜賊，又復代為出奏，說她如

何矢志，如何持家。始皇平日未嘗不好色宣淫，獨對著民間婦女，偏要他男女有別，謹守防閒。既得巴郡奏舉，便下一特旨，叫寡婦清入朝見駕。寡婦清是個女中丈夫，聞命以後，一些兒沒有驚惶，當即帶著行囊，乘傳入都。沿途守吏，因寡婦清由朝廷徵召，來歷很大，當然不敢怠慢，一切照料，格外周到。**婦人就徵，卻是難得**。寡婦清既至咸陽，就將囊中所貯白鏐，散給始皇心腹，當有人代為稱譽，預達始皇。**無非是要錢財做出**。始皇即命引見，寡婦清放膽進去，跪下丹墀，九叩三呼，均皆合節。始皇見她楚楚有禮，特垂青眼，命她起身，且囑左右取過金墩，賜令旁坐。秦朝制度，階級很不平等，就是當朝丞相，也只得在旁站立，從不聞有賜坐等情。偏這位巴蜀婦人，初次登殿，竟沐這般厚恩，居然以客禮相待，引得兩旁文武，無不驚奇。及始皇好言慰問，寡婦清亦應對周詳，並無倉皇態度。始皇甚喜，優加賞賜。經清起身拜謝，便欲告辭，又由始皇留住數日，使得周遊咸陽宮，然後命歸。一別出都，長途無恙，又由官吏沿路歡送，供應與前相同。至清既歸家，即有郡守前來問候，據言朝命復下，當為夫人築一懷清檯，旌揚貞節。寡婦清倍加欣慰。果然不日興工，即就寡婦清所居鄉中，倚山建築，造成一臺，曰懷清。至今蜀中名為臺山，或稱貞女山，便是秦時寡婦清居處。事且慢表。

再說始皇三十六年，熒惑守心，**熒惑與心皆星名**。有流星墜於東郡，化成一石，石上留有字跡，好像有人雕鐫。仔細認明，乃是「始皇帝死而地分」，共得七字。這事雖屬希奇，究竟無關緊要，似不必報達朝廷。無如始皇嘗下命令，凡世間無論何事，俱由地方官奏聞，不准隱匿。東郡郡守，既得將怪石驗明，不敢不報。始皇大怒道：「什麼怪石！大約是莠民咒我，刻石成詞，非派員查明，不能懲奸！」說著，即遣御史速往東郡，嚴行究治。御史奉詔，立即出發，馳往東郡，傳問石旁人民，統說是天空

第六回
阬深谷諸儒斃命　得原璧暴主驚心

下墜，無人刻字。御史但務嚴酷，拷訊多日，不得實供，因即使人馳報。誰知始皇還要刻毒，即日傳詔，飭將石旁居民，全體誅戮，並將怪石毀去。御史遵詔施行，又晦氣了許多百姓，身首兩分，石頭也遭劫火，變成泥沙，事畢覆命。始皇單怕一個死字，雖將石頭滅跡，心中尚覺不快。乃使博士各詠仙真人詩，共若干首，無非是長生不死等語，當下付與樂人，叫他譜入管絃，作為歌曲。每出遊幸，即令樂工歌彈，消遣愁懷。**也是無聊之極思。**

到了秋日，有使臣從關東來，經過華陰，出平舒道，忽有一人持璧相授，且與語道：「可替我贈滈池君，今年祖龍當死。」使臣愕然不解，再欲詳問，那人倏然不見，驚得使臣莫名其妙。顧視手中，璧仍攜著，未嘗失去。料知事必有因，只好入都報聞。始皇把璧取視，璧上也沒有什麼怪異，一面摩挲，一面思量，好多時才啟口道：「汝在華陰相遇，定是華山腳下的山鬼。山鬼有何智識，就使稍有知覺，也不過曉得眼前情事，至多不出一年，何足憑信！」使臣不敢多言，默然自退。始皇又自言自語道：「祖龍兩字，寓何意義？人非祖宗，身從何來？是祖字應該作始字解；龍為君象，莫非果應在我身不成！」繼又自慰道：「祖龍是說我先人，我祖亦曾為王，早已死去，這等荒誕無稽的說話，睬他什麼？」**恰有此種心理，一經作者摹寫，比史家敘得有味。**當下將璧交與御府，府中守吏卻認得此御府故物，謂從前二十八年時，東行渡江，曾將此璧投水祀神，今不知如何出現，也覺不解。始皇聽了，越覺心下動疑，躊躇莫決。不得已召入太卜，叫他虔誠卜卦，辨定吉凶。太卜遂向神禱告，演出龜兆，證諸三易，**連山、歸藏、周易，號為三易。**辭義多半深奧，未盡明瞭。太卜不便直告，但云遊徙最吉。**仍是迎合上意。**始皇暗想，我可遊不可徙，民可徙不可遊，不如我遊民徙，雙方並作，當可趨吉避凶。但又恐山鬼所言，今

年當死,一或出遊,未免遭人暗算,我且在年內徙民,年外出遊,便可無慮了。於是頒詔出去,命將內地百姓三萬家,分徙河北榆中。百姓並無事故,又要離鄉背井,扶老攜幼,辛辛苦苦的歷碌奔波,這種不幸情事,真是出諸意外,沒奈何吞聲飲恨,遵旨移徙去了。

　　秋去冬來,便經殘臘,始皇只恐致死,深居簡出。靜養了好幾月,居然疾病不作,安穩過年。一出正月,即夏正十月。始皇心寬體泰,把數月間的驚惶情態,已盡消釋,便即下詔出巡。**史稱始皇三十七年十月東巡,同年七月至沙邱而崩,想是編年准諸秦法,紀月准諸夏正,否則,十月之後,何又有七月耶。**這番巡行,卻是不循原轍,特向東南出發。法駕具備,但留右丞相馮去疾居守。本擬令少子胡亥,與去疾同在都中,偏胡亥年已弱冠,也想從父出遊,一擴眼界,便即稟請乃父,託名隨侍,乞許偕行。始皇本愛憐少子,又見他具有孝思,欣然允諾,遂令他隨著,陪輦出都。所有侍從人等,不勝縷述。最著名的乃是左丞相李斯,及中車府令趙高。

　　趙高是一個闍豎,在宮服役,生性非常刁猾,善伺人主顏色,又能強記秦朝律令,凡五刑細目若干條,俱能默誦。始皇嘗披閱案牘,遇有刑律處分,稍涉疑義,一經趙高在旁參決,無不如律。始皇就說他明斷有識,強練有才,竟漸加寵信,擢為中車府令,且使教導少子胡亥,判決訟獄。胡亥少不更事,又是個皇帝愛子,怎肯靜心去究法律?一切審判,均委趙高代辦。趙高熟悉始皇性情,遇著刑案,總教嚴詞鍛鍊,就使犯人無甚大罪,也說他死有餘辜。一面奉承胡亥,導他淫樂,所以始皇父子,並皆稱趙高為忠臣。高越加橫恣,漸漸的招權納賄,舞法弄文,不料事被發覺,竟為始皇所聞,飭令參謀大臣蒙毅,審訊高罪。毅依罪定讞,應該處死,偏始皇格外加憐,念他前時勤敏,特下赦書,不但貸他一死,並且賞還原

第六回
阮深谷諸儒斃命　得原璧暴主驚心

官。**偏是此人不死**。此次胡亥從行，趙高也一同相隨。為了閹人驂乘，遂至貽禍無窮。小子有詩嘆道：

休言天道本微茫，假手閹人復帝綱。
若使斂壬先伏法，強秦何至遽論亡。

欲知始皇出巡後事，待至下回再敘。

始皇之殺人多矣，而心計之刻毒，莫如坑儒，即其亡國之禍根，亦實自坑儒始。儒不坑，則扶蘇不致進諫，扶蘇不諫，則不致外出，而後日趙高矯詔之事，亦不致發生。始皇道死，扶蘇繼立，秦其猶可不亡乎！然始皇能殺諸生，而不能殺一趙高，所謂人有千算，天教一算者非與？或謂始皇生平，非無小惠：烏氏倮之比為封君，巴寡婦之待以客禮，亦為後世庸主所未逮。不知巴寡婦尚屬可能，烏氏倮何足致賞？賞罰不明，倒行逆施，適以見其昏謬耳。況濫殺石旁居民，肝腦塗地，若再不死，民命曷存？至若歸璧一事，似近荒誕，但乖氣致戾，反常為妖，莫謂災異之盡出無憑也？

第七回
尋生路徐市墾荒　從逆謀李斯矯詔

　　卻說始皇出巡東南，行至雲夢，道過九嶷山，聞山上留有舜塚，乃望山禱祀。**前曾遷怒湘山祠，伐木赭山，此次胡為祀舜？**再渡江南下，過丹陽，入錢塘，臨浙江。江上適有大潮，風波甚惡，因向西繞道，寬行百二十里。從中渡過江流，乃上會稽山，祭大禹陵，又望祀南海。仍依前時故例，立石刻頌。文云：

　　皇帝休烈，平一宇內，德惠修長。三十有七年，親巡天下，周覽遠方。遂登會稽，宣省習俗，黔首齋莊。群臣誦功，本原事蹟，追首高朋。秦聖臨國，始定刑名，顯陳舊彰。初平法式，審別職任，以立恆常。六王專倍，貪戾傲猛，率眾自疆。暴虐恣行，負力而驕，數動甲兵。陰通間使，以事合從，行為僻方。內飾詐謀，外來侵邊，遂起禍殃。義威誅之，殄熄暴悖，亂賊滅亡。聖德廣密，六合之中，被澤無疆。皇帝並宇，兼聽萬事，遠近畢清。運理群物，考驗事實，各載其名。貴賤並通，善否陳前，靡有隱情。飾省宣義，有子而嫁，倍死不貞。防隔內外，禁止淫泆，男女潔誠。夫為寄豭，殺之無罪，男秉義程。妻為逃嫁，子不得母，咸化廉清。大治濯俗，天下承風，蒙被休經。皆遵度軌，和安敦勉，莫不順令。黔首修潔，人樂同則，嘉保太平。後敬奉法，常治無極，輿舟不傾。從臣誦烈，請刻此石，光垂休銘。

第七回
尋生路徐市墾荒　從逆謀李斯矯詔

　　立石以後，始皇也不久留，便即啟鑾北行，還過吳郡，從江乘渡江，又到海上，再至瑯琊。傳問方士徐市，曾否求得仙藥。徐市借求藥為名，逐年領取費用，已不勝計，他是逍遙海上，並未去尋不死藥。此次忽蒙宣召，眼見得無從報命，虧他能言善辯，見了始皇，但言連年航海，好幾次得到蓬萊，偏海中有大鮫魚為祟，掀風作浪，阻住海船，故終不得上山求藥。臣想蓬萊藥非不可得，唯必須先除鮫魚；欲除鮫魚，只有挑選弓弩手，乘船同去，若見鮫魚出沒，便好連弩迭射，不怕鮫魚不死。始皇聽說，不但不責他欺誑，還要依議施行，竟擇得善射數百人，伴著御舟，親往射魚。這雖是始皇求仙心切，容易受欺，但也有一種原因，因致此舉。始皇嘗夢與海神交戰，不能得勝，唯見海神形狀，也與常人相同。及醒後召問博士，博士答稱水中有神，不易見到，平時常有大魚鮫龍，作為候驗。今陛下祀神甚謹，偏有此種惡神，暗中作祟，理應設法驅除，方得善神相見。**全是搗鬼**。始皇還將信將疑，及聞徐市言，適與博士相符，不由的迷信起來，所以帶了弓弩手數百，親往督射，欲與海神一決雌雄。**愚不可及**。隨即由瑯琊起程，北至榮成山，約航行了數十里，並不見有什麼大魚，什麼鮫龍。再前行至之罘，方有一大魚揚鬐前來，若沉若浮，巨鱗可辨。各弓弩手齊立船頭，突見此魚，便各施展技藝，向魚射去。霎時間血水漂流，那大魚受了許多箭傷，不能存活，便悠悠的沉下水去。各弓弩手統皆喜躍，報知始皇。始皇已早瞧著，即指大魚為惡神，謂已射死了他，此後當可無虞，乃命徐市再去求藥。

　　徐市即將原有船隻，載得童男童女各三千人，並許多糧食物品，航海東去。此番東行，已含有避秦思想，擬擇一安身地方，作為巢窟。也是天從人願，竟被他覓得一島，島中草木叢生，並無人跡。當由徐市領著童男童女，齊至島上眺覽多時，且與大眾語道：「秦皇要我等求不死藥，試想

不死藥從何而來？若再空手回報，必逢彼怒，我等統要被斬首了。」大眾聽著，禁不住號哭起來。徐市又道：「休哭！休哭！我已想得一條活路在此。汝等試看這座荒島，雖然榛莽叢雜，卻是地熱易生；若經我等數千人，併力開墾，種植百穀，定有收穫，便可資生。好在舟中備有谷種，並有農具，一經動作，無不見效。如慮目前為難，我已籌足資糧，足供半年食料。照此辦法，我等均得安居樂業，既不必輸糧納稅，又不至犯法受刑，豈不是一勞永逸麼？」大眾鼓掌稱善，當然轉悲為喜，願聽徐市指揮。徐市即分派男女，逐日墾荒，即墾即耕，即耕即種，半年以後，便有生息。已而麻麥芃芃，禾役毿毿，竟把這荒蕪海島變做了饒沃田園。既得足食，復擬營居，關地築廬，上棟下宇，起初還是寄宿舟中，朝出暮返，至此復得就地棲身，不勞跋涉。再加徐市體察周到，索性將童男童女配為夫婦，使得雙宿雙棲，這是與眾同樂，最愜人情。大眾俱有室家，安然度日，還想什麼西歸？就奉徐市為主子，做了一個海外桃源。後來徐市老死，便在島上安葬。相傳現今日本境內，尚留徐市古墓，數千年來，遺跡未泯，倒也好算個殖民首領了。**哥倫布不得專美，應該稱許。**

且說始皇駐舟海上，還想徐市得藥，就來回報，偏他一去不返，杳無消息，不得已命駕西還。渡河至平原津，忽覺得龍體不安，寒熱交作，連御膳都吃不下去，日間還是勉強支持，夜間更不得安眠，心神恍惚，言語狂譫，好似見神遇鬼，不知人事。隨駕非無醫官，診脈進藥，全不見效，反且逐日加重，病到垂危。左丞相李斯，逐次省視，眼見始皇病篤，巴不得即日到京，催趲人馬，趕快就道。好容易得至沙邱，始皇病已大漸，差不多要歸天了。沙邱尚有故趙行宮，至此不得不暫憩乘輿，就借行宮住下。李斯明知始皇將死，每思啟問後事，怎奈始皇生平，最忌一個死字，李斯恐觸犯忌諱，又不敢率爾進陳。及始皇自知不起，乃召李斯、趙高入

第七回
尋生路徐市墾荒　從逆謀李斯矯詔

諭，囑為璽書，賜與長子扶蘇，叫他速回咸陽，守候喪葬。斯、高二人，依言草就，呈與始皇複閱，始皇已痰氣上壅，只睜著眼對那璽書。李斯還道他留心察視，那知他已死去，只有雙目未瞑。**原難瞑目。**畢竟趙高乖巧，用手一按，已是氣息全無，奄然長逝，他即把璽書取置袖中，方與李斯說明駕崩。李斯不免張皇，急籌後事，也無暇向高索取璽書了。**趙高已蓄陰謀。**始皇死時，年正五十，一代暴主，從此了局。總計始皇在位三十七年，唯就併吞六國，自稱皇帝時算起，只有一十二年。

　　李斯籌劃一番，恐始皇道死，內外有變，不如祕不發喪，暫將始皇棺殮，載置輼輬車中，偽稱始皇尚活，仍擬起行。一面催趙高發出璽書，速召扶蘇回入咸陽。偏趙高懷著鬼胎，匿書不發，私下語胡亥道：「主上駕崩，不聞分封諸子，乃獨賜長子書，長子一到，嗣立為帝，如公子等皆無寸土，豈不可慮！」胡亥答道：「我聞，知臣莫若君，知子莫若父，父無遺命分封諸子，為子自應遵守，何待妄議。」趙高不悅道：「公子錯了！方今天下大權，全在公子與高，及丞相三人，願公子早自為謀，須知人為我制，與我為人制，大不相同，怎可錯過？」胡亥勃然道：「廢兄立弟，便是不義，不奉父詔，便是不孝，自問無材，因人求榮，便是不能，三事統皆背德，如或妄行，必至身殂國危，社稷且不血食了！」**此時胡亥尚有天良，故所言如此。**趙高啞然失笑道：「臣聞湯武弒主，天下稱義，不為不忠；衛輒拒父，國人皆服，孔子且默許，不為不孝。從來大行不顧小謹，盛德不矜小讓，事貴達權，怎可墨守？及此不圖，後必生悔，願公子聽臣大計，毅然決行，後必有成。」**小人之言，往往於無理中說出一理，故足淆人聽聞。**這數語說罷，引得胡亥也為心動，沉吟半晌，方嘆息道：「今大行未發，喪禮未終，怎得為了此事，去求丞相？」趙高見說，便接口道：「時乎時乎，稍縱即逝！臣自能說動丞相，不勞公子費心。」說著即

走，胡亥並不攔阻，由他自去。**已為趙高所惑。**

　　趙高別了胡亥，便往見李斯，李斯即問道：「主上遺書已發出否？」趙高道：「這書現在胡亥手中，高正為了此事，來與君侯商議。今日主上崩逝，外人皆未聞知，就是所授遺囑，只有高及君侯，當時預聞，究竟太子屬諸何人，全憑君侯與高口中說出。君侯意中，果屬如何？」李斯聞言大驚道：「汝言從何處得來？這是亡國胡言，豈人臣所得與議麼？」趙高道：「君侯不必驚忙。高有五事，敢問君侯。」李斯道：「汝且說來。」趙高道：「君侯不必問高，但當自問，才能可及蒙恬否？功績可及蒙恬否？謀略可及蒙恬否？人心無怨，可及蒙恬否？與皇長子的情好，可及蒙恬否？」李斯道：「這五事原皆不及蒙恬，敢問君何故責我？」趙高道：「高為內官廝役，幸得粗知刀筆，入事秦宮二十餘年，未嘗見秦封賞功臣，得傳二世，且將相後嗣，往往誅夷。皇帝有二十餘子，為君侯所深悉，長子剛毅武勇，若得嗣位，必用蒙恬為丞相，難道君侯尚得保全印綬，榮歸鄉里麼？高嘗受詔教習胡亥，見他慈仁篤厚，輕財重士，口才似拙，心地卻明，諸公子中，無一能及，何不立為嗣君，共成大功？」李斯道：「君毋再言！斯仰受主詔，上聽天命，得失利害，不暇多顧了。」趙高又道：「安即可危，危即可安，安危不定，怎得稱明？」李斯作色道：「斯本上蔡布衣，蒙上寵擢，得為丞相，位至通侯，子孫並得食祿，這乃主上特別優待，欲以安危存亡屬斯，斯怎忍相負呢！且忠臣不避死，孝子不憚勞，斯但求自盡職守罷了！願君勿再生異，致斯得罪。」趙高見斯色屬內荏，不能堅持，便再進一步，用言脅迫道：「從來聖人無常道，無非是就變從時，見末知本，觀指睹歸。今天下權命，係諸胡亥手中，高已從胡亥意旨，可以得志，唯與君侯相好有年，不敢不真情相告。君侯老成練達，應該曉明利害。從外制中謂之惑，從下制上謂之賊，秋霜降，草花落，水搖動，萬物作，勢有

第七回
尋生路徐市墾荒　從逆謀李斯矯詔

必至，理有固然，君侯豈尚未察麼？」**仍是怵以利害。**李斯喟然道：「我聞晉易太子，三世不安，齊桓兄弟爭位，身死為戮，紂殺親戚，不聽諫臣，國為邱墟，遂危社稷。總之逆天行事，宗廟且不血食，斯亦猶人，怎好預此逆謀？」**不遽宣告高罪，反將迂詞相答，斯已氣為所奪了。**趙高聽著故作慍色道：「君侯若再疑慮，高也無庸多說，唯今尚有數言，作為最後的忠告。大約上下合約，總可長久，中外如一，事無表裡，君侯誠聽高計議，就可長為通侯，世世稱孤，壽若喬松，智如孔墨，倘決意不從，必至禍及子孫，目前就恐難免。高實為君侯寒心，請君侯自擇去取罷。」言畢，即起身欲行。李斯一想，這事關係甚大，胡亥趙高，已經串同一氣，非獨力所能制，我若不從，必有奇禍，從了他又覺違心，一時無法擺布，禁不住仰天長嘆，垂淚自語道：「我生不辰，偏遭亂世，既不能死，何從託命！主上不負臣，臣卻要負主上了！」**看你後來果能不死否？**

趙高見他已有允意，欣然辭出，返報胡亥道：「臣奉太子明令，往達丞相，丞相斯已願遵從。」胡亥聞李斯也肯依議，樂得將錯便錯，好去做那二世皇帝。便與趙高密謀，假傳詔旨，立子胡亥為太子，另繕一書，賜與長子扶蘇，將軍蒙恬。略云：

朕巡天下，禱祠名山諸神，以延壽命。今扶蘇與蒙恬，將師數十萬以屯邊，十有餘年矣，不能進而前，士卒多耗，無尺寸之功，乃反數上書，直言誹謗我所為，以不得歸為太子，日夜怨望。扶蘇為子不孝，其賜劍以自裁。恬與扶蘇居外，不能匡正，應與同謀，為人臣不忠，其賜死！以兵屬裨將王離，毋得有違！

書已繕就，蓋上御璽，託為始皇詔命，即由胡亥派遣門下心腹，齎往上郡。李斯並皆與聞，明知趙高所為，悖逆天理，行險圖功，但為自己身家起見，不能不勉強與謀，暫保富貴，所以一切祕計，無不贊同。**人生敗**

名喪節，統為此念所誤。趙高又恐扶蘇違詔，先入咸陽，因即將輼輬車出發，自與心腹閹人，跨轅參乘。沿途所經，仍令膳夫隨食，文武百官，亦皆照常奏事。輼輬車本是臥車，四面有窗帷遮蔽，外人無從了見，還道始皇未死，恭恭敬敬的佇立車旁。那趙高等坐在車內，隨口亂道，統當作聖旨一般。好在途中沒甚大事，總教隨奏隨允，便可敷衍過去。百官等既邀允准，大都高興得很，轉身就去，何人敢來探察？因此趙高、李斯的詭謀，終未被人窺破。無如時當秋令，天時寒暖無常，有時已是清涼，有時還覺炎熱，再加天空紅日，照徹車駕，免不得屍氣燻蒸，衝出一種臭氣。趙高又想出一策，矯詔索取鮑魚，令百官車上，各載一石。百官都不解何意，只因始皇專制，已成習慣，無論什麼命令，總須懍遵無違，才得免罪，所以矯詔一傳，無不立辦。鮑魚向有臭氣，各車中一概載著，惹得人人掩鼻，怎能再辨得明白，這是鮑魚的臭氣，還是屍身的臭氣呢。**趙高真是乖巧。**

　　當下一路催趲，星夜前進，越井陘，過九原，經過蒙恬監築的直道，徑抵咸陽。都中留守馮去疾等，出郊迎駕，當由趙高傳旨，疾重免朝。馮去疾等也不知是詐，擁著輼輬車，馳入咸陽。可巧前時胡亥心腹，從上郡回來，報稱扶蘇自殺，蒙恬就拘，胡亥、趙高、李斯三人，並皆大喜。小子卻有詩嘆道：

　　扶蘇不死未亡秦，誰料邪謀使逆倫。
　　禍本已成翻自喜，嗟他忘國並忘身！

　　欲知扶蘇自殺，及蒙恬就拘等情，待小子下回敘明。

　　徐市一方士耳，假異術以欺始皇，其存心之叵測，與盧生相似。獨其後航行入海，墾闢荒島，不可謂非殖民之至計，較諸盧生等之但知遠颺，

第七回
尋生路徐市墾荒　從逆謀李斯矯詔

專務私圖者，蓋不可同日語矣。始皇稔惡，道死沙邱，趙高包藏禍心，倡謀廢立，始唆胡亥，繼唆李斯；胡亥少不更事，為高所惑，尚可言也，李斯身為丞相，位至通侯，受始皇之顧命，乃甘心從逆，與謀不軌，是豈大臣之所為乎？雖暴秦之罪，上通於天，不如是不足以致亡，但斯為秦相，應具相術，平時既不能匡主，臨變又不思除奸，徒營營於利祿之私，同預廢立之計，例以《春秋》書法，斯為首惡，而趙高猶其次焉者也。故本回標目，獨斥李斯，隱寓《春秋》之大義云爾。

第八回
葬始皇驪山成巨塚　戮宗室犴獄構奇冤

　　卻說扶蘇本監督蒙恬，出居上郡，自胡亥派遣心腹，齎著偽詔御劍，前往賜死，扶蘇得書受劍，泣入內舍，即欲自刎。蒙恬慌忙搶入，諫止扶蘇道：「主上在外，未立太子，令臣將三十萬眾守邊，公子為監，這是天下重任，非得主上親信，怎肯相授！今但憑一使到此，便欲自殺，安知他不有詐謀，且待派人馳赴行在，再行請命，如果屬實，死也未遲。」扶蘇卻也懷疑，偏經使人連番催促，速令自盡，逼得扶蘇胸無主宰，只好痛哭一場，顧語蒙恬道：「父要子死，不得不死，我死便罷，何必多請。」說著，即取御劍自揮，青鋒入項，頸血狂噴，便即倒斃。**也是個晉太子申生。**蒙恬替他棺殮，草草藁葬。使人又促蒙恬自裁，蒙恬卻不肯遽死，但丟出兵符，給與裨將王離接受，自入陽周獄中，再待後命。使人也無可如何，因即匆匆返報。

　　胡亥、趙高、李斯，既得如願，方傳出始皇死耗，即日發喪，就立胡亥為二世皇帝。胡亥即位受朝，文武百官總道是始皇遺命，自然沒有異議，相率朝賀。禮成以後，丞相以下，俱仍舊職，唯進趙高為郎中令，格外寵任。趙高欲盡殺蒙氏兄弟，報復前仇。**即蒙毅審訊趙高一事，見第六回中。**既將蒙恬拘繫陽周，復因蒙毅出外祠神，傳詔出去，把他拿辦。蒙

第八回
葬始皇驪山成巨塚　戮宗室犴獄構奇冤

　　毅方回至代地，正與朝使相遇，接讀詔旨，俯首就縛，暫錮代地獄中。

　　是年九月，便將始皇棺木，奉葬驪山。驪山在驪邑南境，與咸陽相近，山勢雄峻，下有溫泉。始皇在日，早已就山築墓，穿壙闢基，直達三泉，四周約五六里。泉本北流，衝礙墓道，因特用土障住，移使東西分流。且因山上有土無石，須從別山挑運，需役甚多，所以調發人夫，不下數十萬，就中多係犯著徒刑，叫他服勞抵罪，小子於第五回中，曾敘及驪山石槨一語，便是指此。待石槨築成輪廓，已似一座城牆，工程費了無數。還要內作宮觀，備極巧妙，上象天文，用絕大的珍珠，當作日月星辰，下象地輿，取極貴的水銀，當作江河大海。宮中備列百官位次，刻石為象，站立兩旁。餘如珍奇物玩，統皆羅致，燦然雜陳。又令匠人製造機弩，分置四圍，倘若有人發掘，誤觸機關，弩矢便即射出，可以拒人。再從東海中覓取人魚，取油作燭，常爇壙中。人魚產自東海，四足能啼，狀如人形，長約尺許，肉不堪食，唯熬油可以作燭，耐久不滅。似此窮奢極欲，真是古今罕聞，自興土建築後，差不多有十餘年，工方告竣。棺已待窆，當由二世皇帝胡亥，帶著宮眷，及內外文武官吏，一體送葬，輿馬儀仗，繁麗絕倫，筆下尚描寫不盡。既至葬所，便即下棺，胡亥卻自出一令道：「先帝後宮，未曾產子，應該殉葬，不必出境！」**這例出自何處？**這令一下，宮眷等多半無子，當然嚎啕大哭，響徹山谷。那胡亥毫不加憐，但命有子的妃嬪，走出壙外；餘皆留住壙內，不准私逃。有幾個已經撞死，有幾個亦已嚇倒，尚有一大半絕色嬌娃，正在沒法擺布，偏被工匠閉了壙門，用土封固。這班美人兒不是悶死，便是餓死，仙姿玉骨，盡作髑髏，看官道是慘不慘呢！**紅粉骷髏，原是一體，不足深怪！**工匠等重重封閉，已至外面第一重壙門，有人向胡亥說道：「壙中寶藏甚多，雖有機弩伏著，工匠等應皆知悉，保不住有偷掘等事，不如就此除滅，免留後患。」胡亥

召過趙高，向他問計。經趙高附耳數語，即由胡亥派令親卒，遽將外門掩住，再用土石填塞，一些兒不留餘隙，工匠等無路可出，當然畢命。**胡亥也這般刻毒，好算是始皇肖子**。封壙既畢，又從墓旁栽植草木，環繞得周周密密，鬱郁蒼蒼，墓高已五十餘丈，再經草木長大起來，參天蔽日，真是一座絕好的山林。誰知不到數年，便被項羽發掘，搜刮一空，後來牧童到此牧羊，為了羊墜壙中，取火尋覓，羊既覓著，擲去餘炬，索性將始皇遺塚，燒得乾乾淨淨，連枯骨都作灰塵！後人才知始皇父子，用盡心機，俱屬無益，倒不如小民百姓，死後葬身，五尺桐棺，一抔黃土，或尚可傳諸久遠呢！**慨乎言之**。

　　且說秦二世胡亥，葬父已畢，還朝聽政，即欲釋放蒙恬。獨趙高陰恨蒙氏，定欲害死蒙氏兄弟，不但欲誅蒙恬，並且欲誅蒙毅。當下向二世進讒道：「臣聞先帝未崩時，曾欲擇賢嗣立，以陛下為太子；只因蒙恬擅權，屢次諫阻，蒙毅且日短陛下，所以先帝遺命，仍立扶蘇。今扶蘇已死，陛下登基，蒙氏必將為扶蘇復仇，恐陛下終未能安枕哩。」二世聞言，自然不肯輕赦蒙氏兄弟，再經趙高日夜慫恿，也巴不得斬草除根，遂即擬定詔書，欲把蒙氏兄弟，就獄論死。忽有一少年進諫道：「從前趙王遷殺死李牧，誤用顏聚，燕王喜輕信荊軻，驟背秦約，齊王建屠戮先世遺臣，偏聽後勝，終落得身死國亡，夷滅宗祀。今蒙氏兄弟，為我秦大臣謀士，有功國家，陛下反欲將他駢誅，臣竊以為不可！臣聞輕慮不可以治國，獨智不可以存君，今誅戮忠臣，寵任宵小，必至群臣懈體，鬥士灰心，還請陛下審慎為是！」二世瞧著，乃是兄子子嬰。他竟不願對答，叱令退去，便使御史曲宮，齎詔往代，譴責蒙毅道：「先帝嘗欲立朕為太子，卿乃屢次阻難，究是何意？今丞相以卿為不忠，將罪及卿宗，朕頗不忍，但賜卿死，卿當曲體朕心，速即奉詔！」**誤殺大臣，還要示惠**。蒙毅跪答道：「臣少

第八回
葬始皇驪山成巨塚　戮宗室犴獄構奇冤

事先帝，迭沐厚恩，許參末議，先帝未嘗欲立太子，臣亦未敢無故進讒。且太子從先帝周遊天下，臣又不在主側，何嫌何疑，乃加臣罪？臣非敢愛死，但恐近臣蠱惑嗣君，反累先帝英明，故臣不能無辭！從前秦穆殺三良，楚平殺伍奢，吳王夫差殺伍子胥，昭襄王殺武安君白起，四君所為，皆貽譏後世，所以聖帝明王，不殺無罪，不罰無辜，唯大夫垂察！」曲宮已受趙高密囑，怎肯容情？待至蒙毅說罷，竟潛拔佩劍，順手一揮，春的一聲，毅已首落，曲宮也不復多顧，抽身便走，還都復旨。

　　二世又遣使至陽周，賜蒙恬書道：「卿負過甚多，卿弟毅又有大罪，因賜卿死。」蒙恬憤然道：「自我祖父以及子孫，為秦立功，已越三世。今臣將兵三十餘萬，身雖囚繫，勢足背畔。今自知必死，不敢生逆，無非是不忘先主，不辱先人。古時周成王沖年嗣阼，周公旦負扆臨朝，終定天下。及成王有病，周公旦且禱河求代，藏書金縢。後來群叔流言，成王誤信，幾欲加罪公旦，幸發閱金縢藏書，流涕悔過，迎還公旦，周室復安。今恬世守忠貞，反遭重譴，想必由孽臣謀亂，蔽惑主聰。桀殺關龍逢，紂殺王子比干，信讒拒諫，終致滅亡。恬死且進言，非欲免咎，實欲慕死諫遺風，為陛下補闕，敢請大夫覆命。」朝使答說道：「我只知受詔行法，不敢以將軍所言，再行上聞。」蒙恬望空長嘆道：「我何罪於天，無過而死？」繼復太息道：「恬知道了！前起臨洮至遼東城，穿鑿萬餘里，難保不掘斷地脈，這乃是恬的罪過，死也應該了！」**勞役人民，不思諫主，這是蒙恬大罪，與地脈何關。**乃仰藥自殺。朝使當即返報，海內都為呼冤，獨趙高得洩前恨，很是欣慰。

　　好容易已越一年，秦二世下詔改元，尊始皇廟為祖廟，奉祀獨隆。二世復自稱朕，並與趙高計議道：「朕尚在少年，甫承大統，百姓未必畏服，每思先帝巡行郡縣，表示威德，制服海內，今朕若不出巡行，適致示弱，

怎能撫有天下呢？」趙高滿口將順，極力逢迎，越引起二世遊興，立即準備鑾駕，指日啟程。趙高當然隨行，丞相李斯，一同扈駕。此外文武官吏，除留守咸陽外，並皆出發。一切儀制，統仿始皇時辦理。路中約歷月餘，才到碣石。碣石在東海岸邊，曾由始皇到過一兩次，立石紀功。**見第四回。**二世覆命在舊立石旁，更豎一石，也使詞臣等摛藻揚華，把先帝嗣皇的創業守成，一古腦兒說將上去，無非是父作子述，先後同揆等語，文已繕就，照刻石上。再從碣石沿過海濱，南抵會稽，凡始皇所立碑文，統由二世複視，尚嫌所刻各辭，未稱始皇盛德，因各續立石碑，再將先帝恩威，表揚一番，並將擇賢嗣立的大意，並敘在內，李斯等監工告成，復奏明白，乃轉往遼東，遊歷一番，然後還都。

　　於是再申法令，嚴定刑禁，所有始皇遺下的制度，非但不改，反而加苛。中外吏民，雖然不敢反抗，免不得隱有怨聲。而且二世的位置，是從長兄處篡奪得來，天下事若要不知，除非莫為，當時被他隱瞞過去，後來總不免漸漸漏洩，諸公子稍有所聞，暗地裡互相猜疑，或有交頭接耳等情。偏有人報知二世，二世未免加憂，因與趙高密謀道：「朕即位後，大臣不服，官吏尚強，諸公子尚思與我爭位，如何是好！」這數語正中趙高心懷，高卻故意躊躇，欲言不言。**賊頭賊腦。**二世又驚問數次，趙高乃復說道：「臣早欲有言，實因未敢直陳，緘默至今。」說到今字，便回顧兩旁。二世喻意，即屏去左右，側耳靜聽。趙高道：「現在朝上的大臣，多半是累世勳貴，積有功勞。今高素微賤，乃蒙陛下超拔，擢居上位，管理內政，各大臣雖似貌從，心中卻怏怏不樂，陰謀變亂。若不及早防維，設法捕戮，臣原該受死，連陛下也未必久安。陛下如欲除此患，亟須大振威力，雷厲風行，所有宗室勳舊，一體除去，另用一班新進人員，貧使驟富，賤使驟貴，自然感恩圖報，誓為陛下盡忠，陛下方可高枕無憂了！」

第八回
葬始皇驪山成巨塚　戮宗室犴獄構奇冤

二世聽畢，欣然受教道：「卿言甚善，朕當照辦！」趙高道：「這也不能無端捕戮，須要有罪可指，才得加誅。」二世點首會意。

才閱數日，便已構成大獄，有詔孥究公子十二人，公主十人，一併下獄，並將舊臣近侍，也拘繫若干，悉付訊鞠。問官為誰？就是郎中令趙高。趙高得二世委任，一權在手，還管什麼金枝玉葉，故老遺臣？但令把犯人提出階前，硬要加他謀逆的罪名，喝令詳供。諸公子間或懷疑，並沒有確實逆謀，甚且平時言論，也不敢大加謗讟，平白地作了犯人，叫他從何供起？當然全體呼冤。偏趙高忍心害理，專仗那桁楊箠楚，打得諸公子死去活來。諸公子熬受不住，只好隨口承認，趙高說一句，諸公子認一句，趙高說兩句，諸公子認兩句，此外許多誣供，統由趙高一手捏造，連諸公子俱不得聞。至若冤枉坐罪的官吏，見諸公子尚且吃苦，不如拚著一死，認作同謀，省得皮肉受刑。趙高遂牽藤摘瓜，窮根到底，不論他皇親國戚，但教與己有嫌，一股腦兒扯入案中，讞成死罪。有幾個素無仇怨，不過怕他將來升官，亦趁此貶黜了事。**樂得一網打盡**。當下復奏二世，二世立即批准，一道旨下，竟將公子十二人，推出市曹，盡行處斬，陪死的官吏，不可勝計。還有公主十人，不便在大廷審問，索性驅至杜陵，由二世親往鞫治，趙高在旁執法。十公主統是生長深宮，嬌怯得很，禁錮了好幾日，已是黛眉損翠，粉臉成黃，再經胡亥、趙高兩人，逞凶恫喝，不是氣死，已是嚇倒，連半句話兒都說不出來。趙高還說他不肯招承，也命刑訊，接連喝了幾個打字，鞭撻聲相隨而下，雪白的嫩皮膚，怎經得一番摧折？霎時間香消玉殞，血漬冤沉。**趙高是個閹人，怪不得仇視好女，敢問胡亥是何心腸**。

公子將閭等兄弟三人，秉性忠厚，素無異議，至此也被株連，囚繫內宮，尚未議罪。二世既摧死十公主，還惜什麼將閭兄弟，因遣使致辭道：

「公子不臣，罪當死！速就法吏！」將閭叫屈道：「我平時入侍闕廷，未嘗失禮，隨班廊廟，未嘗失節，受命應對，未嘗失辭，如何叫做不臣，乃令我死？」使人答道：「奉詔行法，不敢他議。」將閭乃仰天大呼，叫了三聲蒼天，又流涕道：「我實無罪！」遂與兄弟二人拔劍自殺。

尚有一個公子高，未曾被收，自料將來必不能免，意欲逃走，轉思一身或能倖免，全家必且受累，妻子無辜，怎忍聽他駢戮？乃輾轉思維，想出了一條捨身保家的方法，因含淚繕成一書，看了又看，最後竟打定主意，決意呈入。二世得書，不知他有何事故，便展開一閱，但見上面寫著：

臣高昧死謹奏：昔先帝無恙時，臣入則賜食，出則乘輿，御府之衣，臣得賜之，中廐之寶馬，臣得賜之；臣當從死而不能。為人子不孝，為人臣不忠，不孝不忠者，無名以立於世。臣請從死願葬驪山之足，唯陛下幸哀憐之！

二世閱畢，不禁喜出望外，自言自語道：「我正為了他一人，尚然留著，要想設法除盡，今他卻自來請死，省得令我費心，這真可謂知情識意，我就照辦便了。」繼又自忖道：「他莫非另有詭計，假意試我？我卻要預防一著，休為所算。」遂召趙高進來，把原書取示趙高。待趙高看罷，便問高道：「卿看此書，是否真情？朕卻防他別寓詐謀，因急生變呢。」趙高笑答道：「陛下亦太覺多心，人臣方憂死不暇，難道還能謀變麼？」二世乃將原書批准，說他孝思可嘉，應即賜錢十萬，作為喪葬的費用。這詔發出，公子高雖欲不死，亦不能不死了。當下與家人訣別，服藥自盡，才得奉旨發喪，安葬始皇墓側。總計始皇子女共有三四十人，都被二世殺完，並且籍沒家產，只有公子高拚了一死，尚算保全妻孥，不致同盡。小子有詩嘆道：

第八回
葬始皇驪山成巨塚　戮宗室犴獄構奇冤

祖宗作惡子孫償，故事何妨鑑始皇！
天使孽宗生孽報，因教骨肉自相戕。

欲知二世後事，且看下回分解。

始皇之惡，浮於桀紂。桀紂雖暴，不過及身而止，始皇則自築巨塚，死後尚且殃民。妃嬪之殉葬，出自胡亥之口，罪在胡亥，不在始皇。若工匠之掩死壙中，實自始皇開之，始皇不預設機弩，預防發掘，則好事者無從藉口，而胡亥之毒計，無自而萌；然則始皇之死尚虐民，可以知矣。夫始皇一生之心力，無非為一己計，無非為後嗣計，枯骨尚欲久安，而項羽即起而乘其後。至若子女之駢誅，且假之於少子胡亥之手，骨尚未寒，而後嗣已垂盡矣。狡毒之謀，果奚益哉！

第九回
充屯長中途施詭計　殺將尉大澤揭叛旗

　　卻說秦二世屠戮宗室，連及親舊，差不多將手足股肱，盡行斫去。他尚得意洋洋，以為從此無憂，可以窮極歡娛，肆行無忌，因此再興土木，重徵工役，欲將阿房宮趕築完竣，好作終身的安樂窩。乃即日下詔道：

　　先帝謂咸陽朝廷過小，故營阿房宮為室堂，未就而先帝崩，暫輟工作，移築先陵，今驪山陵工已畢，若舍阿房宮而弗就，則是章先帝舉事過也。朕承先志，不敢怠遑，其復作阿房宮，毋忽！

　　這詔下後，阿房宮內，又聚集無數役夫，日夕營繕，忙個不了。二世尚恐臣下異心，或有逆謀，特號令四方，募選才勇兼全的武士，入宮屯衛，共得五萬人。於是畜狗馬，蓄禽獸，命內外官吏，隨時貢獻，上供宸賞，官吏等無不遵從。但宮內的婦女僕從，本來不少，再加那築宮的匠役，衛宮的武人，以及狗馬禽獸等類，沒一個不需食品，沒一種不借芻糧，咸陽雖大，怎能產得出許多芻粟，足供上用？那二世卻想得妙策，令天下各郡縣，籌辦食料，隨時運入咸陽，不得間斷，並且運夫等須備糧草，不得在咸陽三百里內，購食米穀，致耗京畿食物。各郡縣接奉此詔，不得不遵旨辦理。但官吏怎有餘財，去買芻米？無非是額外加徵，取諸民間。百姓迭遭暴虐，已經困苦不堪，此次更要加添負擔，今日供粟菽，明

第九回
充屯長中途施詭計　殺將尉大澤揭叛旗

　　日供芻藁，累得十室九空，家徒四壁，甚至賣男鬻女，賠貼進去。正是普天愁怨，遍地哀鳴。二世安處深宮，怎知民間苦況？還要效乃父始皇故事，調發民夫，出塞防胡。為此一道苛令，遂致亂徒四起，天下騷擾，秦朝要從此滅亡了。**承上啟下，線索分明。**

　　且說陽城縣中有一農夫，姓陳名勝字涉，少時家貧，無計謀生，不得已受僱他家，做了一個耕田傭。他雖寄人籬下，充當工役，志向卻與眾不同。一日在田內耦耕，扶犁叱牛，呼聲相應，約莫到了日昃的時候，已有些筋疲力乏，便放下犁耙，登壟坐著，望空唏噓。與他合作的傭人，見他懊恨情形，還道是染了病症，禁不住疑問起來。陳勝道：「汝不必問我，我若一朝得志，享受富貴，卻要汝等同去安樂，不致相忘！」**勝雖具壯志，但只圖富貴，不務遠大，所出無成。**傭人聽了，不覺冷笑道：「汝為人傭耕，與我等一樣貧賤。想什麼富貴呢？」陳勝長嘆道：「咄！咄！燕雀怎知鴻鵠志哩！」說著，又嘆了數聲。看看紅日西沉，乃下壟收犁，牽牛歸家。

　　至二世元年七月，有詔頒到陽城，遣發閭左貧民，出戍漁陽。秦俗民居，富強在右，貧弱在左，貧民無財輸將，不能免役，所以上有徵徭，只好冒死應命。陽城縣內，由地方官奉詔調發，得閭左貧民九百人，充作戍卒，令他北行。這九百人內，陳勝亦排入在內，地方官按名查驗，見勝身材長大，氣宇軒昂，便暗加賞識，拔充屯長。又有一陽夏人吳廣，軀幹與勝相似，因令與勝併為屯長，分領大眾，同往漁陽。且發給川資，預定期限，叫他努力前去，不得在途淹留。陳、吳兩人當然應命，地方官又恐他難恃，特更派將尉二員，監督同行。

　　好幾日到了大澤鄉，距漁陽城尚數千里，適值天雨連綿，沿途多阻。江南北本是水鄉，大澤更為低窪，一望瀰漫，如何過去？沒奈何就地駐

紮，待至天色晴霽，方可啟程。偏偏雨不肯停，水又增漲，惹得一班戍卒，進退兩難，互生嗟怨。勝與廣雖非素識，至此已做了同事，卻是患難與共，沆瀣相投，因彼此密議道：「今欲往漁陽，前途遙遠，非一二月不能到達。官中期限將至，屈指計算，難免逾期，秦法失期當斬，難道我等就甘心受死麼？」廣躍起道：「同是一死，不若逃走罷！」勝搖首道：「逃走亦不是上策。試想你我兩人，同在異地，何處可以投奔？就是有路可逃，亦必遭官吏毒手，捕斬了事。走亦死，不走亦死，倒不如另圖大事，或尚得死中求生，希圖富貴。」**希望已久，正好乘此發作**。廣矍然道：「我等無權無勢，如何可舉大事？」勝答說道：「天下苦秦已久，只恨無力起兵。我聞二世皇帝，乃是始皇少子，例不當立。公子扶蘇，年長且賢，從前屢諫始皇，觸怒乃父，遂致遷調出外，監領北軍。二世篡立，起意殺兄，百姓未必盡知，但聞扶蘇賢明，不聞扶蘇死狀。還有楚將項燕，嘗立戰功，愛養士卒，楚人憶念勿衰，或說他已死，或說他出亡。我等如欲起事，最好託名公子扶蘇，及楚將項燕，號召徒眾，為天下倡。我想此地本是楚境，人心深恨秦皇，定當聞風響應，前來幫助，大事便可立辦了。」**借名號召，終非良圖**。廣也以為然，但因事關重大，不好冒昧從事，乃決諸卜人，審問吉凶。卜人見勝、廣趨至，面色匆匆，料他必有隱衷，遂詳問來意，以便卜卦。勝廣未便明言，唯含糊說了數語。卜人按式演術，焚香布卦，輪指一算，便向二人說道：「足下同心行事，必可成功，只後來尚有險阻，恐費周折，足下還當問諸鬼神。」**已伏下文**。勝廣也不再問，便即告別。途中互相告語道：「卜人欲我等問諸鬼神，敢是教我去祈禱麼？」想了一番，究竟陳勝較為聰明，便語吳廣道：「是了！是了！楚人信鬼，必先假託鬼神，方可威眾，卜人教我，定是此意。」吳廣道：「如何辦法？」勝即與廣附耳數語，約他分頭行事。

第九回
充屯長中途施詭計　殺將尉大澤揭叛旗

　　翌日上午，勝命部卒買魚下膳，士卒奉令往買，揀得大魚數尾，出資購歸。就中有一魚最大，腹甚膨脹，當由部卒用刀剖開，見腹中藏著帛書，已是驚異。及展開一閱，書中卻有丹文，仔細審視，乃是「陳勝王」三字，免不得擲刀稱奇。大眾聞聲趨集，爭來看閱，果然字跡無訛，互相驚訝。當有人報知陳勝，勝卻喝著道：「魚腹中怎得有書？汝等敢來妄言！曾知朝廷大法否？」**做作得妙**。部卒方才退去，烹魚作食，不消細說。但已是嘖嘖私議，疑信相參。到了夜間，部卒雖然睡著，尚談及魚腹中事，互相疑猜。忽聞有聲從外面傳來，彷彿是狐嗥一般，大眾又覺有異，各住了口談，靜悄悄的聽著。起初是聲浪模糊，不甚清楚，及凝神細聽，覺得一聲聲像著人語，約略可辨。第一聲是「大楚興」，第二聲是「陳勝王」。眾人已辨出聲音，仗著人多勢旺，各起身出望，看個明白。營外是一帶荒郊，只有西北角上，古木陰濃，並有古祠數間，為樹所遮，合成一團。那聲音即從古祠中傳出，順風吹來，明明是「大楚興，陳勝王」二語。更奇怪的是叢樹中間，隱約露出火光，似燈非燈，似磷非磷，霎時間移到那邊，霎時間又移到這邊，變幻離奇，不可測摸。過了半晌，光已漸滅，聲亦漸稀了。**敘筆亦奇**。大眾本想前去探察，無如時當夜半，天色陰沉得很，路中又泥滑難行，再加營中有令，不准夜間私出，那時只好回營再睡。越想越奇，又驚又恐，索性都做了反舌無聲，一同睡熟了。

　　看官欲知魚書狐嗥的來歷，便是陳勝、吳廣兩人的詭計。**倒戟而出**。陳勝先私寫帛書，夜間偷出營門，尋得漁家魚網中，蓄有大魚，料他待旦出售，便將帛書塞入魚口。待魚汲入腹中，勝乃悄悄回營。大澤鄉本乏市集，自經屯卒留駐，各漁家得了魚蝦，統向營中兜銷，所以這魚即被營兵買著，得中勝計。至若狐嗥一節，也是陳勝計劃，囑令吳廣乘夜潛出，帶著燈籠，至古祠中偽作狐嗥，惑人耳目。古祠在西北角上，連日天雨，西

北風正吹得起勁，自然傳入營中，容易聽見。後人把疑神見鬼等情，說做篝火狐鳴，便是引用陳勝、吳廣的古典。陳勝既行此二策，即與吳廣暗察眾情，多是背地私語，以訛傳訛。有的說是魚將化龍，故有此變；有的說是狐已成仙，故能預知。只勝、廣兩人，相視而笑，私幸得計。好在營中的監督大員，雖有將尉二員，卻是一對糊塗蟲，他因天雨難行，無法消遣，只把那杯中物作為好友，鎮日裡兩人對飲，喝得酩酊大醉，便即睡著，醒來又是飲酒，醉了又睡，無論什麼事情，一概不管，但令兩屯長自去辦理，無暇過問。勝、廣樂得設法擺布，又在營中買動人心，一衣一食，都與部卒相同，毫不剋扣。部卒已願為所用，更兼魚書狐鳴種種怪異，尤足聳動觀聽，益令大眾傾心。

　　陳勝見時機已至，又與吳廣定謀，乘著將尉二人酒醉時，闖入營帳，先由廣趨前朗說道：「今日雨，明日又雨，看來不能再往漁陽。與其逾限就死，不如先機遠颺，廣特來稟知，今日就要走了。」將尉聽著，勃然怒道：「汝等敢違國法麼？欲走便斬！」廣毫不驚慌，反信口揶揄道：「公兩人監督戍卒，奉令北行，責任很是重大，如或愆期，廣等原是受死，難道公兩人尚得生活麼？」這數句話很是利害，惹得一尉用手拍案，連聲呼答。一尉還要性急，索性拔出佩劍，向廣揮來。廣眼明手快，飛起一腳，竟將劍踢落地上，順手把劍拾起，搶前一步，用劍砍去，正中將尉頭顱，劈分兩旁，立即倒斃。還有一尉未死，咆哮得很，也即拔劍刺廣。廣又持劍格鬥，一往一來，才經兩個回合，突有一人馳至將尉背後，喝一聲「著」，已把將尉劈倒，接連又是一刀，結果性命。這人為誰？便是主謀起事的陳勝。

　　勝、廣殺死二尉，便出帳召集眾人，朗聲與語道：「諸君到此，為雨所阻，一住多日，待到天晴，就使星夜前進，也不能如期到漁。失期即當

第九回
充屯長中途施詭計　殺將尉大澤揭叛旗

斬首，僥倖遇赦，亦未必得生。試想北方寒冷，冰天雪窖，何人禁受得起？況胡人專喜寇掠，難保不乘隙入犯。我等既受風寒，又攖鋒刃，還有什麼不死！丈夫子不死便罷，死也要死得有名有望；能夠冒死舉事，才算不虛此一生。王侯將相，難道必有特別種子麼？」大眾見他語言慷慨，無不感動，但還道二尉尚存，一時未敢承認，只管向帳內探望，似有顧慮情狀。勝、廣已經窺透，又向眾直言道：「我兩人不甘送死，並望大眾統不枉死，所以決計起事，已將二尉殺死了。」大眾到此，才齊聲應道：「願聽尊命！」勝廣大喜，便領眾人入帳，指示二尉屍首，果然血肉模糊，身首異處。當由陳勝宣令，梟了首級，用竿懸著。一面指揮大眾，在營外闢地為壇，眾擎易舉，不日告成。就將二尉頭顱，做了祭旗的物品。旗上大書一個「楚」字。陳勝為首，吳廣為副，餘眾按次並列，對著大旗，拜了幾拜，又用酒為奠。奠畢以後，並將二尉頭上的血瀝，滴入酒中，依次序飲，大眾喝過同心酒，當然對旗設誓，願奉陳勝為主，一同造反。勝便自稱將軍，廣為都尉，登壇上坐，首先發令，定國號為大楚。再命大眾各袒右臂，作為記號。一面草起檄文，詐稱公子扶蘇，及楚將項燕，已在軍中，分作主帥。**項燕與秦為仇，死於楚難，假使不死，寧有擁戴扶蘇之理。陳勝雖智，計亦大謬。**

　　檄文既發，就率眾出略大澤鄉。鄉中本有三老，又有嗇夫，**見第二回。**聽得陳勝造反，早已逃去。勝即把大澤鄉占住，作為起事的地點。居民統皆散走，家中留有耜頭鐵耙等類，俱被大眾掠得，充作兵器，尚苦器械不足，再向山中斬木作棍，截竹為旗。忙碌了好幾日，方得粗備軍容。老天卻也奇怪，竟放出日光，掃除雲翳，接連晴了半個月，水勢早退，地上統乾乾燥燥，就是最低窪的地方，也已滴水不留。**老天非保佑陳勝，實是促秦之亡。**大眾以為果得天助，格外抖擻精神，專待出發。各處亡命之

徒，復陸續趨集，來做幫手。於是陳勝下令，麾眾北進。原來大澤鄉屬蘄縣管轄，勝既出兵略地，不得不先攻蘄縣。蘄縣本非險要，守兵寥寥無幾，縣吏又是無能，如何保守得住？一聞勝眾將至，城內已驚惶得很，結果是吏逃民降。勝眾不煩血刃，便已安安穩穩的據住縣城。再令符離人葛嬰，率眾往略蘄東，連下銍、鄼、苦、柘及譙縣，聲勢大震。沿路收得車馬徒眾，均送至蘄縣，歸勝調遣。

勝復大舉攻陳，有車六七百乘，騎兵千餘，步卒數萬人，一古腦兒趨集城下。適值縣令他出，只有縣丞居守，他卻硬著頭皮，招集守兵，開城搦戰。勝眾一路順風，勢如破竹，所有生平氣力，未曾施展，完全是一支生力軍。此次到了陳縣，忽見城門大開，竟擁出數百人馬，前來爭鋒，勝眾各摩拳擦掌，一擁齊上，前驅已有刀槍，亂砍亂戳，凶橫得很。後隊尚是執著木棍，及耡頭鐵耙等類，橫掃過去。守兵本是單弱，不敢出戰，但為縣丞所逼，沒奈何出城接仗。偏碰著了這班暴徒，情形與瘈犬相似，略一失手，便被打翻，稍一退步，便被衝倒，數百兵馬，死的死，逃的逃，縣丞見不可敵，也即奔還。那知勝眾緊緊追入，連城門都不及關閉。害得縣丞無路可奔，不得不翻身拚命，畢竟勢孤力竭，終為勝眾所殺。**縣丞身食秦祿，不得謂非忠良。**

勝與吳廣聯轡入城，也想收拾人心，禁止侵掠，各處張貼榜示，居然說是除殘去暴，伐罪弔民。過了數日，復號召三老豪傑共同議事，三老豪傑聞風來會，由勝溫顏召入，問及善後事宜。但聽得眾人齊聲道：「將軍披堅執銳，伐無道，誅暴秦，復立楚國社稷，功無與比，應即稱王，以副民望。」這數句話正中勝意，只一時不便應允，總要退讓數語，方可自表謙恭。當下說了幾句假話，引起三老豪傑的譁聲，彼譽此頌，一再勸進。勝正要允諾，忽外面有人入報，說有大梁二士，前來求見。勝問過姓名，

第九回
充屯長中途施詭計　殺將尉大澤揭叛旗

便向左右道：「這二人也來見我麼？我素聞二人賢名，今得到此，事無不成了。」說著即命左右出迎，且親自起座，下階佇候。正是：

飾禮寧知真下士？偽恭但欲暫欺人。

畢竟大梁二士姓甚名誰，容待下回詳報。

暴秦之季，發難者為陳勝、吳廣，而陳勝尤為首謀。是勝之起事，實暴秦存亡之一大關鍵也。勝一耕傭，獨具大志，不可謂非軼類材。但觀其魚腹藏書，及篝火狐鳴之術，亦第足以欺愚夫，而不足以服梟傑。況其徒貪富貴，孳孳為利，子輿氏所謂蹠之徒者，勝其有焉。唯因暴秦無道，為民所嫉，史家所以大書曰：陳勝、吳廣，起兵於蘄，實則皆為叛亂之首而已。殺將驅卒，斬木揭竿，亂秦有餘，平秦不足。本書之不予勝、廣，其好治抑亂之心，已寓言中，正不徒以文字見長也。

第十回
違諫議陳勝稱王　善招撫武臣獨立

　　卻說大梁二士來謁陳勝，一個叫做張耳，一個叫做陳餘。兩人俱籍隸大梁，家居不遠。張耳年長，陳餘年少，所以餘事耳如父，耳亦待餘如子弟，兩人誓同生死，時人稱為刎頸交。耳曾為魏公子門客，後因犯事出奔，避居外黃。外黃有一富家女，生得美貌如花，豔名鵲起，偏偏嫁了一個庸奴，免不得夫妻反目，時有怨聲。一日又復噪鬧，甚至互哄，富家女身材嬝娜，怎禁得起乃夫老拳！**如花美眷，不知溫存，還想飽以老拳，真是庸奴**。急不暇擇，逃出夫家，竟潛至父執家中，匿身避禍。父執見她淚容滿面，楚楚可憐，遂與富家女說道：「汝果不欲適庸奴，何妨再求賢夫。我意中卻有一人，未知汝可願否？」富家女當然心動，含糊答應。父執復令女在屏後立著，親判妍媸，自己出外一走。不到片時，已引入一個俊俏郎君，故意的高聲與語。女從屏後露出半面，約略相窺，果然是溫文爾雅，與前夫大不相同。及父執送客出門，入與女語；女問及來客姓名，才知是大梁人張耳，芳心欲醉，恨不得即與並頭。父執願為玉成，即往與女父熟商，令女改嫁張耳。女父本來溺愛，悔為女誤配匪人，至此願出巨資，給女前夫，與他離婚。女夫與女不和，樂得取錢棄女，聽他轉嫁。**呆鳥**。俏佳人終偶才郎，錯姻緣幸得改正，不但富家女心滿意足，就是亡命

第十回
違諫議陳勝稱王　善招撫武臣獨立

徒張耳，得此意外奇逢，也是樂不勝言。還有一樁極好的機緣，張耳既得美婦，又得婦財，索性結交遠客，廣為延譽，聲名漸達魏廷。魏主竟不記前怨，反用耳為外黃令，銅章墨綬，儼然一百里小侯了。**富家女得做縣令夫人，應更愜意。**

陳餘少好讀書，並喜遊覽，偶至趙國苦陘地方，得邀富人公乘氏賞識，也願招他為婿。女貌頗亦不俗，陳餘自然樂允，擇日成禮。兩小無猜，又是一對好夫妻。**張、陳兩人，想都是紅鸞星照命。**及魏被秦滅，張耳失官，仍在外黃居住，陳餘亦挈妻還鄉。不料秦朝竟懸出賞格，購緝兩人，賞格上面，煌煌寫著：「獲張耳賞千金，獲陳餘賞五百金。」二人不知何因，但情急逃生，不得已移名改姓，避居陳縣，充當里正監門。

仔細探聽，方知秦令購緝，實恐二人多才，重複興魏，所以務欲翦除。張耳得此消息，時常戒勉陳餘，須要謹慎小心，毋得敗露真情，陳餘亦格外記著。冤冤相湊，竟為著一些小事，觸怒里吏，里吏將加餘笞罪。餘不肯忍耐，起身欲走，可巧張耳在旁，慌忙把足躪餘，使他受笞。及笞畢，吏去。耳引餘至桑下，悄悄與語道：「我與汝曾已說過，汝奈何失記！區區小辱，不甘忍受，乃欲與里吏拚命，死何足惜！」餘始悔悟謝過。復由耳想出一計，用著監門名義，號令里中，叫他訪拿張耳、陳餘。里人怎知詐謀？心下貪賞，還往四處尋緝。其實張、陳二人，原在眼前，反被他用計瞞過了。**卻是好計。**

至勝、廣入陳，張耳、陳餘乃踵門求見。勝也聞得二人大名，嘗遭秦忌，因此亟欲一見，特地下階佇候，表明敬意。待二人既入，向勝行禮，勝忙與答揖，引至座前，令他分坐兩旁，然後與議軍情，並談及稱王意見。張耳答道：「秦為無道，破人國家，滅人社稷，絕人後嗣，疲民力，竭民財，暴虐日甚。今將軍瞋目張膽，萬死不顧一生，為天下驅除殘賊，

真是絕大的義舉。唯現方發跡至陳，亟欲以王號自娛，竊為將軍不取！願將軍毋急稱王，速引兵西向，直指秦都。一面立六國後人，自植黨援，俾益秦敵。敵多力自分，與眾兵乃強，將見野無交兵，縣無守城，誅暴秦，據咸陽，號令諸侯，諸侯轉亡為存，無不感戴，將軍再能懷柔以德，天下自相率悅服，帝業也可成就了，還要稱王何用！」說到此處，見陳勝默默無言，似有不悅情狀。正想開言再勸，那陳餘已接入道：「將軍不欲平定四海，倒也罷了，如有志安邦，宜圖大計。若僅據一隅，便擬稱王，恐天下都疑及將軍，懷挾私意，待至人情失望，遠近灰心，將軍悔也無及了！」陳勝沉吟半晌，方才說出一語道：「容待再議。」兩人見話不投機，本想就此告辭，只因途中多阻，不能不暫時安身，再作計較，乃留住陳勝麾下，充作參謀。勝竟自立為王，國號張楚，隱寓張大楚國的意思。

是時河南諸郡縣，苦秦苛法，豪民多戕殺官吏，起應陳勝。勝乃使吳廣為假王，監督諸將，西攻滎陽。廣已出發，張耳、陳餘也想乘此外出，離開陳邑，遂由張耳暗囑陳餘，令他向勝獻計道：「大王舉兵梁楚，志在西討，入關建業，若要顧及河北，想尚未遑，臣嘗遊趙地，素知河北地勢，並結交豪傑多人，今願請奇兵，北略趙地，既足牽制秦軍，復足撫定趙民，豈不是一舉兩得麼？」**也想飛去**。勝聽餘言，卻也稱為奇計，但因他新來歸附，總難深信，乃特選故人武臣為將軍，邵騷為護軍，督同張耳、陳餘二人，領兵三千，往徇趙地。耳與餘不給重任，但使他為左右校尉，作為武臣的幫辦。二人別有隱衷，不暇計及官職大小，欣然領命，渡河北去。

勝將葛嬰，未曾至陳，獨率部往略九江。行至東城，遇著楚裔襄疆，一見如故，竟不待勝命，擅立襄疆為楚王。嗣得陳勝文書，內有「張楚王」字樣，始知勝已稱王，不能另立襄疆，自悔一時鹵莽，潛圖變計。湊

第十回
違諫議陳勝稱王　善招撫武臣獨立

巧陳勝命令，又復頒到，叫他領兵還陳，他越恐陳勝動疑，竟將襄疆殺死，持首還報。果然勝已聞知，待嬰到後，立即傳嬰入見，數責罪狀，喝令斬首。左右將嬰推出，一刀兩段，死於非命。**嬰已悔過，罪不至死。**部眾見嬰慘死，未免寒心，互相私議。勝尚以為令出法行，可無他慮，復遣汝陰人鄧宗，東略九江，魏人周市，北徇魏地。

會接吳廣軍報，說是進攻滎陽，不能得勝，現由秦三川守李由，堅守滎陽城，非再行發兵，難下此城等語。勝乃召集謀士，申議攻秦方法。上蔡人蔡賜，本為房邑君長，獻議勝前，請派名將西行，徑入函谷關，直搗咸陽。勝依了賜議，並封他為上柱國。一面訪求良將，得著陳人周文，召入與語。文自述履歷，謂曾事春申君黃歇，又為項燕軍占驗吉凶，素諳軍事。勝即大喜，特給將軍印信，使他西行攻秦。周文奉命就道，沿途收集壯士，編入隊伍，眾至數十萬，長驅西進，直薄函谷關。關中守吏，飛章告急，誰知秦廷裡面，好像沒人一般，任他如何急報，總不聞有將士出援。原來二世恣意淫樂，朝政俱歸趙高把持，高專事燀蔽，凡遇外面奏報，一律擱起，不使二世得聞，所以陳勝起兵，已有數月，二世全然不知。會有使臣從東方回來，面謁二世，奏稱陳勝造反，郡縣多叛，請即遣將討平。二世還道他是妄言欺主，命將使臣下獄。嗣是他使還京，由二世問及亂事，俱答稱么麼小醜，不足有為，現已由各郡守尉，四面兜捕，即可蕩平，陛下儘可放心。二世大喜，把亂事置諸度外，毫不提及，朝廷得過且過，也不敢瀆陳外事，上下相蒙，亂端益熾，直至周文入關，秦廷尚視若無事，這真叫做糊塗世界呢。**不如是，不足致亡。**

且說周文一路進兵，攻城掠地，所向無前，當然派人至陳，一再報捷。陳勝喜如所望，遂輕視秦室，不復設備。博士孔鮒，係孔夫子的八世孫，曾持家傳禮器，詣陳謁勝，勝因留為博士，至此獨進諫道：「臣聞兵

法有言：不恃敵不攻我，但恃我不可攻，今大王恃敵不攻，未知所以自恃的道理；倘或敵人驟至，無法抵禦，一有蹉跌，全域性瓦解，雖悔也是遲了！」勝不肯從，唯專望各路捷音，好去做那關中皇帝。怎知福為禍倚，樂極悲生，那四面八方的警報，已是陸續到來。第一路的警信，就是出徇趙地的武臣等軍；第二路的警信，乃是進攻秦都的周文等軍，小子只有一枝禿筆，不能雙管齊下，只好依次敘述，先後說明。

自武臣等率兵北去，從白馬津渡河，所過諸縣，徧諭豪傑，無非說是暴秦無道，勞役百姓，繩以重法，迫以苛徵，今由陳王起義，天下響應，我等奉令北渡，前來招安，諸君皆為豪士，理應併力同心，共除暴秦云云。豪傑等正苦秦暴，聽了這番名正言順的話兒，還有什麼不服，當即願為前導，分趨各城，城中守吏，多被殺死。接連得了十座城池，人數亦越聚越多，渡河時只有三千人，至是卻多了好幾萬名。當下推武臣為武信君，再出招諭。偏是餘城不屈，各募兵民拒守，武臣因諸城無關險要，竟引眾趨向東北，獨攻范陽。范陽令徐公，有志保城，也即繕甲厲兵，準備抵禦。偏有一個辯士蒯徹，入見徐公，先說出一個弔字，後說出一個賀字，**便是說客口吻。**惹得徐公莫名其妙，不得不驚問理由。蒯徹道：「徹聞公將死，故來弔公；但公得徹一言，便有生路，故又復賀公。」徐公道：「君不必故作疑團，正好明白說來。」徹又道：「足下為范陽令，已十餘年，殺人父，孤人子，斷人足，黥人首，想已不可勝數。百姓無不懷怨，但恐秦法嚴重，未敢剚刃公腹，致滅全家。今天下大亂，秦法不行，足下豈尚得自全？一旦敵臨城下，百姓必乘機報仇，刃及公胸，這豈不是可弔麼？幸虧徹來見公，為公定計，俟武信君尚未到來，即由徹先去遊說，為公效力，使公轉禍為福，這又便是可賀了！」徐公喜道：「君言甚善，請即為我往說武信君！」蒯徹因即前往，求見武臣。武臣方招致豪傑，當然許見。

第十回
違諫議陳勝稱王　善招撫武臣獨立

蒯徹進言道：「足下到此，必待戰勝然後略地，攻破然後入城，未免過勞。徹有一計，可不攻而得城，不戰而得地，但教一紙檄文，便足略定千里，未知足下願聞否？」武臣急問道：「果有此計，怎不願聞！」蒯徹道：「今范陽令聞公攻城，正擬整頓兵馬，守城拒敵，唯城中士卒不多，該令又逡巡畏死，貪戀祿位，目下不肯歸降，實因公前下十城，見吏即誅，降亦死，守亦死，故不得不拚死圖存。就使范陽少年，嫉吏如仇，起殺范陽令，亦必據城拒公，不甘就死。為公設法，不若赦范陽令，並給侯印，該令喜得富貴，自願開城出降，范陽少年亦不敢殺令，是全城便唾手可下了。公再使該令乘朱輪，坐華轂，徇行燕趙郊野，燕趙吏民，孰不欣羨，必爭先降公。公得不攻而取，不戰而服，這就所謂傳檄可定呢！」**面面俱到，真好口才。**武臣點首稱善，便令刻就侯印，交徹齎賜范陽令。范陽令徐公，大喜過望，即開城迎武臣軍。武臣復如徹言，特給徐公高車駟馬，往撫燕趙，趙地果聞風趨附，不到旬月，已平定了三十餘城，乘勢入邯鄲縣。適有周文敗報，自西傳來，又探得陳勝部將，多因讒毀得罪，武臣不免疑懼。張耳、陳餘，更生異謀。他本怨陳勝不用己言，復只得了左右校尉的名目，未綰兵符，因此乘隙生心，遂進說武臣道：「陳王起兵蘄縣，才得陳地，便自稱為王，不願立六國後裔，居心可知。今將軍率三千人，下趙數十城，偏居河北，若非稱王，何由鎮撫，況陳王好信讒言，妒功忌能，將軍功高益危，不如南面稱王，脫離陳王羈絆，免得意外受禍。時不可失，願將軍勿疑！」武臣聽了稱王二字，豈有不喜歡的道理，當下在邯鄲城外，闢城為壇，也居然堂皇高坐，朝見僚屬，竟稱孤道寡起來。武臣自為趙王，授陳餘為大將軍，張耳為右丞相，邵騷為左丞相，且使人報知陳勝。

勝得報後，怒不可遏，即欲飭拘武臣家屬，盡行屠戮，更發兵往擊武

臣。獨上柱國蔡賜入諫道：「秦尚未滅，先殺武臣家屬，是又增出一秦，為大王敵，大王東西受攻，必遭牽制，如何得成大業！今不若遣使往賀，暫安彼心，並令他從速攻秦，遙援周文，是東顧既可無憂，西略便為得勢。滅秦以後，圖趙未遲，何必急急哩！」陳勝乃轉怒為喜，但將武臣家屬，徙入王宮，把他軟禁。並封張耳子敖為成都君，派人賀趙，乘便報聞。張耳、陳餘，見了勝使，早已瞧透勝意，表面上佯與為歡，背地裡卻私語武臣道：「大王據趙稱尊，必為陳王所忌，今遣使來賀，明明是懷著詭謀，使我併力滅秦，然後再北向圖我。大王不如虛與周旋，優待來使，至來使去後，儘管北收燕代，南取河內。若得南北兩方，盡為趙有，楚雖勝秦，也必不敢制趙，反且與我修和，大王卻好沈著觀變，坐定中原了。」**計亦甚是**。武臣也稱好計，款待勝使，厚禮遣歸。隨即使韓廣略燕，李良略常山，張黶略上黨，三路出發，獨不遣一卒西向。

　　那時攻入秦關的周文，孤軍無助，竟被秦將章邯擊退，敗走出關。章邯為秦少府，**官名**。頗有智勇，因聞周文攻入關中，直至戲地，不由的憤激得很，意欲入宮詳陳。可巧警報與雪片相似，飛達咸陽，連趙高也覺吃驚，不得不據實奏明。二世至此，方才似夢初覺，嚇出一身冷汗，急召文武百官，入朝會議。自己也親出御朝，詢問禦敵方法。百官都面面相覷，莫敢發言，獨章邯出班奏道：「賊眾已近，亟須征剿，若要徵集將士，已恐不及，臣請赦免驪山徒犯，盡給兵器，由臣統領前去，奮力一擊，當可退賊。」二世已焦急萬分，只望有人解憂，幸得章邯替他畫策，並請效力，當然喜逐顏開，褒獎了好幾語。一面頒詔大赦，即命章邯為將軍，招集驪山役徒，編制成軍，出都退敵。章邯確是有些能力，挑選丁壯，作為前驅，自居中堅排程，老弱派充後隊，管領輜重。待至戲地相近，又曉諭大眾，有進無退，進即重賞，退即斬首。兵役都是犯人出身，本來是不甚

第十回
違諫議陳勝稱王　善招撫武臣獨立

怕死，此次得了將令，都望賞賜，當即拚命殺出，衝入周文營中。周文自東至西，沿途未遇大敵，總道是秦人無用，意存輕視。不料章邯兵到，勢似潮湧，一時招抵不上，只好倒退，那秦兵得占便宜，越加厲害，殺得周軍七零八落，東逃西散。周文無法禁遏，也跑出函谷關去了，小子有詩嘆道：

孤軍轉戰入函關，一敗頹然即遁還。

銳進由來防速退，先賢名論總難刪。

秦兵大捷，關內粗安，偏東方復迭出異人，與秦為難。就中更有個真命天子，乘時崛起，奮發有為。欲知他姓名履歷，待至下回再詳。

張耳、陳餘，號稱賢者，實亦策士之流亞耳。當其進謁陳勝，諫阻稱王，請勝西向，為勝計不可謂不忠。及勝不從忠告，便起異心，徇趙之計，出自二人，武臣為將，二人為副，渡河北赴，連下趙城，向時之阻勝稱王者，乃反以王號推武臣，何其自相矛盾若此？彼且曰：「為勝計，不宜稱王；為武臣計，正應稱王。」此即辯士之利口，熒惑人聽，實則無非為一己計耳。始欲助勝，繼即圖勝，纖芥之嫌，視若仇敵，策士之不可恃也如此。然二人之不克有成，亦於此可見矣。

第十一回
降真龍光韜泗水　斬大蛇夜走豐鄉

卻說秦二世元年九月，江南沛縣地方，有個豐鄉陽里村，出了一位真命天子，起兵靖亂，後來就是漢朝高祖皇帝，姓劉名邦字季。父名執嘉，母王氏，名叫含始。執嘉生性長厚，為里人所稱美，故年將及老，時人統稱為太公。王氏與太公年齡相等，因亦呼為劉媼。劉媼嘗生二子，長名伯，次名仲，伯、仲生時，無甚奇異，到了第三次懷孕，卻與前二胎不同。相傳劉媼有事外出，路過大澤，自覺腳力過勞，暫就堤上小坐，閉目養神，似寐非寐，驀然見一個金甲神人，從天而下，立在身旁，一時驚暈過去，也不知神人作何舉動。**此亦與姜嫄履拇同一怪誕，大抵中國古史，好談神話，故有此異聞。**唯太公在家，記念妻室，見她久出未歸，免不得自去追尋。剛要出門，天上忽然昏黑，電光閃閃，雷聲隆隆，太公越覺著急，忙攜帶雨具，三腳兩步，趨至大澤。遙見堤上睡著一人，好似自己的妻房，但半空中有雲霧罩住，迴環浮動，隱約露出鱗甲，像有蛟龍往來。當下疑懼交乘，又復停住腳步，不敢近前。俄而雲收霧散，天日復明，方敢前往審視，果然是妻室劉媼，欠伸欲起，狀態朦朧，到此不能不問。偏劉媼似無知覺，待至太公問了數聲，方睜眼四顧，開口稱奇。太公又問她曾否受驚，劉媼答道：「我在此休息，忽見神人下降，遂至驚暈，此後未

第十一回
降真龍光韜泗水　斬大蛇夜走豐鄉

知何狀。今始醒來，才知乃是一夢。」太公複述及雷電蛟龍等狀，劉媼全然不知，好一歇神氣復原，乃與太公俱歸。

不意從此得孕，過了十月，竟生一男。**難道是神人所生麼？**長頸高鼻，左股有七十二黑痣。太公知為英物，取名為邦，因他排行最小，就以季為字。太公家世業農，承前啟後，無非是春耕夏耘，秋收冬獲等事。伯、仲二子，亦就農業，隨父營生。獨劉邦年漸長大，不喜耕稼，專好浪遊。太公屢戒勿悛，只好聽他自由。唯伯、仲娶妻以後，伯妻素性慳吝，見邦身長七尺八寸，正是一個壯丁，奈何勤吃懶做，坐耗家產，心中既生厭恨，口中不免怨言。太公稍有所聞，索性分析產業，使伯仲挈眷異居。邦尚未娶妻，仍然隨著父母。

光陰易過，條忽間已是弱冠年華，他卻不改舊性，仍是終日遊蕩，不務生產。又往往取得家財，結交朋友，徵逐酒食。太公本說邦秉資奇異，另眼相看，至此見他年長無成，乃斥為無賴，連衣食都不願周給。邦卻怡然自得，不以為意，有時恐乃父叱逐，不敢回家，便至兩兄家內棲身。兩兄究係同胞，卻也呼令同食，不好漠視。那知伯忽得疾，竟致逝世，伯妻本厭恨小叔，自然不願續供了。邦胸無城府，直遂徑行，不管她憎嫌與否，仍常至長嫂家內索食。長嫂嘗藉口孤寡，十有九拒，邦尚信以為真。一日更偕同賓客數人，到長嫂家，時正晌午，長嫂見邦復至，已恐他來擾午餐，討厭得很，再添了許多朋友，越覺不肯供給，雙眉一皺，計上心來，急忙趨入廚房，用瓢刮釜，佯示羹湯已盡，無從取供。邦本招友就食，乘興而來，忽聞廚中有刮釜聲，自悔來得過遲，未免失望。友人倒也知趣，作別自去。邦送友去後，回到長嫂廚內，探視明白，見釜上蒸氣正濃，羹湯約有大半鍋，才知長嫂逞刁使詐，一聲長嘆，掉頭而出。**不與長嫂爭論，便是大度。**

嗣是絕跡不至嫂家，專向鄰家兩酒肆中，做了一個長年買主。有時自往獨酌，有時邀客共飲。兩酒肆統是婦人開設，一呼王媼，一呼武婦。**《史記》作負，負與婦通。**二婦雖是女流，卻因邦為毗鄰少年，也不便斤斤計較；並且邦入肆中，酤客亦皆趨集，統日計算，比往日得錢數倍，二主婦暗暗稱奇，所以邦要賒酒，無不應允。邦生平最嗜杯中物，見二肆俱肯賒給，樂得盡情痛飲，往往到了黃昏，尚未回去，還要痛喝幾杯。待至醉後懶行，索性假寐座上，鼾睡一宵。王媼、武婦，本擬喚他醒來，促令回家，誰知他頭上顯出金龍，光怪離奇，不可逼視。那時二婦愈覺希罕，料邦久後必貴，每至年終結帳，也不向邦追索。邦本阮囊羞澀，無從償還，歷年宕帳，一筆勾銷罷了。**兩婦都也慷慨。**

但邦至弱冠後，非真絕無知識，也想在人世間做些事業，幸喜交遊漸廣，有幾人替他謀劃，教他學習吏事。他一學便能，不多時便得一差，充當泗上亭長。亭長職務，掌判斷里人獄訟，遇有大事，乃詳報縣中，因此與一班縣吏，互相往來。最莫逆的就是沛縣功曹，姓蕭名何，與邦同鄉，熟諳法律。**何為三傑之一，故特筆敘出。**次為曹參、夏侯嬰諸人，每過泗上，邦必邀他飲酒，暢談肺腑，脫略形骸。蕭何為縣吏翹楚，尤相關切，就使劉邦有過誤等情，亦必代為轉圜，不使得罪。

會邦奉了縣委，西赴咸陽，縣吏各送賻儀，統是當百錢三枚，何獨饋五枚。及邦既入咸陽城，辦畢公事，就在都中閒逛數日。但見城闕巍峨，市廛輻湊，車馬冠蓋，絡繹道旁，已覺得眼界一新，油然生感。是時始皇尚未逝世，坐了鑾駕，巡行都中。邦得在旁遙觀，端的是聲靈赫濯，冠冕堂皇，至御駕經過，邦猶徘徊瞻望，喟然嘆息道：「大丈夫原當如是哩！」**人人想做皇帝，無怪劉季。**

既而出都東下，回縣銷差，仍去做泗上亭長。約莫過了好幾年，邦年

第十一回
降真龍光韜泗水　斬大蛇夜走豐鄉

已及壯了，壯猶無室，免不得悵及鰥居。況邦原是好色，怎能忍耐得住？好在平時得了微俸，除沽酒外，尚有少許餘蓄，遂向娼寮中尋花問柳，聊做那蜂蝶勾當。里人豈無好女？只因邦向來無賴，不願與婚。邦亦並不求偶，還是混跡平康，隨我所欲，費了一些纏頭資，倒省了多少養婦錢。

會由蕭何等到來晤談，述及單父**單音善，父音斧**。縣中，來了一位呂公，名父字叔平，與縣令素來友善。此次避仇到此，挈有家眷，縣令顧全友誼，令在城中居住，凡為縣吏，應出資相賀云云。邦即答道：「貴客辱臨，應該重賀，邦定當如約。」說畢，大笑不止。**已寓微旨**。何亦未知邦懷何意，匆匆別去。越日，邦踐約進城，訪得呂公住處，昂然徑入。蕭何已在廳中，替呂公收受賀儀，一見劉邦到來，便宣告諸人道：「賀禮不滿千錢，須坐堂下！」**明明是戲弄劉邦**。劉邦聽著，就取出名刺，上書賀錢盈萬，因即繳進。當有人持刺入報，呂公接過一閱，見他賀禮獨豐，格外驚訝，便親自出迎，延令上坐。端詳了好一會，見他日角鬥胸，龜背龍股，與常人大不相同，不由的敬禮交加，特別優待。蕭何料邦乏錢，從旁揶揄道：「劉季專好大言，恐無實事。」呂公明明聽見，仍不改容，待至酒餚已備，竟請邦坐首位。邦並不推讓，居然登席，充作第一位嘉賓。大眾依次坐下，邦當然豪飲，舉杯痛喝，興致勃勃。到了酒闌席散，客俱告辭，呂公獨欲留邦，舉目示意。邦不名一錢，也不加憂，反因呂公有款留意，安然坐著。呂公既送客出門，即入語劉邦道：「我少時即喜相人，狀貌奇異，無一如季，敢問季已娶婦否？」邦答稱尚未。呂公道：「我有小女，願奉箕帚，請季勿嫌。」邦聽了此言，真是喜從天降，樂得應諾。當即翻身下拜，行舅甥禮，並約期親迎，歡然辭去。呂公入告妻室，已將娥姁許配劉季。娥姁即呂女小字，單名為雉。呂媼聞言動怒道：「君謂此兒生有貴相，必配貴人，沛令與君交好，求婚不允，為何無端許與劉季？難

道劉季便是貴人麼？」呂公道：「這事非兒女子所能知，我自有慧鑑，斷不致誤！」呂媼尚有煩言，畢竟婦人勢力，不及乃夫，只好聽呂公備辦妝奩，等候吉期。轉瞬間吉期已屆，劉邦著了禮服，自來迎婦。呂公即命女雉裝束齊整，送上彩輿，隨邦同去。邦迴轉家門，迓女下輿，行過了交拜禮，謁過太公、劉媼，便引入洞房。揭巾覷女，卻是儀容秀麗，豐采逼人，**不愧英雌**。頓時惹動情腸，就攜了呂女玉手，同上陽臺，龍鳳諧歡，熊羆葉夢。過了數年，竟生了一子一女，後文自有表見，暫且不及報名。

只劉邦得配呂女，雖然相親相愛，備極綢繆，但他是登徒子一流人物，怎能遂不二色？況從前在酒色場中，時常廝混，免不得藕斷絲連，又去閒逛。湊巧得了一個小家碧玉，楚楚動人，詢明姓氏，乃係曹家女子，彼此敘談數次，竟弄得郎有情，女有意，合成一場露水緣，**曹女卻也有識**。她卻比呂女懷妊，還要趕早數月，及時分娩，就得一男。里人多知曹女為劉邦外婦，邦亦並不諱言，只瞞著一個正妻呂雉，不使與聞。**已暗伏呂雉之妒**。待呂氏生下一子一女，曹女尚留住母家，由邦給資贍養，因此家中只居呂婦，不居曹妾。

邦為亭長，除乞假歸視外，常住亭中。呂氏但挈著子女，在家度日。劉家本非富貴，只靠著幾畝田園，作為生活，呂氏嫁夫隨夫，暇時亦至田間刈草，取做薪芻。適有一老人經過，顧視多時，竟向呂氏乞飲。呂氏憐他年老，回家取湯給老人，老人飲罷，問及呂氏家世，呂氏略述姓氏，老人道：「我不意得見夫人，夫人日後必當大貴。」呂氏不禁微哂，老人道：「我素操相術，如夫人相貌，定是天下貴人。」**當時何多相士**。呂氏將信將疑，又引子至老人前，請他相視，老人撫摩兒首，且驚且語道：「夫人所以致貴，便是為著此兒。」又顧幼女道：「此女也是貴相。」說畢自去。適值劉邦歸家，由呂氏具述老人言語，邦問呂氏道：「老人去了，有多少時

第十一回
降真龍光韜泗水　斬大蛇夜走豐鄉

候？」呂氏道：「時候不多，想尚未遠。」邦即搶步追去，未及里許，果見老人躑躅前行，便呼語道：「老丈善相，可為我一看否？」老人聞言回顧，停住腳步，即將邦上下打量一番，便道：「君相大貴，我所見過的夫人子女，想必定是尊眷。」邦答聲稱是。老人道：「夫人子女，都因足下得貴，嬰兒更肖足下，足下真貴不可言。」邦喜謝道：「將來果如老丈言，決不忘德！」老人搖首道：「這也何足稱謝。」一面說，一面轉身即行，後來竟不知去向。至劉邦興漢，遣人尋覓，亦無下落，只得罷了。唯當時福運未至，急切不能發跡，只好暫作亭長，靜待機會。

閒居無事，想出一種冠式，擬用竹皮製成。手下有役卒兩名，一司開閉掃除，一司巡查緝捕，當下與他商議，即由捕盜的役卒，謂薛地頗有冠師，能作是冠，邦便令前去。越旬餘見他返報，呈上新冠，高七寸，廣三寸，上平如板，甚合邦意。邦就戴諸首上，稱為劉氏冠。後來垂為定制，必爵登公乘，才得將劉氏冠戴著。這乃是漢朝特制，為邦微賤時所創出，後人號為鵲尾冠，便是劉邦的遺規了。**敘入此事，見漢朝創制之權輿。**

二世元年，秦廷頒詔，令各郡縣遣送罪徒，西至驪山，添築始皇陵墓。沛縣令奉到詔書，便發出罪犯若干名，使邦押送前行。邦不好怠玩，就至縣中帶同犯人，向西出發。一出縣境，便逃走了好幾名，再前行數十里，又有好幾個不見，到晚間投宿逆旅，翌晨起來，又失去數人。邦子然一身，既不便追趕，又不能禁壓，自覺沒法處置，一路走，一路想，到了豐鄉西面的大澤中，索性停住行蹤，不願再進。澤中有亭，亭內有人賣酒，邦嗜酒如命，怎肯不飲，況胸中方愁煩得很，正要借那黃湯，灌澆塊壘，當即覓地坐下，並令大眾都且休息，自己呼酒痛飲，直喝到紅日西沉，尚未動身。

既而酒興勃發，竟抽身語眾道：「君等若至驪山，必充苦役，看來終

難免一死，不得還鄉，我今一概釋放，給汝生路，可好麼？」大眾巴不得有此一著，聽了邦言，真是感激涕零，稱謝不置。邦替他一一解縛，揮手使去，眾又恐劉邦得罪，便問邦道：「公不忍我等送死，慨然釋放，此恩此德，誓不忘懷，但公將如何回縣銷差？敢乞明示。」邦大笑道：「君等皆去，我也只好遠颺了，難道還去報縣，尋死不成？」道言至此，有壯士十數人，齊聲語邦道：「如劉公這般大德，我數人情願相從，共同保衛，不敢輕棄。」邦乃申說道：「去也聽汝，從也聽汝。」於是十數人留住不行，餘皆向邦拜謝，踴躍而去。**劉邦膽識，可見一斑。**

邦乘著酒興，戴月夜行，壯士十餘人，前後相從。因恐被縣中知悉，不敢履行正道，但從澤中覓得小徑，魚貫而前。小徑中最多荊莽，又有泥窪，更兼夜色昏黃，不便急走。邦又醉眼模糊，慢慢兒的走將過去，忽聽前面譁聲大作，不禁動了疑心。正要呼問底細，那前行的已經轉來，報稱大蛇當道，長約數丈，不如再還原路，另就別途。邦不待說畢，便勃然道：「咄！壯士行路，豈畏蛇蟲？」說著，獨冒險前進。才行數十步，果見有大蛇橫架澤中，全然不避，邦拔劍在手，走近蛇旁，手起劍落，把蛇劈作兩段。複用劍撥開死蛇，闢一去路，安然趨過。行約數里，忽覺酒氣上湧，竟至昏倦，就擇一僻靜地方，坐下打盹，甚且臥倒地上，夢遊黑甜鄉。待至醒悟，已是雞聲連唱，天色黎明。

適有一人前來，也是豐鄉人氏，認識劉邦，便與語道：「怪極！怪極！」邦問為何事？那人道：「我適遇著一個老嫗，在彼處野哭，我問他何故生悲？老嫗謂人殺我子，怎得不哭？我又問他子何故被殺，老嫗用手指著路旁死蛇，又向我嗚咽說著，謂我子係白帝子，化蛇當道，今被赤帝子斬死，言訖又淚下不止。我想老嫗莫非瘋癲，把死蛇當做兒子，因欲將她答辱，不意我手未動，老嫗已經不見。這豈不是一件怪事？」邦默然不

第十一回
降真龍光韜泗水　斬大蛇夜走豐鄉

答，暗思蛇為我殺，如何有白帝、赤帝等名目，語雖近誕，總非無因，將來必有徵驗，莫非我真要做皇帝麼？想到此處，又驚又喜，那來人還道他酒醉未醒，不與再言，掉頭徑去。邦亦不復回鄉，自與十餘壯士，趨入芒碭二山間，蟄居避禍去了。小子有詩詠道：

不經冒險不成功，仗劍斬蛇氣獨雄。
漫說帝王分赤白，乃公原不與人同。

劉邦避居芒碭山間，已有數旬，忽然來了一個婦人，帶了童男童女，尋見劉邦。欲知此婦為誰，請看下回便知。

本回敘劉季微賤時事，脫胎《高祖本紀》，旁採史漢各傳，語語皆有來歷，並非向壁虛造。唯史官語多忌諱，往往於劉季所為，舍瑕從善，經本回一一直敘，才得表明真相，不沒本來。蓋劉季本一酒色徒，其所由得成大業者，遊蕩之中，具有英雄氣象，後來老成練達，知人善任，始能一舉告成耳。若劉媼之感龍得孕，老嫗之哭蛇被斬，不免為史家附會之詞；然必謂竟無此事，亦不便下一斷筆。有聞必錄，抑亦述史者之應有事也。

第十二回
戕縣令劉邦發跡　殺郡守項梁舉兵

　　卻說芒碭二山，本來是幽僻的地方，峰迴路轉，谷窈林冥。劉邦與壯士十餘人，寄身此地，無非為避禍起見，並恐被人偵悉，隨處遷移，蹤跡無定。偏有一婦人帶著子女，前來尋邦，好像河東熟路，一尋就著。邦瞧將過去，不是別人，正是那妻室呂氏。夫妻父子，至此聚首，正是夢想不到的事情。邦驚問原委，呂氏道：「君背父母，棄妻孥，潛身巖谷，只能瞞過別人，怎能瞞妾？」邦聞言益驚，越要詳問。呂氏道：「不瞞君說，無論君避在何地，上面總有雲氣蓋著，妾善望雲氣，所以知君下落，特地尋來。」**父善相人，女善望氣，確是呂家特色。**邦欣然道：「有這等事麼？我聞始皇常言，東南有天子氣，所以連番出巡，意欲厭勝，莫非始皇今死，王氣猶存，我劉邦獨能當此麼？」**始皇語藉口敘出，可省筆墨。**呂氏道：「苦盡甘來，安知必無此事。但今日是甘尚未回，苦楚已吃得夠了。」說著，兩眼兒已盈盈欲淚，邦忙加勸慰，並問他近時苦況。待呂氏說明底細，邦亦不禁淚下盈眶。

　　原來邦西行後，縣令待他復報，久無消息。嗣遣役吏出外探聽明白，才知邦已縱放罪徒，逃走了去。當下派役搜查邦家，亦無著落。此時邦父太公，已令邦分居在外，倖免株連。只呂氏連坐夫罪，竟被縣役拘送至

第十二回
戕縣令劉邦發跡　殺郡守項梁舉兵

縣，監禁起來。秦獄本來苛虐，再經呂氏手頭乏錢，不能賄託獄吏，獄吏遂倚勢作威，任意凌辱。且因呂氏華色未衰，往往在旁調戲，且笑且嘲。呂氏舉目無親，沒奈何耐著性子，忍垢蒙羞。巧有一個小吏任敖，也在沛縣中看管獄囚，平時與劉邦曾有交誼，一聞邦妻入獄，便覺有心照顧，雖然呂氏不歸他看管，究竟常好探視，許多便當。某夕又往視呂氏，甫至獄門，即有泣聲到耳。他便停步細聽，復聞獄吏吆喝聲，嫚侮聲，謔浪笑敖，語語難受。頓時惱動俠腸，大踏步跨入門內，掄起拳頭，就向該獄吏擊去。獄吏猝不及防，竟被他毆了數拳，打得頭青目腫，兩下裡扭做一團，往訴縣令。縣令登堂審問，彼此各執一詞，一說是獄吏無禮，調戲婦女，一說是任敖可惡，無端辱毆。縣令見他各有理由，倒也不好遽判曲直，只好召入功曹蕭何，委令公斷。蕭何謂獄吏知法犯法，情罪較重，應該示懲。任敖雖屬粗莽，心實可原，宜從寬宥。**左袒任敖，就是隱護呂氏。**這讞案一經定出，縣令亦視為至公，把獄吏按律加罰。獄吏捱了一頓白打，還要加受罪名，真是自討苦吃，俯首退下，連呼晦氣罷了。**誰教你凌辱婦人？**蕭何更為呂氏解免，說他身為女流，不聞外事，乃夫有過，罪不及妻，不如釋出呂氏，較示寬大等語。縣令也得休便休，就將呂氏釋放還家。呂氏既至家中，不知如何探悉乃夫，竟挈子女尋往芒碭，得與劉邦相遇。據呂氏謂望知雲氣，或果有此慧眼，亦未可知。

　　邦已會晤妻孥，免得憶家，索性在芒碭山中，尋一幽谷，作為家居。後世稱芒碭山中有皇藏峪，便是因此得名，這且不必絮述。

　　且說陳勝起兵蘄州，傳檄四方，東南各郡縣，往往戕殺守令，起應陳勝。沛縣與蘄縣相近，縣令恐為勝所攻，亦欲舉城降勝。蕭何、曹參獻議道：「君為秦吏，奈何降盜？且恐人心不服，反致激變，不若招集逋亡，收得數百人，便可壓制大眾，保守城池。」縣令依議，乃遣人四出招徠。

蕭何又進告縣令，謂劉季具有豪氣，足為公輔，若赦罪召還，必當感激圖報。縣令也以為然，遂使樊噲往召劉邦。噲亦沛人，素有膂力，家無恆產，專靠著屠狗一業，當做生涯，娶妻呂嬃，就是呂公的少女，呂雉的胞妹。**噲得呂嬃為妻，想亦由呂公識相，特配以女，好與劉邦做成一對特別連襟。**縣令因他與邦有親，故叫他召邦。果然噲已知邦住處，竟至芒碭山中，與邦相見，具述沛令情意。邦在山中已八九月，收納壯士，約有百人，既聞沛令相招，便帶領家屬徒眾，與噲同詣沛縣。

行至中途，驀見蕭何、曹參，狼狽前來。當即驚問來意，蕭、曹二人齊聲道：「前請縣令召公，原期待公舉事，不意縣令忽有悔意，竟疑我等召公前來，將有他變，特下令閉守城門，將要誅我兩人，虧得我兩人聞風先逃，逾城而出，尚得苟延生命。現只有速圖良策，保我家眷了。」邦笑答道：「承蒙兩公不棄，屢次照拂，我怎得不思報答？幸部眾已有百人，且到城下檢視形勢，再作計較。」蕭曹二人，遂與邦復返，同至沛縣城下。城門尚是關著，無從闖入。蕭何道：「城中百姓，未必盡服縣令，不若先投書函，叫他殺令自立，免受秦毒。可惜城門未開，無法投遞，這卻如何是好？」劉邦道：「這有何難？請君速即繕書，我自有法投入。」蕭何聽著，急忙草就一書，遞與劉邦。邦見上面寫著道：

天下苦秦久矣！今沛縣父老，雖為沛令守城，然諸侯並起，必且屠沛。為諸父老計，不若共誅沛令，改擇子弟可立者以應諸侯，則家室可完！不然，父子俱屠無益也。

邦約略閱過，便道：「寫得甚好！」便將書加封，自帶弓箭，至城下呼守卒道：「爾等毋徒自苦，請速看我書，便可保住全城生命。」說罷，即把書函繫諸箭上，用弓搭著，颼的一聲，已將箭幹射至城上。城上守卒，見

第十二回
戕縣令劉邦發跡　殺郡守項梁舉兵

箭上有書，取過一閱，卻是語語有理，便下城商諸父老。父老一體贊成，竟率子弟們攻入縣署，立把縣令殺死，然後大開城門，迎邦入城。

邦集眾會議，商及善後方法，眾願推邦為沛令，背秦自主。邦慨然道：「天下方亂，群雄並起，今若置將不善，一敗塗地，悔何可追？我非敢自愛，恐德薄能鮮，未能保全父老子弟，還請另擇賢能，方足圖謀大事。」眾見邦有讓意，因更推蕭何、曹參。蕭、曹統是文吏出身，未嫺武事，只恐將來無成，誅及宗族，因力推劉邦為主，自願為輔。邦仍然推辭，諸父老同聲說道：「平生素聞劉季奇異，必當大貴，且我等已問過卜筮，莫如季為最吉，望勿固辭！」邦還想讓與別人，偏大眾俱不敢當，只好毅然自任，應允下去。眾乃共立劉邦為沛公，是時劉邦年已四十有八了。

九月初吉，邦就沛公職，祠黃帝，祭蚩尤，殺牲釁鼓，特製赤旗赤幟，張掛城中。他因前時斬蛇，老嫗夜哭，有赤帝子斬白帝子語，故旗幟概尚赤色。即授蕭何為丞，曹參為中涓，樊噲為舍人，夏侯嬰為太僕，任敖等為門客。部署既定，方議出兵。看官聽說！自劉邦做了沛公，史家統稱沛公二字，作為代名，小子此後敘述，也即稱為沛公，不稱劉邦了。沛公令蕭何、曹參，收集沛中子弟，得二三千人，出攻胡陵、方與，**俱縣名，方音旁，與音豫**。命樊噲、夏侯嬰為統將，所過無犯。胡陵、方與二守令，不敢出戰，但閉城守著。噲與嬰正擬進攻，忽接到沛公命令，乃是劉媼去世，宜辦理喪葬，未遑治兵，因召二人還守豐鄉。二人不好違命，只得率眾還豐。沛公至豐治喪，暫將軍事擱起。那故楚會稽郡境內，又出了項家叔姪，戕吏起事，集得子弟八千人，橫行吳中。**敘出項氏叔姪，筆亦不苟。**

看官欲知他叔姪姓名，便是項梁、項籍。項梁本下相縣人，即楚將項

燕子,燕為秦將王翦所圍,兵敗自殺,楚亦隨亡。梁既遭國難,復念父仇,常思起兵報復,只因秦方強盛,自恨手無寸鐵,不能如願。有姪名籍,表字子羽,少年喪父,依梁為生。梁令籍學書,歷年無成,改令學劍,仍復無成。梁不禁大怒,呵叱交加,籍答說道:「學書有什麼大用?不過自記姓名。學劍雖稍足護身,也只能敵得一人。一人敵何如萬人敵,籍願學萬人敵呢!」**有志如此,也好算是英雄。**梁聽了籍言,怒氣漸平,方語籍道:「汝有此志,我便教汝兵法。」籍情願受教。梁祖世為楚將,受封項地,故以項為姓。家中雖遭喪亂,尚有祖傳遺書,未曾毀滅,遂一律取出,教籍閱讀。籍生性粗莽,展卷時卻很留心,漸漸的倦怠起來,不肯研究,所以兵法大意,略有所知,終未能窮極底蘊。**籍之終於無成者,便由此夫?**梁知他的本性難移,聽他蹉跎過去。

　　既而梁為仇家所訐,株連成獄,被繫櫟陽縣中。幸與蘄縣獄掾曹無咎,素相認識,作書請託,得無咎書,投遞獄掾司馬欣,替梁緩頰,梁才得減罪,出獄還家。唯梁是將門遺種,怎肯受人構陷,委屈了事?冤冤相湊,那仇人被梁遇著,由梁與他評論曲直,仇人未肯認過,惹起梁一番鬱憤,竟把仇人拳打足踢,毆死方休。一場大禍,又復闖出,自恐殺人坐罪,為吏所捕,不得已帶同項籍,避居吳中。吳中士大夫,未知項梁來歷,梁亦隱姓埋名,偽造氏族,出與士大夫交際,遇事能斷,見義必為,竟得吳人信從,相率悅服。每遇地方興辦大工,及豪家喪葬等事,輒請梁為主辦。梁約束徒眾,派撥役夫,俱能井然有序,差不多與行軍相似,吳人越服他才識,願聽指揮。

　　當秦始皇東巡時,渡浙江,遊會稽,梁與籍隨著大眾,往看鑾駕。大眾都盛稱天子威儀,一時無兩,獨籍指語叔父道:「他!他雖然是個皇帝,據姪兒看來,卻可取得,由我代為呢!」**與劉季語異心同。**梁聞言大驚,

第十二回
戕縣令劉邦發跡　殺郡守項梁舉兵

忙舉手掩住籍口道：「休得胡言，倘被聽見，罪及三族了！」籍才不復說，與梁同歸。時籍年已逾冠，身長八尺，悍目重瞳，力能扛鼎，氣可拔山，所有三吳少年，無一能與籍比勇，個個憚籍。梁見籍藝力過人，也料他不在人下，因此陰蓄大志，潛養死士數十人，私鑄兵器，靜待時機。

到了陳勝發難，東南擾攘，梁正思起應，忽由會稽郡守殷通，差人前來，召梁入議。梁奉召即往，謁見郡守，殷通下座相迎，且引入密室，低聲與語道：「蘄陳失守，江西皆叛，看來是天意亡秦，不可禁止了。我聞先發制人，後發為人所制，意欲乘機起事，君意以為何如？」這一席話，正中項梁心坎，便即笑顏相答，一力贊成。殷通又道：「行兵須先擇將，當今將才，宜莫如君。還有勇士桓楚，也是一條好漢，可惜他犯罪逃去，不在此地。」梁答道：「桓楚在逃，他人都無從探悉，唯姪兒項籍，頗知楚住處。若召楚前來，更得一助，事無不成了！」殷通喜道：「令姪既知桓楚行蹤，不得不煩他一往，叫楚同來。」梁又說道：「明日當囑籍進謁，向公聽令。」說著，即起身告辭，徑回家中，私下與籍計議多時，籍一一領教。

翌日早起，梁令籍裝束停當，暗藏利劍，隨同前往。既至郡衙，即囑籍靜候門外，待宣乃入，並申誡道：「毋得有誤！」**話裡藏刀**。籍唯唯如命。梁即入見郡守殷通，報稱姪兒已到，聽候公命。殷通道：「現在何處？」梁答道：「籍在門外，非得公命，不敢擅入。」殷通聞言，忙呼左右召籍。籍在外佇候傳呼，一聞內召，便趨步入門，直至殷通座前。通見籍軀幹雄偉，狀貌粗豪，不由的喜歡得很，便向梁說道：「好一位壯士，真不愧項君令姪。」梁微笑道：「一介蠢夫，何足過獎。」殷通乃命籍往召桓楚，梁在旁語籍道：「好行動了。」口中說著，眼中向籍一瞅。籍即拔出懷中藏劍，搶前一步，向通砍去，首隨劍落，屍身倒地。**殷通的魂靈兒恐尚**

莫名其妙。

　　梁俯檢屍身，取得印綬，懸諸腰間。復將通首級拾起，提在手中，與項籍一同出來。行未數步，就有許多武夫，各持兵器，把他攔住。籍有萬夫不當的勇力，看那來人不過數百，全不放在心裡，一聲叱吒，舉劍四揮，劍光閃處，便有好幾個頭顱，隨劍落地。眾武夫不敢近籍，一步步的倒退下去。籍索性大展武藝，仗著一柄寶劍，向前奮擊，復殺死了數十人，嚇得餘眾四散奔逃，不留一人。府中文吏，越覺心慌，統在別室中躲著，不敢出頭。還是項梁自去找尋，叫他無恐，盡至外衙議事。於是陸續趨出，戰戰兢兢的到了梁前。梁婉言曉諭，無非說是秦朝暴虐，郡守貪橫，所以用計除奸，改圖大事。眾人統皆驚惶，怎敢說一個不字，只好隨聲應諾，暫保目前。梁又召集城中父老，申說大意，父老等不敢反抗，同聲應命。

　　全城已定，派吏任事。梁自為將軍，兼會稽郡守，籍為偏將，遍貼文告，招募兵勇。當有丁壯逐日報名，編入軍籍，復訪求當地豪士，使為校尉，或為候司馬。有一人不得充選，竟效那毛遂故事，侈然自薦。項梁道：「我非不欲用君，只因前日某處喪事，使君幫辦，君尚未能勝任，今欲舉大事，關係甚巨，豈可輕易用人！君不如在家安身，尚可無患。」這一席話，說得那人垂頭喪氣，懷慚自去。眾益稱項梁知人，相偕畏服。梁即使籍往徇下縣。籍引兵數百，出去招安，到處都怕他英名，無人與抗，或且投效馬前，願隨麾下。籍並收納，計得士卒八千人，統是膂力方剛，強壯無比。籍年方二十有四，做了八千子弟的首領，越顯出一種威風。他表字叫做子羽，因嫌雙名累墜，減去一字，獨留羽字，自己呼為項羽，別人亦叫他項羽，所以古今相傳，反把項羽二字出名，小子後文敘述，也就改稱項羽了。小子有詩詠道：

第十二回
戕縣令劉邦發跡　殺郡守項梁舉兵

欲成大業在開端，有勇非難有德難。

一劍敢揮賢郡守，發硎先已太凶殘。

項氏略定江東，同時又有幾個草頭王，霸據一方。欲知姓名履歷，容至下回再詳。

劉項起兵，跡似相同，而情則互異。沛令從蕭何言，往召劉邦，設非後來之翻悔，則亦不至自殺其身。且殺令者為沛中父老，非真邦親手下刃也。若項梁之赴召，明明為郡守之誠意，梁正不妨依彼舉事，為君父復仇，何必計囑項籍，無端下刃乎！況仇為秦皇，無關郡守，殺之尤為無名，適以見其貪詐耳。觀此而劉、項之仁暴，即此而分，即劉、項之成敗，從此而定。若夫劉邦之退讓鳴恭，項梁之專橫自立，蓋第為一節之見端，猶其小焉者也。

第十三回
說燕將廝卒救王　入趙宮叛臣弒主

　　卻說陳勝為張楚王，曾遣魏人周市，北略魏地。**見前文第十回。**市引兵至狄城，狄令擬嬰城固守。適有故齊王遺族田儋，充當城守，獨與從弟田榮、田橫等，潛謀自立。當即想出一法，佯把家奴縛住，說他有通敵情事，押解縣署，自率少年同往，請縣令定罪加誅。縣令不知是計，貿然出訊，被田儋拔出寶劍，砍死縣令，**也與項梁相類，怪不得與梁同死。**遂招豪吏子弟，當面曉諭道：「諸侯皆背秦自立，我齊人如何落後？況齊為古國，由田氏為主百數十年，儋為田氏後裔，理應王齊，光復舊物。」大眾各無異言，儋遂自稱齊王，募兵數千，出擊周市。周市經過魏地，未遇劇戰，猛見齊人奮勇前來，料知不便輕敵，遂即引兵退還。儋既擊退周市軍，威名漸震，便遣榮、橫等分出招撫，示民恢復。齊人正因秦法暴虐，追懷故國，聞得田儋稱王，自然踴躍投誠，不勞兵革。唯周市退還魏地，魏人亦欲推市為王，市慨然道：「天下昏亂，乃見忠臣，市本魏人，應該求立魏王遺裔，才好算是忠臣呢。」會聞魏公子咎，投效陳勝麾下，市即遣使往迎。勝不肯將咎放歸，再經市再三固請，直至使人往復五次，方得陳勝允許，命咎返魏，立為魏王。市為魏相，輔咎行政。於是楚、趙、齊、魏已成四國。

101

第十三回
說燕將廝卒救王　入趙宮叛臣弒主

　　同時尚有燕王出現，看官道是何人？原來就是趙將韓廣。**見前文第十回**。趙王武臣，使韓廣略燕，廣一入燕境，各城望風歸附，燕地大定。燕人且欲奉廣為王，廣也欲據燕稱尊；但因家屬居趙，並有老母在堂，不忍致死，所以對眾告辭，未敢相從。燕人說道：「當今楚王最強，尚不敢害趙王家屬，趙王豈敢害將軍老母？盡請放心，不妨自主。」廣見燕人說得有理，便自稱燕王。趙王武臣，得知此信，遂與張耳、陳餘商議。兩人意見，以為殺一老嫗，無甚益處，不如遣令歸燕，示彼恩惠，然後乘他不防，再行攻燕未遲。武臣依議，遣人護送廣母，並廣妻子，一同赴燕。廣得與骨肉相見，當然大喜，厚待趙使，遣令歸謝。

　　武臣便欲侵燕，親率張耳、陳餘諸人，出駐燕趙交界的地方。早有探馬報知韓廣，廣恐趙兵入境，急令邊境戒嚴，增兵防守。張耳、陳餘，覘知燕境有備，擬請武臣南歸，徐作後圖。偏武臣志在得燕，未肯空回，耳、餘也無可如何，只好隨著武臣，仍然駐紮。唯彼此分立營帳，除有事會議外，各守各營，未嘗同住。武臣獨發生異想，竟思潛入燕界，窺探虛實，只恐耳、餘二人諫阻，不願與議，自己放大了膽，改裝易服，扮做平民模樣，挈了僕從數名，竟出營門，偷入燕境。燕人日夕巡邏，遇有閒人出入，都要盤查底細，方才放過。冒冒失失的趙王武臣，不管什麼好歹，闖將進去，即被燕人攔住，向他究詰。武臣言語支吾，已為燕人所疑，就中還有韓廣親卒，奉令助守，明明認得武臣，大聲叫道：「這就是趙王。快快拿住！」道言未絕，守兵都想爭功，七手八腳，來縛武臣，武臣還想分辯，那鐵鏈已套上頭頸，好似鳳陽人戲獼猴，隨手牽去。**咎由自取**。餘外僕從，多半被拘，有兩三個較為刁猾，轉身就走，奔還趙營，報知張耳、陳餘。

　　耳、餘兩人，統吃了一大驚，尋思沒法營救，互商多時，別無他策，只有選派辯士，往說燕王韓廣，願將金銀珍寶，贖回趙王。及去使返報，

述及燕王索割土地,必須將趙國一半,讓與了他,方肯放還趙王。張耳道:「我國土地,也沒有什麼闊大,若割去一半,便是不成為國了。這事如何允許!」陳餘道:「廣本趙臣,奈何無香火情;況從前送還家眷,亦應知感,今當致書詰責,令彼知省,萬不得已,亦只能許讓一二城,怎得割界一半呢?」**書生迂論**。張耳躊躇一會,委實沒法,乃依陳餘言,寫好書信,復遣使齎去。那知待了數日,杳無複音,再派數人往探消息,仍不見報。到後來逃回一人,說是燕王韓廣,貪虐得很,非但不允所請,反把我所遣各使,陸續殺死。頓時惱動了張耳、陳餘,恨不即驅動大眾,殺入燕境,把韓廣一刀兩段。但轉想投鼠忌器,如欲與燕開戰,勝負未可預料,倒反先送了趙王性命。兩人搔頭挖耳,思想了兩三日,終沒有什麼良策,忽帳外有人入報導:「大王回來了!」張耳、陳餘,又驚又疑,急忙出營探望。果見趙王武臣,安然下車,後面隨一御人,從容入帳。二人似夢非夢,不得不上前相迎,擁入營中,詳問情狀。**我亦急欲問明**。武臣微笑道:「兩卿可問明御夫。」二人旁顧御者,御者便將救王計策,說明底細。

原來御人本趙營廝卒,不過在營充當火夫,炊爨以外,別無他長。自聞趙王被掠,張、陳兩將相,束手無策,他卻顧語同儕道:「我若入燕,包管救出我王,安載回來!」同儕不禁失笑道:「汝莫非要去尋死不成?試想使人十數,奉命赴燕,都被殺死,汝有什麼本領,能救我王?」廝卒不與多言,竟換了一番裝束,悄悄馳往燕營,燕兵即將他拘住,廝卒道:「我有要事來報汝將軍,休得無禮!」燕兵不知他有何來歷,倒也不敢加縛,好好的引他入營。廝卒一見燕將,作了一個長揖,便開口問燕將道:「將軍知臣何為而來?」燕將道:「汝系何人?」廝卒道:「臣係趙人。」**直認不諱,確是有膽有識**。燕將道:「汝既是趙人,無非來做說客,想把趙王迎歸。」廝卒道:「將軍可知張耳、陳餘為何等人?」**颺開一筆妙**。燕將

第十三回
說燕將廝卒救王　入趙宮叛臣弒主

道：「頗有賢名，今日想亦無策了。」廝卒道：「將軍可知兩人的志願否？」燕將道：「也不過欲得趙王。」廝卒啞然失笑，吃吃有聲，**好做作**。燕將怒道：「何事可笑！」廝卒道：「我笑將軍未知敵情，我想張耳、陳餘，與武臣並轡北行，唾手得趙數十城。他兩人豈不想稱王？但因初得趙地，未便分爭，論起年齡資格，應推武臣為王，所以先立武臣，暫定人心。今趙地已定，兩人方想平分趙地，自立為王。可巧趙王武臣，為燕所拘，這正是天假機緣，足償彼願。佯為遣使，求歸趙王，暗中巴不得燕人下手，立把趙王殺死，他好分趙自立，一面合兵攻燕，藉口報仇，人心一奮，何戰不克？將軍若再不知悟，中他詭計，眼見得燕為趙滅了！」**三寸舌賢於十萬師**。燕將聽了，頻頻點首，待廝卒說罷，便道：「據汝說來，還是放還趙王為妙。」**正要你說出這句**。廝卒道：「放與不放，權在燕國，臣何敢多口！**又作一颺，愈妙**。但為燕國計，不如放還趙王，一可打破張、陳詭謀，二可永使趙王感激，就使張、陳逞刁，有趙王從中牽制，還有何暇圖燕呢！」**明明為自己計，反說為燕國計，真好利口**。燕將乃進白韓廣，廣也信為真情，遂放出趙王武臣，依禮相待，並給車一乘，使廝卒御王還趙。張耳、陳餘，窮思極索，反不及廝卒一張利口，也覺驚嘆不置。趙王武臣，乃拔營南歸，馳回邯鄲。

　　適趙將李良，自常山還報，謂已略定常山，因來覆命。趙王復使良往略太原，進至井陘。井陘為著名關塞，險要得很，秦用重兵扼守，阻住良軍。良引兵到了關下，正擬進攻，偏有秦使到來，遞入一書，書面並不加封，由良順手取出一紙，但見上面寫著，竟是秦二世的諭旨。略云：

　　皇帝賜諭趙將李良：良前曾事朕，得膺貴顯，應知朕待遇之隆，不應相負。今乃背朕事趙，有乖臣誼，若能翻然知悔，棄趙歸秦，朕當赦良罪，並予貴爵，朕不食言！

李良看罷，未免心下加疑。他本做過秦朝的官員，只因位居疏遠，乃歸附趙國，願事趙王。此次由二世來書，許賜官爵，究竟是事趙呢？還是事秦呢？那知這封書信，並不由二世頒給，乃是守關秦將，假託二世諭旨，誘惑李良，且故意把書不封，使他容易漏洩，傳入趙王耳中，令彼相疑，這就叫做反間計呢。李良不知是計，想了多時，方得著一條主意。當下遣回秦使，自引兵徑回邯鄲，且到趙王處申請添兵，再作計較。

　　一路行來，距邯鄲只十餘里，遙見有一簇人馬，吆喝前來，當中擁著鑾輿，前後有羽扇遮蔽，男女僕從，環繞兩旁，彷彿似王者氣象。暗想這種儀仗，除趙王外還有何人？遂即一躍下馬，伏謁道旁。那車馬疾馳而至，頃刻間已到李良面前，良不敢抬頭，格外俯伏，口稱臣李良見駕。道言甫畢，即聽車中傳呼，令他免禮。良才敢昂起頭來，約略一瞧，車中並不是趙王，乃是一個華裝炫服的婦人。正要開口啟問，那車馬已似風馳電掣一般，向前自去。李良勃然起立，顧問從吏道：「適才經過的車中，究係何人坐著？」有數人認得是趙王胞姊，便據實相答。良不禁羞慚滿面，且愧且忿道：「王姊乃敢如此麼？」旁有一吏接口道：「天下方亂，群雄四起，但教才能邁眾，便可稱尊。將軍威武出趙王右，趙王尚且優待將軍，不敢怠慢，今王姊乃一女流，反敢昂然自大，不為將軍下車，將軍難道屈身婦女，不思雪恥麼？」這數語激動李良怒氣，越覺憤憤不平，便下令道：「快追上前去，拖落此婦，一洩我恨！」說著，便奮身上馬，加鞭疾走。部眾陸續繼進，趕了數里，竟得追著王姊的車馬，就大聲呼喝道：「大膽婦人，快下車來！」王姊車前的侍從，本沒有什麼驍勇，不過擺個場面，表示雌威。既見李良引眾趕來，料他不懷好意，統嚇得戰戰兢兢。有幾個膽子稍大的，還道李良不識王姊，因此撒野，遂撐著喉嚨，朗聲答道：「王姊在此，汝是何人，敢來戲侮？」李良叱道：「什麼王姊不王姊？

第十三回
說燕將廝卒救王　入趙宮叛臣弒主

就使趙王在此，難道敢輕視大將不成！」一面說，一面拔出佩劍，橫掠過去，砍倒了好幾人。部眾又揚聲助威，霎時間把王姊侍從，盡行嚇散。王姊素來嗜酒，此次出遊郊外，正是為飲酒起見。她已喝得醉意醺醺，所以前遇李良，視作尋常小吏，未嘗下車。**邯鄲城內豈無美酒，且身為王姊，何求不得，必要出城覓飲，真是自來送死！**偏偏弄成大錯，狹路中碰著冤家，竟至侍從逃散，單剩了孤身隻影，危坐車中。正在沒法擺布，見李良已躍下了馬，伸出蒲扇一般的大手，向她一抓。她便身不由主，被良抓出，摔在地上，跌得一個半死半活。**是喝酒的回味。**發也散了，身也疼了，淚珠兒也流下來了，索性拚著一死，痛罵李良。良正忿不可耐，怎忍被她辱罵？便舉劍把她一揮，斷送性命。**好去做女酒鬼了。**

　　王姊既死，良已知闖了大禍，還是先發制人，乘著趙王尚未知曉，一口氣跑到邯鄲。邯鄲城內的守兵，見是李良回來，當然放他進城，他竟馳入王宮，去尋趙王武臣。武臣毫不預防，見良引眾進來，不知為著何事，正要向良問明，良已把劍砍到，一時不及閃避，立被劈死。宮中衛兵，突然遭變，統皆逃去。良又搜殺宮中，把趙王武臣家眷，一體屠戮，再分兵出宮，往殺諸大臣，左丞相邵騷，也冤冤枉枉的死於非命。**不良如此，如何名良！**只右丞相張耳，大將軍陳餘，已得急足馳報，溜出城門，不遭毒手。兩人素有聞望，為眾所服，所以城中逃出的兵民，陸續趨附。

　　才過了一二日，已聚了數萬人，兩人便想編成隊伍，再入邯鄲，替趙王武臣報仇，適有張耳門客，為耳獻謀道：「公與陳將軍，均係梁人，羈居趙地，趙人未必誠心歸附。為兩公計，不如訪立趙後，由兩公左右夾輔，導以仁義，廣為號召，方可掃平亂賊，得告成功。」張耳也覺稱善，轉告陳餘，餘亦贊成。乃訪得故趙後裔，叫做趙歇，立為趙王，暫居信都。那李良已據住邯鄲，脅迫居民，奉他為主，遂部署徒眾，增募兵勇，

約得一二萬人，即擬往攻張耳、陳餘，會聞張、陳復立趙王歇，傳檄趙地，料他必來報復，還是趕早發兵，往攻信都，較占先著。主見已定，當即率兵前往，倍道亟進。

張耳、陳餘，正思出擊邯鄲，巧值李良自來討戰，便由張耳守城，陳餘出敵。安排妥當，餘即領兵二萬，開城前行，約越數里，已與李良相遇。兩陣對圓，兵刃相接，彼此才經戰鬥，李良麾下的人馬，已多離叛，四散奔逃。看官聽說！師直為壯，曲為老，本是兵法家的恆言。李良已為趙臣，無端生變，入弒趙王，並把趙王家眷，屠戮殆盡，這乃大逆不道的行為。時局雖亂，公論難逃，人人目李良為亂賊，不過邯鄲城內的百姓，無力抵禦，只好勉強順從。良尚自鳴得意，引眾攻入，怎能不潰？張耳、陳餘，本來是有些名聲，更且此番出師，純然為主報仇，光明坦白，又擁立一個趙歇，不沒趙後，足慰趙人想望，因此同心同德，一古腦兒殺將上去。李良抵當不住，部眾四竄，各自逃生。陳餘見良軍敗退，趁勢追擊，殺得良軍七零八落，人仰馬翻。李良也逃命要緊，奔回邯鄲。尚恐陳餘前來攻城，支持不住，不若依了秦二世的來書，投降秦朝。當下派將守城，自率親兵數百人，徑至秦將章邯營中，屈膝求降去了。小子有詩詠道：

人心叵測最難防，挾刃公然弒趙王。
只是輿情終未服，戰場一鼓便逃亡。

欲知章邯駐兵何地，待至下回敘明。

趙王武臣，為燕所拘，張耳、陳餘二人，竭畢生之智力，終不能迎還趙王，而大功反出一廝卒，可見皂隸之中，未嘗無才，特為君相者不善訪求耳。史稱廝卒御歸趙王，不錄姓氏，良由廝卒救王以後，未得封官，仍然淹沒不彰，故姓氏無從考據耳。夫有救主之大功，而不知特別超擢，此

第十三回
說燕將廝卒救王　入趙宮叛臣弒主

趙王武臣之所以終亡也。趙王姊出城遊宴，得罪李良，既致殺身，並致亡國，古今來之破家復國者，往往由於婦人之不賢，然亦由君主之不知防閑，任彼所為，因至釀成巨釁。故武臣之死，釁由王姊，實即武臣自取之也，於李良乎何誅！

第十四回
失兵機陳王斃命　免子禍嬰母垂言

　　卻說秦將章邯，自擊退周文後，追逐出關。文退至曹陽，又被章邯追到，不得不收眾與戰。那知軍心已散，連戰連敗，再奔入澠池縣境，手下已將散盡，那章邯還不肯罷休，仍然追殺過來。文勢窮力竭，無可奈何，便即拚生自刎，報了張楚王的知遇。**士為知己者死，還算不負。**

　　時已為秦二世二年了，章邯遣使奏捷，二世更命長史司馬欣，都尉董翳，領兵萬人，出助章邯，囑邯進擊群盜，不必還朝。邯乃引兵東行，徑向滎陽出發。滎陽為楚假王吳廣所圍，數月未下。**見前文第十回。**及周文戰死，與章邯進兵的消息，陸續傳來，吳廣尚沒有他法，仍然頓屯城下，照舊駐紮。部將田臧、李歸等，私下謀議道：「周文軍聞已敗潰了，秦兵旦暮且至，我軍圍攻滎陽，至今未克，若再不知變計，恐秦兵一到，內外夾攻，如何支持！現不若少留兵隊，牽制滎陽，一面悉銳前驅，往禦秦軍，與決一戰，免致坐困。今假王驕不知兵，難與計議，看來只有除去了他，方好行事。」**除去吳廣，亦未必遂能成功。**於是決計圖廣，捏造陳王命令，由田臧、李歸兩人齎入，直至廣前。廣下座接令，只聽得田臧厲聲道：「陳王有諭，假王吳廣，逗留滎陽，暗蓄異謀，應即處死！」說到死字，不待吳廣開口，便拔出佩刀，向廣砍去。廣只赤手空拳，怎能抵禦，

第十四回
失兵機陳王斃命　免子禍嬰母垂言

況又未曾防著,眼見得身受刀傷,不能動彈。再經李歸搶上一步,剁下一刀,自然斃命。隨即梟了廣首,出示大眾,尚說是奉命誅廣,與眾無干。大眾統被瞞過,無復異言。**也是廣平日不得眾心之過。**

田臧刁猾得很,即繕就一篇呈文,誣廣如何頓兵,如何謀變,說得情形活現,竟派人持廣首級,與呈文並達陳王。陳勝與吳廣同謀起兵,資格相等,本已暗蓄猜疑,既得田臧稟報,快意的了不得,還要去辨什麼真假?當即遣還來使,另派屬吏齎著楚令尹印信,往賜田臧,且封臧為上將。臧對使受命,喜氣洋洋,一俟使人去訖,便留李歸等圍住滎陽,自率精兵西行,往敵秦軍。到了敖倉,望見秦軍漫山遍野,飛奔前來,旗械鮮明,兵馬雄壯,畢竟是朝廷將士,比眾不同,楚兵都有懼色,就是田臧也有怯容,沒奈何排成隊伍,準備迎敵。秦將章邯,素有悍名,每經戰陣,往往身先士卒,銳厲無前,此次馳擊楚軍,也是匹馬當先,親自陷陣。秦軍踴躍隨上,立將楚陣衝破,左右亂攪,好似虎入羊群,所向披靡。田臧見不可敵,正想逃走,恰巧章邯一馬突入,正與田臧打個照面,臧措手不及,被章邯手起一刀,劈死馬下。**好與吳廣報仇。** 楚軍失了主帥,紛紛亂竄,晦氣的個個送終,僥倖的還算活命。章邯乘勝前進,直抵滎陽城下。李歸等聞臧敗死,已似攝去魂魄一般,茫無主宰,既與秦軍相值,不得不開營一戰。那秦軍確是利害,長槍大戟,無人敢當,再加章邯一柄大刀,旋風飛舞,橫掃千軍。李歸不管死活,也想挺槍與戰,才經數合,已由章邯大喝一聲,把好頭顱劈落地上,一道靈魂,馳入鬼門關,好尋著密友田臧,與吳廣同對冥簿去了。**貪狡何益。** 餘眾或死或降,不消細敘。

且說章邯陣斬二將,解滎陽圍,復分兵攻郟,逐去守將鄧說,自引兵進擊許城。許城守將伍徐,亦戰敗逃還,與鄧說同至陳縣,進見陳勝。勝查訊兩人敗狀,情跡不同,伍徐寡不敵眾,尚可曲原;獨鄧說不戰即逃,

有忝職守，因命將他綁出，置諸死刑。遂命上柱國蔡賜，引兵御章邯軍，武平君畔，出使監郯下軍。時陵縣人秦嘉，銍縣人董絟，符離縣人朱雞石，取慮縣人鄭布，徐縣人丁疾等，各糾集鄉人子弟，攻東海郡，屯兵郯下。武平君畔奉使至郯，欲借楚將名目，招撫各軍，秦嘉不肯受命，自立為大司馬，且遍告軍吏道：「武平君尚是少年，曉得什麼兵事，我等難道受他節制麼？」說著，即率軍吏攻畔。畔麾下只數百人，怎能敵得過秦嘉，急切無從逃避，竟被殺死。就是上柱國蔡賜，與章邯軍交戰一場，也落得大敗虧輸，為邯所殺。邯長驅至陳，陳境西偏，有楚將張賀駐守，賀聞秦軍殺到，飛報陳勝，請速濟師。勝至此才覺驚惶，急忙調集將吏，呼令出援。偏是眾叛親離，無人效命，害得陳勝倉皇失措，只好帶領親卒千人，自往援應。

原來勝自田間起兵，所有從前耕傭，多半與勝相識，且因勝有富貴不忘的約言，所以聞勝為王，統想攀鱗附翼，博取榮華。**癩蝦蟆想吃天鵝肉。**當下結伴至陳，叩門求見。門吏見他面目黧黑，衣衫襤褸，已是討厭得很，便即喝問何事？大眾也不曉得什麼稱呼，但說是要見陳涉。門吏怒叱道：「大膽鄉愚，敢呼我王小字！」一面說，一面就顧令兵役，拿下眾人。還虧眾人連忙聲辯，說是陳王故交，總算門吏稍留情面，飭令免拿，但將他攛逐出去。大眾碰了一鼻子灰，心尚未死，鎮日裡在王宮附近，佇候陳勝出來，好與他見面扳談。果然事有湊巧，陳王整駕出門，眾人一齊上前，爭呼陳勝小字，陳勝聽著，低頭一瞧，都是貧賤時的好朋友，倒也不好怠慢，便命眾人盡載後車，一同入宮。鄉曲窮氓，驟充貴客，所見所聞，統是稀罕得很，不由的大呼小叫，滿口喧譁。或說殿屋有這麼高大，或說帷帳有這般新奇，又大眾依著楚聲，夥頤夥頤，道個不絕。**楚人謂多為夥，頤語助聲，即多哉之意。**宮中一班役吏，實在瞧不過去，只因他們

第十四回
失兵機陳王斃命　免子禍嬰母垂言

是陳王故人，不便發作，但把那好酒好肉，取供大嚼。眾人吃得高興，越加胡言亂道，往往拍案喧呼道：「陳涉陳涉，不料汝竟有此日！沉沉王府，由汝居住。」還有幾個湊趣的愚夫，隨口接著道：「我想陳涉傭耕時，衣食不周，吃盡苦楚，為何今日這般顯耀，交此大運呢？」隨後你一句，我一語，各將陳勝少年的故事，敘述出來，作為笑史。誰知談笑未終，刀鋸已伏，這種鄙俚瑣褻的言論，早有人傳入陳王耳中，且請陳王誅此愚夫，免得損威。陳勝老羞成怒，依了吏議，竟把幾個多說多話的農人，傳將進去，一體綁縛，砍下頭顱。**酒肉太吃得多了，應該把頭顱賠償。**大眾不防有此奇禍，驚聽得這個消息，頓嚇得魂飛天外，情願回去吃苦，不願在此殺頭，遂陸續告辭，跟蹌趨歸。勝有妻父妻兄，尚未知勝如此薄情，貿然進見。勝雖留居王宮，唯懲著前轍，當作家奴看待。妻父怒說道：「怙勢慢長，怎能長久！我不願居此受累！」即不別而行，妻兄亦去。為此種種情跡，他人都知陳勝刻薄，相率灰心，不肯效力。勝尚不以為意，命私人朱房為中正，胡武為司過主司，專察將吏小疵，濫加逮捕，妄用嚴刑。甚至將吏無辜，唯與朱、胡有嫌，即被他囚繫獄中，任情刑戮。於是將吏等越加離心，到了秦軍入境，個個冷眼相看，誰願為勝致死，拚命殺敵。勝悔恨無及，只因大敵當前，沒奈何自去督戰。行至汝陰，已有敗兵逃回，報稱張賀陣亡，全軍覆沒。**賀死用虛寫，筆法一變。**

　　陳勝一想，去亦無益，徒自送死，不若逃回城中，再作後圖，遂命御人速即回車。御夫叫做莊賈，依言返奔，途中略一遲緩，便被勝厲聲呼叱，罵不絕口。莊賈當然唧恨，驅車至下城父，索性停車不進，自與從吏附耳密談。勝焦急異常，連叫數聲，賈竟反唇相譏，惡狠狠的仇視陳勝。結果是掣劍在手，沒頭沒腦，劈將過去，可憐六個月的張楚王，竟被一介車伕，砍成兩段！賈不顧勝屍，馳入陳縣，草起降書，遣人往投秦營。去

使尚未回報，將軍呂臣已從新陽殺入，為勝復仇，誅死莊賈。當即收勝屍首，禮葬碭山。後來漢沛公平定海內，追念勝為革命首功，特命地方官修治勝墓，且置守塚三十家，俾得世祀。若大傭夫，得此食報，也算是不虛此一生了。**原還值得。**

先是陳令宋留，奉勝軍令，率兵往略南陽，西指武關，至勝已被殺，秦軍復將南陽奪去，截住宋留歸路。留進退失據，奔還新蔡，又遭秦軍邀擊，苦不能支，只好乞降。章邯以宋留本為陳令，不能死難，反為陳勝攻秦，罪無可恕，因將留捆縛起來，囚解進京。二世向來苛酷，命處極刑，車裂以徇。各郡縣官吏，得此風聲，引為大戒，既已叛秦自主，不得不堅持到底，誓死拒秦。秦嘉等聞陳勝已死，求得楚族景駒，奉為楚王，自引兵略方與城，攻下定陶，且遣公孫慶往齊，欲與齊王田儋，合兵禦秦。田儋尚未知陳勝死狀，遂向慶詰責道：「我聞陳王戰敗，生死未卜，怎得另立楚王，且何不向我請命，竟敢擅立呢！」慶不肯少屈，也大聲對答道：「齊未嘗向楚請命，自立為王，楚何必向齊請命，方得立王呢！況楚首先起兵，西攻暴秦，諸侯應該服從楚令，奈何反欲楚聽齊命呢？」田儋聽他言語不遜，勃然怒起，竟命將慶推出斬首，不肯發兵助楚。

那呂臣既據陳縣，也假楚字為名，號令人民。秦將章邯，連下各地，軍威大震，又收得趙將李良，自往邯鄲，徙趙民至河內，毀去城郭，隨處部署，無暇親攻二楚。**回應前回李良降秦事。**但遣左右校秦官名。引兵擊陳。呂臣出戰敗績，引兵東走，途次遇見一彪人馬，為首一員猛將，面有刺文，生得威風凜凜，相貌堂堂，麾下兵士，統用青布包頭，不似秦軍模樣。料知他是江湖梟桀，乘亂起事，與秦抗衡，當下停住下馬，拱手問訊。來將卻也知禮，在馬上欠身相答，彼此各通姓名，才知來將叫做黥布。**如聞其聲。**呂臣從未聞有黥姓，不禁相訝，及黥布詳敘本末，方得真

第十四回
失兵機陳王斃命　免了禍嬰母垂言

　　相。當由呂臣邀布為助，反攻秦軍。布慨然樂允，因與呂臣一同北行。

　　看官欲知黥布履歷，待小子演述出來。布係六縣人氏，本來姓英，少時遇一相士，諦視布面，許為豪雄，且與語道：「當先受黥刑，然後得王。」布半疑半信，唯恐他日受黥，特改稱黥布，謀為厭解。偏偏厭解無效，過了數載，年已及壯，竟至犯法論罪，被秦吏捉入獄中，讞定黥刑，就布面上刺成數字，且充發驪山作工。布欣然笑道：「相士謂我當刑而王，莫非我就要做王了！」旁人聽了，都相嘲諷，布毫不動怒，竟啟行到了驪山。驪山役徒，不下數十萬名，有幾個驍悍頭目，材技過人，布盡與交好，結為至友。當即密謀逃亡，乘隙偕行，輾轉遁入江湖，做了一班亡命奴。及陳勝發難，也想起應，只因朋輩寥寥，不過三五十人，如何舉事！聞得番陽**番音婆，即今之鄱陽縣。**令吳芮，性情豪爽，喜交賓客，隨即隻身往謁，勸他起兵。吳芮見他舉止不凡，論斷有識，不覺改容相待，留居門下。嗣復面試技藝，又是拳棒精通，弓馬純熟，引得吳芮格外器重，願招布為快婿，諏吉成禮。一個是壯年俊傑，出色當行，一個是仕女班頭，及時許嫁，兩人做了並頭蓮，真個是郎才女貌，無限歡娛。**豔語奪目**。唯布具有大志，怎肯在溫柔鄉中，消磨歲月，當下招引舊侶，並集番陽，即向吳芮借兵，出略江北，可巧碰著了楚將呂臣，互談心曲，布毫不躊躇，願助呂臣一臂之力，奪還陳縣。呂臣喜出望外，便合兵還陳，再與秦軍交戰。秦軍無戰不勝，無攻不克，偏遇了這位黥將軍，執槊飛舞，無論如何勇力，不敢進前，並且黥布麾下的弁目，亦無一弱手，東衝西突，殺人如麻，呂臣也麾眾繼進，立將秦陣踹破，掃將過去，趕得一個不留。

　　秦左右校統已竄去，由呂臣收還陳城，邀入黥布，置酒高會。歡宴了好幾天，布不屑安居，便與呂臣作別，率徒眾東去。適項梁叔姪，渡江西指，聲威傳聞遠近，布亦樂得相從，遂徑詣項氏營中，願為屬將。項梁

方招攬英雄,那有不收納的道理,唯項氏西向的原因,卻也有一人引他出來。

當時有一廣平人召平,曾為陳勝屬將,往攻廣陵,旬月未下。會接陳勝死耗,自知孤軍難恃,恐為秦軍所乘,乃渡江東下,偽稱陳王尚在,矯命拜項梁為上柱國,且傳語道:「江東已定,請即西向擊秦!」梁信為真言,就帶了八千子弟,逾江西行。沿途有許多難民,扶老攜幼,向前急趨。梁未識何因,遂命左右追捉數人,問明意見。難民答道:「現聞東陽縣令,為眾所戕,另立令史陳嬰。陳公素來長厚,體恤民艱,小民等所以前往,求他保護,免得受殃。」梁不禁驚嘆道:「東陽有這般賢令史麼?我當先與通問,邀他同往攻秦,方為正當辦法。」說罷,遂將難民縱去,自命屬吏繕就一書,招致陳嬰,派人持去。

嬰平日循謹,為邑人所推重,自經東陽亂起,避居家中,不欲與聞。偏東陽少年,聚積至數千人,殺死縣令,公議立嬰,統至嬰門固請,定要他出來統眾。嬰固辭不獲,只得出詣縣署,妥為約束。並將縣令遺屍埋葬。遠近聞嬰賢名,爭先趨附,越數日即得二萬人。眾又欲推嬰為王,嬰不敢遽允,立白老母。母搖首道:「自從我為汝家婦,從不聞汝家先代出一貴人,可見汝家向來寒微,沒有聞望。今汝投效縣中,又不過一尋常小吏,徒靠著平生忠厚,與人無忤,方得大眾信從。但忠厚二字,只能勉強自守,不能突然興國,若驟得大名,非但不能享受,轉恐惹出禍殃,況且天下方亂,未知瞻烏所止,汝斷不可行險僥倖,自取後悔!我為汝計,不如擇主往事,有所依附,事成可得封賞,事敗容易逃亡,省得被人指名,這還是處亂知幾的方法呢!」**如此審慎,才不愧為母教。**嬰唯唯而出,決意不受王號,但自稱東陽縣長。適項梁遣使到來,遞入梁書,由嬰展閱一週,便召集屬吏部兵,開言曉諭道:「今項氏致書相招,欲我與他連和,

第十四回
失兵機陳王斃命　免子禍嬰母垂言

合兵西向，我想項氏世為楚將，素有威名，項梁叔姪，又是英武絕倫，不愧將種，我等欲舉大事，非與他叔姪連合，終恐無成。看來不如依書承認，徙倚名族，然後西向攻秦，不患不能成事了！」眾人聽得嬰言，頗有至理，且聞項氏叔姪，英名蓋世，勢難與敵，還是先機趨附，保全城池為是。乃齊聲稱善，各無異言。嬰就寫好覆書，先遣來使返報。旋即持了軍籍，赴項梁營，願率部眾相依，悉聽指揮。

項梁大喜，受嬰軍籍，仍令嬰自統部眾。不過出兵打仗，總要稟承項氏，方好遵行。這乃是主權所關，不足深怪。項梁遂與嬰合兵渡淮，並得黥布相從，已約有四五萬人。嗣復來了一位蒲將軍，也有一二萬部眾，投附項梁。**《史記》不載蒲將軍姓名，故本書亦從闕略。**於是項梁屬下的兵士，差不多有六七萬名，一古腦兒會齊下邳，探聽前途消息，再定行止。忽有探卒走報，乃是秦嘉駐兵彭城，不容大軍過去。項梁聽說，遂召諭將士道：「陳王首先起事，攻秦失利，未即死亡，秦嘉乃遽背陳王，擅立景駒，這便叫做大逆不道，諸君當為我努力，往誅此賊！」道言未絕，各將士已齊聲應令，便排好隊伍，執定兵械，一聲炮響，好似潮水奔赴，爭向彭城殺去。小子有詩詠道：

八千子弟渡江來，一鼓便將偽楚摧。
若使到頭無誤事，聲威原足挾風雷。

欲卻勝負如何，待至下回詳敘。

歷朝革命，首事者往往無成，而勝、廣之名為益著，即其敗亡也亦甚速。廣不足道耳。陳勝以隴上耕傭，一呼而起，集眾數萬，據陳稱王，何興之暴也？厥後各軍連敗，秦兵相逼，勝不能一戰，竟死於御者之手，又何其憊也！史稱其濫殺故人，苛待屬吏，遂至眾叛親離，以底於亡，此固

不可謂非陳勝之定評,然自來真主出現,必有首事者為之先驅,首事者死,而真主乃得收功,項氏且不能據有海內,遑論一陳勝乎?若陳嬰母其知此道矣,誠嬰稱王,囑使依人,寧辭大名,免遭大禍。莫謂巾幗中必無智者,嬰母固前事之師也。

第十四回
失兵機陳王斃命　免子禍嬰母垂言

第十五回
從范增訪立楚王孫　　信趙高冤殺李丞相

　　卻說項梁帶領部眾，殺奔彭城，仗著一股銳氣，衝入秦嘉營壘，殺的殺，砍的砍，厲害得很。嘉自起兵以來，從未經過大敵，驟然遇了項家兵隊，勇悍異常，叫他如何抵擋？沒奈何棄營逃去。項梁驅兵追趕，直至胡陵，逼得秦嘉無路可奔，只好收集敗兵，還身再戰。奮鬥多時，究竟強弱不敵，終落得兵敗身亡。殘眾進退兩難，統皆棄械投降。秦嘉所立的楚王景駒，孤立無依，出奔梁地，後來也一死了事。項梁進據胡陵，復引兵西進，適值秦將章邯，南下至慄，為梁所聞，乃使別將朱雞石、餘樊君等，往擊秦軍。餘樊君戰死，朱雞石逃還。梁憤殺雞石，驅兵東出，攻入薛城。忽由沛公劉邦，到來乞師，梁與沛公本不相識，兩下晤談，見沛公英姿豪爽，卻也格外敬禮，慨然借兵五千人，將吏十人，使隨沛公同行。沛公謝過項梁，引兵自去。**回應第十二回。**

　　唯沛公何故乞師，應該就此補敘。沛公前居母喪，按兵不動，偏秦泗川監**官名**來攻豐鄉，乃調兵與戰，得破秦兵。泗川監遁還，沛公命里人雍齒居守，自引兵往攻泗川，泗川監平，及泗川守壯，出戰敗績，逃往薛地，又被沛公軍追擊，轉走戚縣。沛公左司馬曹無傷，從後趕去，殺死泗川守，只泗川監落荒竄去，不知下落。沛公既得報怨，乃還軍亢父，不意

第十五回
從范增訪立楚王孫　信趙高冤殺李丞相

魏相周市，遣人至豐，招誘雍齒，啖以侯封。雍齒素與沛公不協，竟背了沛公，舉豐降魏。沛公聞報，急引兵還攻雍齒，偏雍齒築壘固守，屢攻不下。豐鄉為沛公故里，父老子弟，本已相率畏服，不生貳心，乃被雍齒脅迫，反抗沛公，沛公如何不憤！自思頓兵非計，不如另借大兵，再來決鬥，乃撤兵北向，擬至秦嘉處乞師。道出下邳，巧與張良相遇。張良伏處有年，聞得四方兵起，也欲乘勢出頭，特糾集同志百餘人，擬往從楚王景駒。會見沛公過境，因乘便求見，沛公與語一切兵機，良應對如流，大得沛公賞識，授為廄將。最奇怪的是張良所言，無人稱賞，獨沛公一一體會，語語投機。良因嘆息道：「沛公智識，定由天授，否則我所進說，統是太公兵法，別人不曉，為何沛公獨能神悟呢？」**良得太公兵法，見前文第四回。**嗣是良遂隨著沛公，不復他去。會秦嘉為項梁所殺，景駒走死，沛公乃竟造項梁營門，乞師攻豐。既得項軍相助，便亟返豐鄉，再攻雍齒。雍齒保守不住，出投魏國去了。

　　沛公逐去雍齒，馳入豐鄉，傳集父老子弟，訓責一番。大眾統皆謝過，乃不復與較，但改豐鄉為縣邑，築城設堡，留兵扼守，再向薛城告捷，送還項軍。旋接項梁來書，特邀沛公至薛商議另立楚王。沛公方感他厚惠，當然應召，帶同張良等趨至薛城。適值項羽戰勝班師，因得與羽相見，詢明戰狀，乃是羽拔襄城，盡坑敵兵，方才告歸。**羽一出師，便盡坑襄城敵兵，其暴可知。**惺惺惜惺惺，兩人一見如故，聯成為萍水交。劉、項相交自此始。

　　過了一宵，項氏屬將，一齊趨集。當由項梁升帳議事，顧語大眾道：「我聞陳王確已身死，楚國不可無主，究應推立何人？」大眾聽了，一時也不便發言，只好仍請項梁定奪。有幾個乘機獻媚的將吏，竟要項梁自為楚王，梁方欲承認下去，忽帳外有人入報，說是居鄡人范增，前來求見。

鄭一作巢，即今巢縣。梁即傳令入帳。少項見一個老頭兒，傴僂進來，趨至座前，對梁行禮。**死多活少，何苦再來干進！**梁亦拱手作答，延坐一旁，並溫顏與語道：「老先生遠來，必有見教，願乞明示！」范增答道：「增年已老朽，不足談天下事，但聞將軍禮賢下士，捨己從人，所以特來見駕，敬獻芻言。」項梁道：「陳王已逝，新王未立，現正籌議此事，尚無定論，老成人想有高見，幸即直談！」增又道：「僕正為此事前來，試想陳勝本非望族，又乏大才，驟欲據地稱王，談何容易！此次敗亡，原不足惜。自從暴秦併吞六國，楚最無罪，懷王入秦不反，楚人哀思至今。僕聞楚隱士南公，深通術數，嘗謂楚雖三戶，亡秦必楚，照此看來，三戶尚足亡秦，今陳勝首先起事，不知求立楚後，妄自稱尊，怎得不敗！怎得不亡！將軍起自江東，渡江前來，故楚豪傑，爭相趨附，無非因將軍世為楚將，必立楚後，所以竭誠求效，同復楚國。將軍誠能俯順輿情，扶植楚裔，天下都聞風慕義，投集尊前，關中便一舉可下了。」**增言亦似是而非。**

項梁喜道：「我意也是如此，今得老先生高論，更無疑義，便當照行。」增聞言稱謝，梁又留與共事，增亦不辭。此時增年已七十，他本家居不仕，好為人設法排難，謀無不中。既居項梁幕下，當然做了一個參謀。梁遂派人四出，訪求楚裔，可巧民間有一牧童，替人看羊，查問起來，確是楚懷王孫，單名是個心字，當即報知項梁。梁即派遣大吏數人，奉持輿服，刻日往迎。說也奇怪，那牧童得了奇遇，倒也毫不驚慌，就將破布衣服脫下，另換法服，居然像個華貴少年，辭別主人，出登顯輿，一路行抵薛城。項梁已率領大眾，在郊迎接，一介牧童，不知從何處學得禮節，居然不亢不卑，與梁相見。梁遂匯入城中，擁他高坐，就號為楚懷王，自率僚屬謁賀。**牧童為王，雖後來不得令終，總有三分奇異。**行禮既畢，復與大眾會議，指定盱眙為國都，命陳嬰為上柱國，奉著懷王，同往

第十五回
從范增訪立楚王孫　信趙高冤殺李丞相

盱眙。梁自稱武信君，又因黥布轉戰無前，功居人上，封他為當陽君。布乃復英原姓，仍稱英布。

張良趁此機會，謀復韓國，遂入白項梁道：「公已立楚後，足副民望，現在齊、趙、燕、魏，俱已復國，獨韓尚無主，將來必有人擁立，公何不求立韓後，使他感德；名雖為韓，實仍屬楚，免得被人占了先著，與我為敵呢。」**語有分寸。**項梁道：「韓國尚有嫡派否？」良答道：「韓公子成，曾受封橫陽君，現尚無恙，且有賢聲，可立為韓王，為楚聲援，不致他變。」梁依了良議，遂使良往尋韓公子成。良一尋便著，返報項梁。梁因命良為韓司徒，使他往奉韓成，西略韓地。良拜辭項梁，又與沛公作別，徑至韓地，立韓成為韓王，自為輔助，有兵千人，取得數城。從此山東六國，並皆規復，暴秦號令，已不能遠及了。

獨秦將章邯，自恃勇力，轉戰南北，飄忽無常，竟引兵攻入魏境。魏相周市，急向齊、楚求救。齊王田儋，親自督兵援魏，就是楚將項梁，亦命項它領兵赴援。田儋先至魏國，與周市同出御秦，到了臨濟，正與秦軍相遇，彼此交戰一場，殺傷相當，不分勝負。儋與市擇地安營，為休息計，總道夜間可以安寢，不致再戰。那知章邯狡黠得很，竟令軍士銜枚夜走，潛來劫營。時交三鼓，齊、魏各軍，都在營中高臥，沉沉睡著，驀地裡一聲怪響，方才從夢中驚醒，開眼一瞧，那營內已被秦軍搗入。急忙爬起，已是人不及甲，馬不及鞍，如何還能對敵？秦軍四面圍殺，好似砍瓜切菜一般，齊、魏兵無路可奔，多被殺死。田儋周市，也死於亂軍中，同至枉死城頭，掛號去了。章邯踏平齊、魏各營，遂驅兵直壓魏城。魏王咎自知不支，因恐人民受屠，特遣使至章邯營，請邯毋戮人民，便即出降。邯允如所請，與定約章，遣使回報。魏王咎看過約文，心事已了，當即縱火自焚，跟著祝融氏**祝融，火神名。**同去，**卻是一個賢王，可惜遭此結**

果。弟魏豹縋城出走，巧遇楚將項它，與述國破君亡等事，項它知不可救，偕豹還報項梁。

梁方出攻亢父，聞得魏都破滅，項它還軍，正擬自往敵秦，賭個輸贏。適值齊將田榮，差來急足，涕泣求援。經梁問明底細，才知田儋死後，齊人立故齊王建弟田假為王，田角為相，田間為將。獨田儋弟榮不服田假，收儋餘兵，自守東阿，秦兵乘勢攻齊，把東阿城圍住。城中危急萬分，因特遣使求救，項梁奮然道：「我不救齊，何人救齊！」遂撤了亢父，立偕齊使同赴東阿。

秦將章邯，方督兵攻東阿城，限期攻入，忽聞楚軍前來救齊，乃分兵圍攻，自率精銳去敵項梁。一經交鋒，覺得項梁兵力，與各國大不相同，當下抖擻精神，率兵苦鬥，偏項軍都不怕死，專從中堅殺來，無人敢當。章邯持刀獨出，攔截楚軍，兜頭碰著一個楚將，橫槊相迎，刀槊並交，不到數合，殺得章邯渾身是汗，只好拋刀敗退。看官道楚將為誰？就是力能扛鼎的項羽。邯生平未遇敵手，乃與項羽爭鋒，簡直是強弱懸殊，不足一戰。自思楚軍中有此健將，怎能抵敵？不如趕緊收軍，走為上計，於是揮眾急走，奔回東阿，索性將攻城人馬，一律撤去，向西馳還。田榮引兵出城，會合楚軍，追擊秦兵至十里外，望見章邯去遠，榮託詞告歸。獨項梁尚不肯舍，再追章邯，逐節進兵。

既而田假逃至，報稱為榮所逐，乞師討榮，項梁未許，但促田榮會師攻秦。榮方驅逐田假及田角、田間，另立兄儋子市為齊王，自為齊相，弟橫為將，出徇齊地，無暇發兵攻秦。及楚使到來，榮與語道：「田假非前王子弟，不應擅立，今聞他逃入楚營，楚應為我討罪。田角、田間，與假同惡，現皆奔往趙國；若楚殺田假，趙殺田角、田間，我自當引兵來會，煩汝回報便了。」**田假係齊王建弟，豈必不可為王？榮為是言，無非強詞**

第十五回
從范增訪立楚王孫　信趙高冤殺李丞相

奪理。楚使還見項梁，具述榮言，項梁道：「田假已經稱王，今窮來投我，怎忍殺他？田榮不肯來會，由他去罷。」一面說，一面使沛公項羽，往攻城陽。羽親冒矢石，首先登城，入城以後，又將兵民盡行屠戮。沛公亦無法勸阻，俟羽屠城畢事，同歸告捷。

項梁復率眾西追章邯，再破秦軍，邯敗入濮陽，乘城固守。梁攻城不克，移攻定陶。定陶城內亦有重兵守著，兀自支撐得住。梁自駐定陶城下，指揮軍事，另命沛公、項羽，往西略地。兩人行至雍邱，卻遇秦三川守李由引兵迎敵，項羽一馬當先，突入秦陣，李由不知好歹，仗劍來迎，被項羽手起一槊，挑落馬下，眼見是一命告終了。秦兵失了主將，自然大亂，逃去一半，死了一半。唯李由為秦丞相李斯長子，戰死沙場，總算是為秦盡忠，那知秦廷還說他謀反，竟把乃父李斯，拘入獄中！李由死無對證，李斯冤枉坐罪，這真叫做不明不白，生死含冤呢。**也是李斯造孽太深，故有此報**。說將起來都是趙高一人的狡計。

秦二世寵任趙高，不親政務，及四方亂起，警報頻聞，卻不向趙高歸罪，但去責成丞相李斯。李斯是個貪戀祿位的佞臣，只恐二世加譴，反要迎合上意，請二世講求刑名，嚴行督責，且云督責加嚴，臣民自然畏懼，不敢生變。這數語正合二世心理，遂大申刑威，不論有罪無罪，孰貴孰賤，每日總要刑戮數人，總算實做那督責的事情。官民慄慄危懼，各有戒心。趙高平日，恃恩專恣，往往報復私仇，擅殺無辜，此次恐李斯等從旁訐發，禍及己身，乃先行設法，入白二世道：「陛下貴為天子，亦知天子稱貴的原因麼？」二世茫然不解，轉問趙高，高答說道：「天子所以稱貴，無非是高拱九重，但令臣下聞聲，不令臣下見面。從前先皇帝在位日久，臣下無不敬畏，故得日見臣下，臣下自不敢為非，妄進邪說。今陛下嗣位，才及二年，春秋方富，奈何常與群臣計事？倘或言語有誤，處置失

宜，反使臣下看輕，互相誹議，這豈不是有玷神聖麼？臣聞天子稱朕，朕字意義，解作朕兆，朕兆便是有聲無形，使人可望不可近，願陛下從今日始，不必再出視朝，但教深居宮禁，使臣與二三侍中，或及平日學習法令諸吏員，日侍左右，待有奏報，便好從容裁決，不致誤事。大臣見陛下處事有方，自不敢妄生議論，來試陛下，陛下才不愧為聖主了。」**好似哄騙小兒。**

　　二世聞言甚喜，樂得在宮安逸，恣意淫荒。從前尚有視朝的日子，至此杜門不出，唯與宦官宮妾，一淘兒尋歡取樂，所有誥命出納，統委趙高辦理。趙高便往訪李斯，故意談及關東亂事，李斯皺眉長嘆，唏噓不已。高便進說道：「關東群盜如毛，警信日至，主上尚恣為淫樂，徵調役夫，修築阿房宮，採辦狗馬無用等物，充斥宮廷，不知自省。君侯位居丞相，不比高等服役宮中，人微言輕，奈何坐視不言，忍使國家危亂哩！」**哄騙李斯又另用一番口吻。**李斯道：「非我不願進諫，實因主上深居宮中，連日不出視朝，叫我如何面奏？」趙高道：「這有何難，待我探得主上閒暇，即來報知君侯，君侯便好進諫了。」李斯聽著，還道趙高是個忠臣，懷著好意，當即欣然允諾。

　　過了一二日，果由趙高遣一閹人，通知李斯促令進諫。李斯忙穿了朝服，匆匆至宮門外，求見二世。二世正在宮中宴飲，左抱右擁，快樂無比的時候，忽見內官趨入，報稱丞相李斯求見，不由的艴然道：「有何要事，敗我酒興？快叫他回去罷！明日也好進來。」內官出去，依言拒斯，斯只好回去。明日再往求見，又被二世傳旨叱回，斯乃不敢再往。偏趙高又著人催促，說是主上此刻無事，正好進諫，不得再誤。斯尚以為真，急往求見，又受了一碗閉門羹。斯白跑三次，倒也罷了，那知二世動了懊惱，趙高乘勢進讒，說是沙邱矯詔，斯實與謀，他本望裂地封王，久不得志，因

第十五回
從范增訪立楚王孫　信趙高冤殺李丞相

與長子由私下謀反。近日屢來求見，定有歹意，不可不防！二世聽了，尚在沉吟，趙高又加說道：「楚盜陳勝等人，統是丞相旁縣子弟，**斯為上蔡人，與陳勝陽城相近，故云旁縣。**為什麼得橫行三川，未聞李由出擊？這就是真憑實據了。請陛下速拘丞相，毋自貽患！」二世仍沉吟多時，究因案情重大，不好草率，特先使人按察三川，是否有通盜實跡，再行問罪。趙高不敢再逼，只好聽二世派人出去，暗中賄囑使臣，叫他誣陷李斯父子。

偏李斯已知中計，且聞有查辦李由等情，因上書劾奏趙高，歷陳罪惡。二世略閱斯書，便顧語左右道：「趙君為人，清廉強幹，下知人情，上適朕意，朕不任趙君，將任誰人？丞相自己心虛，還來誣劾趙君，豈不可恨！」**李斯越弄越糟。**說著，即將原奏擲還。李斯見二世不從，又去邀同右丞相馮去疾，將軍馮劫，聯名上書，請罷修阿房宮，請減發四方徭役，並有隱斥趙高的語意。惹得二世越加動怒，憤然作色道：「朕貴為天子，理應肆意極欲，尚刑明法，使臣下不敢為非，然後可制御海內。試看先帝起自侯王，兼併天下，外攘四夷，所以安邊境，內築宮室，所以尊體統，功業煌煌，何人不服。今朕即位二年，群盜並起，丞相等不能禁遏，反欲舉先帝所為，盡行罷去，是上不能報先帝，次又不能為朕盡忠，這等玩法的大臣，還要何用呢？」趙高在旁，連忙湊趣，請即將三人一併罷官，下獄論罪。二世當即允准，遂由趙高派出衛士，拿下李斯馮去疾馮劫，囚繫獄中。

去疾與劫，倒還有些志趣，自稱身為將相，不應受辱，慨然自殺。獨李斯還想求生，不肯遽死，再經趙高奉旨訊鞫，硬責他父子謀反，定要李斯自供。斯怎肯誣服？極口呼冤，被趙高喝令役隸，搒掠李斯，直至一千餘下，打得李斯皮開肉爛，實在熬受不住，竟至昏暈過去。**若得就此畢命，也免身受五刑。**小子有詩嘆道：

嚴刑峻法任君施，禍報臨頭悔已遲。
　　家族將夷猶惜死，桁楊况味請先知。

　　畢竟李斯性命如何，且看下回續敘。

　　范增之請立楚後，與張耳、陳餘之進說陳勝，其說相同。此第為策士之詐謀，無足深取。丈夫子邁跡自身，豈必因人成事？試觀酈食其請立六國後，而張良借箸以籌，促銷刻印，漢卒成統一之功，是可知范增之謀，不足圖功，反足貽禍。項氏之亡，實亡於弑義帝，謂非增貽之禍而誰貽之乎？或謂張良亦嘗請立韓公子成，夫良之請立韓後，不過為韓存祀而已，其與范增之借楚為名，亦安可同日語者？蘇子瞻資議范增，猶目之為人傑，毋乃尚重視范增歟！彼夫李斯之下獄，原屬冤誣，然試思殘刻如斯，寧能令終？坑儒生者李斯，殺扶蘇、蒙恬者亦李斯，請行督責者亦李斯，斯殺人多矣，安保不為人殺乎？故殺斯者為趙高，實不啻斯自殺之耳，冤云乎哉！

第十五回
從范增訪立楚王孫　信趙高冤殺李丞相

第十六回
駐定陶項梁敗死　屯安陽宋義喪生

　　卻說李斯受了刑訊，搒掠至千餘下，竟至昏暈不醒。趙高令左右取過冷水，噴上斯面，斯才甦醒轉來。再經高喝令供實，斯恐重遭搒掠，不得已當堂誣服，隨即牽還獄中。斯且忍痛作書，自敘前功，尚望二世從輕發落，特浼獄吏呈將進去，偏又為趙高所聞，呼吏入責道：「囚犯怎得上書？汝莫非受他賄託麼？」說得獄吏魂魄飛揚，慌忙自稱不敢，叩謝而出。斯書當然毀去，不得上聞。趙高復使心腹人偽為御史，及侍中、謁者等官，私往按驗，至再至三，斯一呼冤，便即笞杖交下，不令翻供。嗣經二世派人複審，斯以為徒受笞杖，無從明冤，不如拚了一死，誣供了事。複審員還報二世，二世喜說道：「若非趙君，幾為李斯所賣！」於是斯遂讞成死罪。及三川查辦員還都，先向趙高處陳明，說是李由陣亡，死無對證，正好捏造反詞，構成大獄。趙高喜甚，遂令他捏詞奏報。二世益怒，竟令斯備受五刑，並誅三族。**應有此報。**

　　可憐李斯家內，所有子弟族黨，一古腦兒拿到法庭，與李斯一同捆縛，推出市曹。斯顧次子嗚咽道：「我欲與汝再牽黃犬，出上蔡東門，趨捕狡兔，已不能再得了！」說著，大哭不止，次子亦哭，家屬無一不哭。俄而監刑官至，先命將李斯刺字，次割鼻，次截左右趾，又次梟首，又次

第十六回
駐定陶項梁敗死　屯安陽宋義喪生

　　斬為肉泥。五刑用畢，斯魂早入阿鼻地獄。餘外子弟族黨等，一併誅死，真落得陰風慘慘，冤魄沉沉。總計李斯一門，除長子由為三川守外，諸男多尚秦公主，諸女多嫁秦公子，顯貴無比。李斯也嘗嘆物極必衰，終因貪戀祿位，倒行逆施，害得這般結果，可見貴富二字，最足誤人，願後世看作榜樣，切勿貪心不足呢！**暮鼓晨鐘，無此異響。**

　　且說趙高既害死李斯，遂得代斯後任，做了一個中丞相，凡軍國大事，都歸他一人包攬，二世似傀儡一般，毫無主權。高因禍亂日亟，特致書章邯，責成平盜。章邯困守濮陽，也想出奇制勝，建立戰功，每日派遣偵騎，探聽項梁軍情，以便乘隙定計。項梁駐兵定陶城下，適值霪雨兼旬，不便力攻。沛公項羽，自雍邱還攻外黃，亦為雨所阻，但把外黃城圍住，為持久計。項梁屢勝而驕，既不將兩軍召回，又復逐日寬懈，但在營中飲酒消遣，所有軍紀軍律，幾乎擱起一邊，不復過問，全營將士，亦樂得逍遙自在，快活幾天。這種情形，早被秦探窺知，往報章邯，邯尚恐兵力未足，不敢輕出，但向各處徵調兵馬。待至各軍趨集，方圖大舉，與項梁決一雌雄。

　　項梁麾下，有一謀士宋義，察知秦兵日增，引以為憂，遂入帳諫項梁道：「公渡江到此，屢破秦軍，威名日盛，可喜無過今日，可懼亦無過今日，大約戰勝以後，將易驕，卒易惰，驕惰必敗，不如不勝。試看各營將士，已漸驕了，已稍惰了，秦兵雖敗，秦將章邯，究竟是經過百戰，不可輕視。近聞他屢次添兵，必將與我決一死鬥；若我軍不先戒備，一旦被他襲擊，如何抵敵！所以義日夜擔憂，為公增懼呢。」項梁道：「君亦太覺多心。章邯屢次敗退，哪裡還敢再來！就使他逐日添兵，也不過守著濮陽罷了；況天公連日下雨，路上泥濘得很，怎能攻我，一俟天晴，我即當攻克此城，去殺那章邯，看他逃往何處！」說至此，掀髯大笑。**驕態如繪。**

宋義尚欲有言，項梁先接入道：「我前擬徵集齊師，同去攻秦，偏田榮有懷私怨，忘我大惠，我本想遣使詰責，只因一時無暇，延誤多日，今若慮章邯增兵，與我為難，不如再召田榮，率師來會。榮若仍然不至，我卻要移兵攻齊了。」宋義見梁語益支離，料難再諫，眉頭一皺，計上心來，即向項梁說道：「公如欲使齊，臣願一往。」梁欣然許諾，義即起身辭行，出營東去。**越快越妙。**

　　走至半途，適遇齊使高陵君顯，免不得互相接談。義便問顯道：「君將往見武信君麼？」顯答聲稱是。義又與說道：「我受武信君差遣，出使貴國，一是為兩國修和，二是為一己避禍，願君亦不可速進，免受災殃。」顯不禁詫異，詳問原因，義答道：「武信君屢戰屢勝，已致驕盈，士卒亦多懈怠，恐難再戰。我聞秦將章邯，連日增兵，志在報復，武信君輕視秦軍，拒諫不納，將來必為所乘，不敗何待？君今前去，未免受累，看來還是徐徐就道，方可無虞。我料這旬日內，武信君就要失敗了！」顯似信非信，乃與義拱手揖別，各走各路。自思義為楚臣，有此關照，不為無因，今何妨遲遲吾行，較為妥當。遂囑咐輿夫，緩緩前進。

　　果然高陵君未到楚營，武信君已經敗亡。原來項梁遣去宋義，仍然寬弛得很，不但軍中未曾戒嚴，就是斥堠巡卒，也聽他散處，不加檢查。時當秋季，悽風苦雨，連宵不止，把定陶城下的幾座楚營，直壓得黑氣瀰漫，不見天日。**便是不祥之兆。**楚軍也無人占候，但知晝餐夜宿，蹉跎過去。一夕俱安睡營中，忽聞營外喊殺連天，好似千軍萬馬，奔殺進來。楚軍方才驚起，但見四面統是火光，照徹內外，一隊隊的敵軍，統向營門中突入，見人便砍，遇馬便刺，嚇得楚軍倒躲不及。勉強持了軍械，上前攔阻，那裡是敵軍對手，徒斷送了許多頭顱。最屬害的是後面大將，金盔鐵甲，躍馬舞刀，鋒刃所及，血肉橫飛，越使楚人喪膽，只恨自己未生羽

第十六回
駐定陶項梁敗死　屯安陽宋義喪生

翼，不能飛上天空，逃脫性命。還有這位武信君項梁，倉皇出帳，單穿著一身常服，執著一把短劍，要想衝出大營，覓路逃生。冤家碰著狹路，正與敵軍中大將相值，被他攔住。兩下裡爭起鋒來，一個是長刀亂劈，光焰逼人，一個是短劍難支，心膽已落。才閱片時，即由敵帥一刀剁下，劈作兩段。敵帥為誰？就是秦將章邯。邯既招集兵馬，貪夜冒著風雨，來劫楚營，項梁毫不預備，自然中了邯計，一死不足，還要害及全軍，這便叫做驕兵必敗，應了宋義的前言呢。**前回述章邯劫營，是順敘而下，此回卻用倒筆，愈見突兀。**

　　楚營中失了主帥，沒頭亂跑，當被秦兵掩殺一陣，多半斃命。只有幾個命不該死的兵士，溜出營外，逃往外黃，報知沛公、項羽。項羽不聽猶可，聽了叔父陣亡，不由的悲從中來，放聲大哭。沛公亦為淚下，待羽停住哭聲，方與羽商議道：「武信君已死，軍心不免搖動，此處斷難再駐了。我等只好東歸，保衛懷王，抵禦秦軍。」羽也以為然，乃撤外黃圍，引兵東還。道出陳縣，復邀同呂臣軍，共至江左，擇地分駐。呂臣軍駐彭城東，項羽軍駐彭城西，沛公軍駐碭郡，彼此列成犄角，約為聲援。嗣恐懷王居住盱眙，為秦所攻，因請他移都彭城。懷王依議遷都，至彭城後，命將項羽、呂臣兩軍，並作一處，自為統帥。**牧童能作統帥，卻是不凡。**唯沛公軍仍使留碭，授為碭郡長，封武安侯。號項羽為魯公，封長安侯，進呂臣為司徒，且使呂臣父青為令尹。部署已定，專待章邯到來，與他廝殺。偏章邯不來攻楚，反去攻趙，他道是項梁已死，楚無能為，所以北去。懷王聞秦軍北行，料知魏地空虛，即使魏豹往略魏地。**魏豹奔楚見前回。**給兵千人，即日出發。豹卻也順手，竟得平定二十餘城，派人報捷。懷王乃命豹為魏王，使作屏藩，這且慢表。

　　且說齊使高陵君顯，在途中緩行數日，果得項梁死耗，才服宋義先

見，幸得避災。只因使命尚未交卸，不便回齊，且在途中探聽楚人消息，再定行止。嗣聞楚懷王遷都彭城，劉、項等同心夾輔，兵威復震，乃改道轉趨彭城，入見懷王，傳達使命。懷王依禮接見，賜座與談。顯問及宋義使齊，有無回來，懷王答稱尚未。顯又述及途次相遇，幸得宋義指示，不至及禍等情，懷王愕然道：「義何以知項君必敗？」顯答道：「據宋使言，武信君志驕氣滿，已露敗象，後來不到數日，竟如所料。試想兵未交戰，先見敗徵，豈不是特別知兵麼？」懷王點頭稱是。

　　事有湊巧，正值宋義回來，即由懷王立刻召見，問明使齊情形，義據實復陳，無非說是齊願修和，只因國內未定，所以暫緩出師。懷王復與語項梁敗狀，義答道：「臣早知有此禍變，武信君不肯聽臣，因致敗亡。」懷王乃更商及拒秦政策，義仍主張西進，謂必須擇一良將，剿撫兼施，進止有法，方可成功。懷王大喜，遂留宋義居侍左右，隨時與議。一面遣回齊使，令他覆命。俟齊使去後，乃遍召諸將，會議攻秦。懷王首先開口道：「秦始皇暴虐人民，海內交怨，今二世尤為無道，自速危亡，前武信君西向進攻，所過皆克，不幸中道失計，忽遭敗挫，現擬再接再厲，誓滅暴秦，還問何人敢當此任？」說至此，即顧視兩旁，見諸將瞠目結舌，無一應命。懷王復朗聲道：「諸君聽著，今日無論何人，但能麾兵西向，首先入關，便當立為秦王。」言未已，即有一人應聲道：「末將願往！」**是懷王激勵出來。**往字方才說畢，又有一人厲聲道：「我亦願往！須當讓我先去。」**兩人口吻，便有區別。**懷王瞧著，第一個應聲的乃是沛公，第二個厲聲的就是項羽，兩人統要西行，反弄得懷王左右為難，俯首沉吟。項羽又進說道：「叔父梁戰死定陶，仇尚未報，末將誼關子姪，誓不甘休！今願請兵數千，搗入秦關，復仇雪恥，就使劉季願往，末將亦決與同行，前驅殺賊。」懷王聽著，方徐聲道：「兩將能同心滅秦，尚有何言？現且部署

第十六回
駐定陶項梁敗死　屯安陽宋義喪生

兵馬，擇日啟行。」

　　沛公、項羽，奉令趨出。尚有老將數人，未曾告退，續向懷王進言道：「項羽為人，慓悍殘忍，前次往攻襄城，月餘才得破入，他因日久懷恨，縱兵屠戮，直把襄城百姓，殺得一個不留。嗣復轉攻城陽，又將全城人民，任情殘殺。此外所過地方，無不酷待，如此凶暴，怎好令他統軍？況楚兵起義以來，陳王、項梁，統皆無成，這都為了以暴易暴，不足服人，所以終歸敗死。今既定議攻秦，不應單靠武力，須得一忠厚長者，仗義西行，沿途約束軍士，慰諭父老，非至萬不得已，不可加誅。彼秦地百姓，苦秦已久，若得義師前去，除暴救民，自然簞食相迎，無思不服。故為大王計，項羽決不可遣，寧可獨遣沛公！沛公寬大有名，必不至如項羽的殘暴呢。」懷王道：「我知道了！」諸老將方興辭而出。懷王返入內室，免不得大費躊躇，自思羽若不遣，是自背前言；若遣令同往，必至所過殘掠，大拂民意。想了多時，究竟是不遣為佳。

　　次日昇堂議事，沛公、項羽，都來稟請出兵的日期。懷王顧語項羽，叫他暫留彭城，不必與沛公同行。項羽不禁暴躁起來，正要與懷王辯論，可巧外面有人入報，說是趙國使臣，前來求見。懷王正恐項羽多言，樂得打斷了他，急命左右召入趙使。趙使踉蹌進來，行過了禮，便將國書呈上。懷王雖做過牧童，究竟幼時讀書識字，未嘗忘卻，況且天資聰敏，一習便熟，所以看到來書，就知趙使來楚乞援。原來秦將章邯，移兵攻趙，趙王歇使將軍陳餘，出兵抵敵，吃了一個大敗仗，退至鉅鹿。趙相張耳，亟奉趙王歇入鉅鹿城，令陳餘屯營城北，保護城池。章邯在城南下寨，就棘原築起甬道，兩面迭牆，俾通糧路，自督兵士攻城，晝夜不輟。城中當然危急，不得不遣使四出，分道求援。懷王將來書閱畢，傳示諸將，惹得項羽雄心勃勃，又想去攻殺章邯，替叔報仇，當下請命欲行，懷王說道：

「此行正要煩君，但須有人同去，方慰我心！」**無非防他殘虐**。遂即命宋義為上將，加號卿子冠軍，**卿子係時人襃美之辭，即與公子相類。冠讀去聲，有統軍之意**。作為統帥，項羽為次將，范增為末將，率兵數萬，前往救趙。

趙使先歸，宋義等隨後出發，行至安陽，頓兵不進。懷王深信宋義，不欲遙制，由他自定行止，唯另遣沛公西行。沛公別過懷王，出都就道，遇著陳勝、項梁散卒，一併收集，約得萬人。復至碭郡招領舊部，共同西進，過了成陽、槓里二縣，連破秦軍二戍，擊走秦將王離，因向昌邑出發。時已為秦二世三年了。**是年為秦亡之歲，不能從略**。

秦將王離，敗走河北，投章邯軍，邯令他助攻鉅鹿。鉅鹿守兵，越加恟懼，日望楚軍入援。偏宋義逗留安陽，不肯進兵，甚至趙使一再敦促，仍然不行。接連住了四十六日，部將等俱莫名其妙，項羽更忍耐不住，入帳語義道：「秦兵圍趙甚急，我軍既已來援，應該速渡黃河，與秦交戰，我為外合，趙為內應，秦兵便可破滅，為什麼久駐此間，坐失時機呢？」宋義搖首道：「公言錯了！古諺有言，當搏牛虻，不當破蟣蝨。虻大蝨小，我等應從大處下手，方得大功。今秦兵攻趙，就使戰勝，兵亦必疲，我可乘敝進攻，無慮不破。若秦兵不能勝趙，我便鼓行西進，直入秦關，還要去顧什麼章邯？我所以按兵不進，專待秦、趙兩軍，決一勝負，方定進止，公亦何必性急，且住為佳。總之披堅執銳，我不如公；運籌決策，公尚不如我哩。」言已，鼓掌大笑。**義能知梁，不能知羽，想是命已該絕了**。

羽忿忿而出。少頃有軍令傳出道：「猛如虎，狠如羊，貪如狼，強不可使，俱應處斬！」這數語明明是指著項羽，氣得項羽三屍暴炸，七竅生煙，恨不得手刃宋義，立即渡河。那宋義全然不睬，且遣子襄往做齊相，

第十六回
駐定陶項梁敗死　屯安陽宋義喪生

親送至無鹽地方，飲酒高會，自鳴得意。會值天氣嚴寒，雨雪紛飛，士卒且凍且飢，不得一餐，獨宋義堂皇高坐，與諸將豪飲大嚼，談笑生風。看官試想！如此行為，能令眾人心服麼？**將卒須共嘗甘苦，義號為知兵，奈何不曉。**

項羽雖然列席，胸中卻說不出的煩躁，但借酒澆愁，喝乾了數大觥。待至酒闌席散，宋襄東去，宋義歸營，約莫是宵夜時候，士卒都一齊會食，羽獨無心下膳，自出巡行，聽得士卒且食且談，互有怨言，不由的激起宿憤，乘機欲發。一俟大眾食畢，即趨入宣言道：「我等冒寒前來，實為救趙破秦起見，為何久留此地，不聞進行？方今歲飢民貧，士卒食芋菽，軍營無現糧，乃尚飲酒高會，不思引兵渡河，往就趙粟，合攻秦兵，反說要乘他疲敝。試想秦兵強悍，攻一新立的趙國，勢如摧枯，趙滅秦且益強，何敝足乘？況我國新遭敗衂，主上坐不安席，盡發境內兵士，屬諸上將軍，國家安危，在此一舉，今上將軍不恤士卒，但顧私謀，這還好算得社稷臣麼？」大眾聽了，雖未敢高聲響應，但已是全體贊成。項羽窺透眾意，方才歸寢。宋義已經酒醉，回營便睡，一些兒沒有知曉。**竟變做糊塗蟲。**

到了翌日早起，羽借進謁為名，大踏步馳入義帳，義方在盥洗，被羽走近身旁，拔劍砍義，砉的一聲，已將義首級劈落帳下。小子有詩嘆道：

漫言智識果超群，一死何殊武信君！
才識恃才徒速禍，可憐身首已中分。

羽既殺死宋義，復梟了他的首級，提出帳前，舉示大眾。欲知大眾是否服羽，且看下回便知。

項梁之死，失之於驕，宋義之死，亦未始非驕所致。義知項梁之驕兵

必敗，而果為其所料，詡詡然自誇先見之明，蓋亦驕矣。及懷王召入幕中，寵信日深，更足釀成義之驕態。及擢為上將軍，給以美號，畀以重權，而義之驕乃益甚。夫救兵如救火然，豈可中道逗留，月餘不進乎？況行兵以銳氣為主，銳氣一衰，何足禦敵？義嘗以此譏項梁，而不知自蹈此轍，即使項羽無殺義之舉，亦安在而不致敗也！視人則明，處己則昏，吾於宋義亦云。

第十六回
駐定陶項梁敗死　屯安陽宋義喪生

第十七回
破釜沉舟奮身殺敵　　損兵折將畏罪乞降

　　卻說項羽殺死宋義，攜首出帳，舉示大眾，且號令軍中道：「宋義與齊私通，謀叛楚國，我奉楚王命令，已把他斬首了。」眾將士已多怨義，更見羽奮髯如戟，振喉如雷，彷彿與黑煞神相似，頓令人人生畏，莫敢枝梧。當有數將士應命道：「首立楚國，原出將軍家中，今將軍誅亂有功，應該代任上將軍，統轄全營。」羽接入道：「這也須稟明我王，靜候旨意。」將士複道：「軍中不可無主，將軍何妨攝行職務，再候王命未遲。」羽便允諾，大眾便同聲推立，稱羽為假上將軍。羽想出一條斬草除根的法子，索性派遣心腹將弁，趕上宋襄，一刀殺死，然後使屬將桓楚，報命懷王，詭言宋義父子，謀叛不道，已由大眾公同議決，誅死了事。懷王亦明知項羽奪權，但又不能制服項羽，只好將錯便錯，遣使傳命，就使項羽為上將軍。**懷王之不得其死，已在此處伏案。**一朝權在手，就把令來行，便遣當陽君英布，及蒲將軍等，領兵二萬人，渡河前進，自為後應，徐徐進行。

　　趙將陳餘，自為秦軍所敗，不敢與秦爭鋒，唯徵集常山兵數萬人，屯駐鉅鹿城北，虛張聲勢。秦兵得王離為助，餉足兵多，急攻鉅鹿。鉅鹿城內，日夜不安，守兵逐日傷亡，糧草又逐日減少，急得趙相張耳，焦灼異常，屢使人縋城夜出，往促陳餘進戰。餘隻只畏戰不進，耳越加惶急，又

第十七回
破釜沉舟奮身殺敵　損兵折將畏罪乞降

使張黶、陳澤二將，往責陳餘，傳述己言道：「耳本與君為刎頸交，誓同生死，今王與耳困坐圍城，朝不保暮，所望唯君，君乃擁兵數萬，不肯相救，豈非有負前盟！如果誠心踐約，何不亟赴秦軍，拚同一死！死中或可求生，十分危險中，未必無一二分僥倖，請君細思。」陳餘喟然道：「我非不欲相救，但兵力未足，冒昧前進，有敗無勝，有亡無存，且餘所以不敢輕死，實欲為趙王、張君，破秦報怨，今若同去拚死，譬如舉肉餵虎，有何益處！」**語雖近是，終由怯戰。**張黶、陳澤道：「事已萬急，總須誓死全信，後事也無暇顧慮了。」餘又道：「據我意見，同死終歸無益，兩君必欲盡忠，何勿先去一試？」黶、澤齊聲道：「公如撥兵相助，雖死何辭！」**原是要你去死。**餘乃撥兵五千人，使隨二人進戰。**還要斷送五千人性命。**黶、澤也嫌兵少，因未便申請，就把死生置諸度外，引著五千兵士，徑向秦營殺去。秦軍開壁與戰，擁出千軍萬馬，來鬥黶、澤，黶、澤雖拚命力爭，怎奈秦兵越來越多，部兵越鬥越少，終落得全軍覆沒，一併歸陰。

秦兵益振，鉅鹿益危。燕齊諸國，為了趙使一再乞援，各派兵赴救。張耳子敖，也從代郡招兵萬餘，入援鉅鹿。唯皆憚秦兵威，只遠遠的駐紮兵馬，未敢輕試。陳餘也為加憂，因聞楚兵已發，多日不至，乃更使人敦促，直至項羽營中。羽正擬進兵，復得英布、蒲將軍兵報，前驅尚稱得利，唯請後軍接應等語，羽遂與趙使約定軍期，先使歸報，一面驅動大隊，悉數渡河。既至對岸，便下令沉船，破釜甑，燒廬舍，但令軍士持三日糧，與秦兵決一死戰，不求生還。將士等到了絕地，也曉得有進無退，個個懷著必死的念頭，向前馳去。

行了半日有餘，即與英布、蒲將軍相遇。兩人見了項羽，謂已與秦兵交戰數次，殺死多人，不過秦兵氣勢尚盛，糧運不絕，須先斷彼糧道，方可制秦云云。項羽點頭道：「**斷截糧道，原是要策**；但秦將章邯、王離等

人，豈有不防？且待我直救鉅鹿，殺他一陣，再作計較。」說著，復麾兵急進，趨向鉅鹿。途次遇著秦兵攔阻，但教項羽橫槊一掃，都已東倒西歪，抱頭竄去。及望見鉅鹿城，城上雖有守兵列著，已是殘缺不全，城下的秦營，好似圍棋一般，四面密布，殺氣騰騰。羽毫不畏縮，仍然撥馬當先，率兵前進。

秦將王離等，聽得楚軍遠來，竟敢進戰，也料他有些膽力，不敢輕視，且又接得敗兵回報，具述楚將厲害，於是調動兵馬，自往接仗，留他將涉間圍城，命裨將蘇角守住甬道，放心大膽，去敵楚軍。離城僅及里許，已碰著楚軍前隊，慌忙布陣，那知前隊的統帥，就是項羽，舉槊一揚，楚將楚兵，便向秦陣擁入。羽亦躍馬入陣，王離麾兵攔截，俱被殺退。再加羽一桿長槊，神出鬼沒，不可捉摸，秦陣裡面，只見他一道槊影，七上八下，戳倒人馬無數。離料不可當，回馬便退，羽步步進逼，不肯少緩。惹得王離性起，仗著人多勢旺，翻身再戰，偏項羽越戰越勇，餘外將士，亦越鬥越奮，直殺到山搖地動，天日無光。離三進三卻，只好奔回本營。

章邯見王離戰敗，親來援應，再與楚軍對壘。這時候的各國援軍，統在自己營中，踞壁觀戰。遙見秦楚兩方的將士，漸漸接近。秦兵甲仗整齊，人馬雄壯，差不多如泰山一般，聚成一堆。楚軍是衣服簡陋，步伐粗疏，三三五五，各自成隊，也沒有什麼陣式，但向秦壘中衝來。各國將士，還道楚軍沒有紀律，一味蠻觸，必敗無疑，**徒觀皮相，曉得什麼！**那知項羽是殺星下降，但令兵士向前奮鬥，不管什麼形式。況且楚兵不多，比秦兵要少一半，若要將對將，兵對兵，配搭均勻，方好動手，簡直是不夠分派，只好罷休。所以羽申令將士，使他各自為戰，不必相顧，違令立斬。一班楚軍，統是拚著性命，上前爭殺，一當十，十當百，呼聲動天

第十七回
破釜沉舟奮身殺敵　損兵折將畏罪乞降

　　地，怒氣衝鬥牛。不但秦兵在場交手，擋不住這種勁敵，嚇得膽顫心驚，就是壁上旁觀的將士，也不禁目瞪口呆，不寒自慄。章邯本已在項羽手中，經過敗仗，此次見楚軍越加利害，料難久持，連忙引兵退下，十成中已喪失了三五成。項羽見章邯退去，才令部眾下營休息，到了夜間，仍然嚴裝待著。

　　好容易過了一宵，令軍士飽食乾糧，再行進攻。羽且下令道：「今日若不掃盡秦兵，糧要絕了，彼死我活，就在今日，大眾務要努力！」眾將士齊稱得令，就從營中擁出，直奔秦軍。秦將章邯，不得已再來接戰。這次交鋒，邯亦鼓勵將士，誓決雌雄。無如部下已經膽落，任你章邯如何激勵，總是不能敵楚。章邯屢令前進，部眾進一步，退兩步，進兩步，退四步，直至五進五退，已是不能成軍了。計自項羽至鉅鹿城下，與秦兵先後大戰，已經九次，秦兵無一不敗，章邯逃回城南大營，王離、涉間，勉強守住本寨，不敢出頭。項羽乃得使英布、蒲將軍，往堵甬道，自攻王離、涉間。搗將進去，營門立破，王離想奪路逃生，兜頭碰著項羽，只得持槍抵敵，戰不三合，被羽用槊一撥，那王離手中的槍桿，陡向天空中飛了上去，**奇語**。離只剩一雙空手，回頭欲跑，楚兵一齊趕上，把離打倒，活擒出寨。涉間見王離被擒，自知死在眼前，索性放起火來，把營盤燒個淨盡，連自身也葬入火窟，變做一段黑炭團。**造語亦新**。

　　羽見秦營火起，倒也一驚，忙令軍士少退。俄而火勢漸衰，秦營已成焦土，秦兵非死即降。各國軍將，方陸續趨集，求見項羽，願共擊章邯軍，羽獰笑道：「嘻，此時才來見我麼？」**得意語，亦奚落語**。說罷，覆命各國軍將，往候自己營前，準備傳見。羽整轡回營，升帳上坐，才召見各國軍將。各軍將正要入營，驀見有一彪人馬，擁著兩員大將，踴躍前來。一將手持長槍，槍上挑著一個血淋淋的首級，可驚可怖。既至營前，兩將

一同下馬，命部兵留站營外，且將槍械交付弁目，但攜首級進去。須臾即有一人持出首級，懸示營門。各國軍將，越覺驚惶，問明楚軍，方知進營兩將，就是英布、蒲將軍，所攜首級，乃是秦將蘇角，為布所殺，故特來報功。**殺蘇角用虛寫法，比實寫尤有神采**。各國軍將聽了，恐慌愈甚，不由的跪倒營門，膝行而入，至項羽座前，俯伏報名，不敢仰視。**醜**。羽故意遲慢，好一歇才命起身，**刁**。各軍將又叩頭稱謝，慢慢兒的立起。經羽囑令旁坐，略問了兩三語，但聽各人齊聲道：「上將神威，古今罕有，末將等願聽指揮！」羽也不多讓，即答說道：「既承諸公見推，我有僭了！諸公且回營靜守，俟有戰事，自當通報。」各軍將乃一律告退。

　　既而趙王歇及趙相張耳，也出城至項羽營，表明謝意，羽始下座相迎，與趙王歇等分坐左右。歇拱手稱謝，羽略略謙遜，談了數語，歇與耳亦起座辭去。耳尚私恨陳餘，不及回城，便往陳餘營中，責他坐視不救。又問及張黶、陳澤二人，陳餘道：「張黶、陳澤勸餘拚死，餘以為徒死無益，他兩人定要出戰，餘乃撥遣五千人隨他同往，果致全軍覆沒，兩人俱死，真正可惜！」張耳變色道：「恐怕不是這般。」陳餘道：「餘與兩人無仇無怨，想不至暗中加害，況兩將出兵，萬人注目，亦非餘一人可以捏造，請公休疑。」**兩人雖非餘所殺，但餘也不能無咎**。張耳總是不信，還要問他如何戰死，如何不去救應，嘮嘮叨叨，說個不休，餘不覺動怒道：「公何怨餘至此！餘情願繳出將印罷了！」說著，便將印綬解下，交與張耳，耳不意陳餘決裂，倒也未敢接受。餘將印綬置諸案上，出外如廁，當由張耳隨員，私下語耳道：「古人有言，天與不取，反受其咎。今陳將軍解印與公，公若不受，恐違天不祥，何必多辭！」耳乃取過印綬，佩諸身上。及陳餘復入，見張耳居然佩印，越有慍色，不復再言。竟出與親卒數百人，悻悻自去，散居河上澤中，捕魚獵獸，自尋生活，待後再表。**餘若**

143

第十七回
破釜沉舟奮身殺敵　損兵折將畏罪乞降

從此不出，卻是一個高人。

且說陳餘既去，張耳身兼將相，收攬陳餘部曲，仍奉趙王歇還居信都，自復引兵隨從項羽，一同攻秦。項羽遂進逼章邯，邯在棘原固壘自守，部眾尚有二十餘萬人，羽又欲麾兵猛攻，還是這位老將范增，主張緩戰，待他糧盡勢蹙，自然潰退，省得多費兵力。羽乃就漳南下寨，與邯相持。邯也不敢出戰，唯奏報咸陽，具陳敗狀，請旨定奪。

趙高獨攬大權，竟將邯奏報擱著，概不呈入，二世當然無聞。偏有一班宦官宮妾，交頭接耳，互談章邯敗耗，致被二世聞知。二世乃召入趙高，詰問軍事，高復奏道：「現在朝廷兵馬，多歸章邯一人調遣，臣忝為內相，不能遠察軍情，章邯亦沒有什麼軍報，不過近日傳來風聞，說他損兵折將，究竟如何情狀，尚未詳悉。臣正擬奏聞，不意陛下燭照四方，先已周知，臣想關東群盜，多係烏合，為何章邯手擁重兵，不亟蕩平，請陛下降詔切責，免致拖延。」二世聽著，仍以趙高為忠，囑使頒詔出去。其實趙高是疑忌章邯，還道他暗通內線，稟聞二世，所以將縱盜玩寇的罪名，一古腦兒推在章邯身上，即令文吏繕就嚴詔，派人馳遞邯營。

邯接讀詔書，且憤且懼，又使長史司馬欣速詣咸陽，面奏一切。欣不敢怠慢，星夜入都，趨至朝門，急求進謁。那知二世久不視朝，殿內只有趙高作主，聽得章邯差人到來，故意不見，但使他在外伺候。欣只好耐心待著，一住三日，仍不聞有召見消息。不得已賄託門吏，探問底細，**凡事非錢不行**。門吏才為告知，無非說是丞相趙高，陰忌章邯等語。欣吃了一驚，且恐自己受累，急向朝門逃出，上馬離都，從小路奔還棘原。待趙高聞欣出走，遣人追捕，但從官道趕去，杳無影跡，白跑了數十里，只好返報。那司馬欣奔回本營，便向章邯報明情跡，且皇然道：「趙高居中用事，不利將軍，將軍有功亦誅，無功亦誅，請將軍自圖良策。」章邯聽到

欣言，自然加憂，一時也想不出方法，但悶坐營中，嗟嘆不已。忽帳外傳入一書，當即取過展閱，但見上面寫著：

　　章大將軍麾下：僕聞白起為秦將，南征鄢郢，**皆楚地**。北坑馬服，**趙括嗣父官爵，號馬服君，為白起所殺**。攻城略地，不可勝計而竟賜死。蒙恬為秦將，北逐戎人，開榆中地數千里，竟斬陽周。何者？功多秦不能盡封，因以法誅之。今將軍為秦將三歲矣，所亡失以十萬數，而諸侯並起，今且益多，彼趙高但知阿諛，今事急，亦恐二世誅之，故欲以法誅將軍以塞責，使人更代將軍以脫其禍。夫將軍居外日久，必多內隙，無功固誅，有功亦誅。且天之亡秦，無論智愚，並皆知之，今將軍內不能直諫，外為亡國將，孤持獨立，而欲常存，豈不哀哉！將軍何不還兵，與諸侯合縱連盟，約共攻秦，分王其地，南面稱孤，豈不癒於身伏鈇鑕，妻子為戮乎？唯將軍圖之！故趙將陳餘再拜。

　　章邯閱了又閱，反覆數周，頗為感動，乃使候官始成，詣項羽營中請和。羽拍案大怒道：「章邯殺我叔父，仇恨未消，我方欲梟邯首級，祭我叔父，乃還敢來請和麼？本該將汝先斬，今暫借汝口還報，叫章邯速來受死，還可赦汝全軍！」說罷，喝令左右將始成驅出營門。始成跟蹌回報，邯愁上加愁。正在進退兩難的時候，突有探騎入稟道：「楚兵已渡三戶津，由蒲將軍帶領過來，想是要來攻營了。」邯忙說道：「休教他進逼我營！」一面說，一面即派令偏師，出去堵截。才越半日，便有敗兵跑入道：「楚兵甚銳，我軍敵他不過，只好退回，請主帥速即濟師。」章邯一想，項羽不來總還可當，不如自去抵敵為是。當下披掛上馬，麾兵徑行，才至汙水岸旁，便已接著楚軍。彼此毫不答話，立即交戰，約有一兩個時辰，不分勝負。驀聽得楚軍後面，喊聲震地，鼓角喧天，乃是項羽引著大隊人馬，親自殺到。**寫得有聲有色**。邯不禁心慌，秦兵越覺膽怯，紛紛倒退。說時

第十七回
破釜沉舟奮身殺敵　損兵折將畏罪乞降

遲，那時快，楚軍已突過戰線，衝破秦兵陣腳，秦兵登時大亂，四散奔逃；章邯亦顧命要緊，回馬便走。好容易逃入本營，已亡失了無數士卒，還幸楚軍趕了數里，便即停住，尚得徐收潰兵，勉守大寨。

邯至此窮極沒法，都尉董翳，又勸邯向楚乞降，邯皺眉道：「項羽記念前仇，不肯收納，奈何？」董翳道：「可教司馬欣前去，便無他慮。」邯乃召入司馬欣，叫他齎書降楚，欣竟不推辭，索書即去。未幾便得欣復報，說是項羽已肯收容，不念舊怨了。看官，你道司馬欣投詣楚營，何故一說便妥？原來欣曾充過櫟陽獄掾，救免項梁，與項氏本有交情，小子於十二回中，也已敘及。此次往見項羽，便把前情說起，且勸羽舍私圖公。羽尚不肯遽允，由范增從旁解勸，並言兵多糧少，未易支持，還是收降章邯，較為得計，羽乃允欣所請，與欣訂約，決不害邯。**總不免有負叔父。**於是邯與司馬欣、董翳等人，至洹水南岸，候著項羽，解甲乞降。小子有詩詠道：

> 掃盡雄威作楚奴，男兒志節太卑汙。
> 洹南立約雖逃死，終愧昂藏七尺軀！

欲知羽與邯相見等情，待至下回再表。

項羽之救鉅鹿，為秦史上第一大戰，秦楚興亡之關鍵，實本於此。蓋章邯為秦之驍將，邯不敗，即秦不亡。且山東各國，無敢敵邯，獨羽以破釜沉舟之決心，與拔山扛鼎之大力，一往直前，九戰皆勝，虜王離，殺蘇角，焚涉間，卒使能征善戰之章邯，一蹶不振，何其勇也！然使秦無趙高之奸佞，二世之昏愚，則邯猶不至降楚，或尚能反攻為守，亦未可知。天意已嫉秦久矣，故特使趙高以亂其中，復生項羽以撓其外，章邯一去而秦無人，安得不亡！誰謂冥冥中無主宰乎？

第十八回
智酈生獻謀取要邑　愚胡亥遇弒斃齋宮

　　卻說章邯等行至洹南，向羽請降。羽引著許多將士，及各國軍帥，昂然前來，旌旗嚴整，甲仗鮮明，威武的了不得，既至洹南，才一簇兒停住。洹南在安陽縣北，商朝盤庚遷殷，就是此處，故號為殷墟。章邯等見羽到來，慌忙下馬，長跪道旁。羽傳令免禮，方起立道：「邯為秦臣，本思效忠秦室，無如趙高用事，二世信讒，秦亡只在旦夕，邯不能隨他俱亡。今仰將軍神威，無戰不克，此去除暴安良，入關稱王，舍將軍外，尚有何人。邯早欲擇主而事，不過前時奮不顧私，觸犯將軍，自知負罪，未敢遽投。現蒙將軍寬宥，恩同再造，誓當竭力圖效，借報深恩。」說至此，嗚咽流涕。**想亦怕羞起來。**羽乃出言撫慰道：「君也不必多心，既知去逆效順，我亦不便因私廢公；若得乘此滅秦，富貴與共，決不食言。」章邯拜謝，秦將士並皆叩首。俟項羽一一登入，方敢起立，羽即命司馬欣為上將軍，令他帶領秦兵二十餘萬，充作前驅，立章邯為雍王，留置營中。**全是專擅行事，已不知有楚懷王了。**自己引著楚軍，及各國將士，約得四十萬人，按程前進，關中大震。

　　還有一位趕先走著的沛公，已經向西直入，一路順風，徑指秦關。說將起來，也有一番事蹟，自從沛公道出昌邑，守將據城不下，只好督兵進

第十八回
智酈生獻謀取要邑　愚胡亥遇弒斃齋宮

攻。適有昌邑人彭越，領了徒眾，來見沛公，沛公甚喜，即令越一同攻城。城上矢石如雨，反傷了幾百攻城兵，沛公飭令暫停，且與彭越另商他法。

越小字為仲，向在鉅鹿澤中，捕魚為業，膂力過人，澤中少年，推為漁長。及陳勝發難，項梁繼起，海內鼎沸，相率叛秦，越黨也欲起事，勸越據地自立。獨越未肯遽發，說是兩龍方鬥，少待為佳。轉眼間又過一年，澤中有百餘少年，往從彭越，定要舉他為長，定期舉事。越辭無可辭，乃與諸少年預約，翌晨會議，後期即斬。諸少年應聲而去。到了次日，越早起待著，諸少年陸續到來，或先至，或後至，最後的竟遲至日中。越忿然作色道：「我原不欲為諸君長，諸君乃按年推立，必欲長我，應該聽我指揮。昨與諸君立約，日出會議，今已差不多日中了，違約遲來，共計有十餘人，本當一律處斬，但念人數太多，不可盡誅，只有將最後一人，斬首號令。」諸少年不待說完，便都笑說道：「何至如此！後當遵約便了。」那知越已令校長，竟將後至的少年，推出外面，剁成兩段。一面設壇祭神，懸首示眾。**也是一個殺星下凡。**諸少年始相驚畏，不敢違越。越遂招集各地散卒，得千餘人，一聞沛公過境，遂來助戰。

沛公見昌邑難下，意欲改道進兵，與越相商。越謂改從高陽，亦無不可。沛公乃與越作別，但以後會為期，自率部兵徑往高陽。**敘彭越事，為後文封王張本。**

高陽有一老儒，家貧落魄，無以為生，但充當里中監門吏，姓酈名食其。**食音異，其音幾。**項梁等起兵楚中，嘗遣將吏過高陽，先後約數十人。酈食其問明姓氏，統以為齷齪小才，不足成事，免不得背地揶揄。旁人笑他滿口狂言，因呼為狂生。**酈之不得令終，亦由多言取禍。**至沛公到了高陽，有一麾下騎士為酈生同里子弟，與酈生素來認識，彼此相見，當

然有一番扳談。酈生語騎士道：「我聞沛公性情倨傲，不肯下人，究竟是否屬實？」騎士道：「這種傳說，不為無因；但卻喜求豪俊，所過必問，如果有智士與談，倒也極表歡迎，未嘗輕視。」**沛公之所長在此**。酈生道：「照汝說來，沛公確有大略，與眾不同。我卻願與從遊，汝肯為我先容否？」騎士半晌無言，酈生道：「汝疑我老不中用麼？汝可去見沛公，但言同裡中有個酈生，年六十餘，身長八尺，素號大言，里人都目為狂生，他卻自謂非狂，讀書多智，能助大業呢。」騎士搖首道：「沛公最不喜儒生，遇有儒冠文士，前來求見，沛公便命他免冠，作為溺器，就是平日談論，亦常謂儒生迂腐，笑罵不休，公奈何欲以儒生名義，往說沛公？」酈生道：「汝試為我進言，我料沛公必不拒我。」

騎士欲試酈生智識，乃徑見沛公，如酈生言。沛公也不多說，但令騎士往召。及酈生進謁時，沛公方在驛館中，踞坐床上，使兩女子洗足。酈生瞧著，故意徐進，從容至沛公前，長揖不拜。沛公仍然不動，好似未曾看見一般。酈生朗聲道：「足下引兵到此，欲助秦攻各國呢？還是與各國攻秦呢？」沛公見他儒服儒冠，已覺惹厭，並且舉動粗疏，語言唐突，不由的動了怒意，開口罵道：「豎儒！尚不知天下苦秦麼？諸侯統欲滅秦，難道我獨助秦不成！」酈生接口道：「足下果欲伐秦，為何倨見長者！試想行軍不可無謀，若慢賢傲士，還有何人再來獻計呢！」**無非戰國時說士口吻**。

沛公聽了，才命罷洗，整衣而起，延他上坐。兩下問答，酈生具述六國成敗，口若懸河，滔滔不絕。沛公很是佩服，便與商及伐秦計策。酈生道：「足下兵不滿萬，乃欲直入強秦，這真是驅羊入虎，但供虎吻罷了。據僕愚見，不如先據陳留，陳留當天下要衝，四通八達，進可戰，退可守，且城中積粟甚多，足為軍需，僕與該縣令相識有年，願往招安，倘若

第十八回
智酈生獻謀取要邑　愚胡亥遇弒斃齋宮

該令不從，請足下引兵夜攻，僕為內應，城可立下。既得陳留，然後招集人馬，進破關中，這乃是今日的上計。」沛公大悅，即請酈生先行，自率精兵繼進。

酈生到了陳留，投刺進見，當由該令迎入。敘過幾句寒暄套話，酈生便將利害得失的關係，說了一遍，偏該令不為所動，情願與城俱亡。酈生乃改變論調，佯與縣令議守，一直談到日昃時候，縣令甚為合意，設宴相待。酈生本是酒徒，百杯不醉，那縣令飲了數大觥，卻已爛醉如泥，自去就寢，令酈生留宿署中。酈生待至夜半，竟靜悄悄的混出縣署，開了城門，放入沛公軍，復導至縣署左右。一聲鼓譟，大眾擁入，縣署中能有幾個衛隊，一古腦兒逃之夭夭。縣令尚高臥未醒，被軍士突至榻前，用刀亂砍，便即身死。當下大開城門，迎入沛公，揭榜安民，秋毫無犯。城中百姓，統皆帖服，毫無異言。沛公檢查穀倉，果然貯粟甚多，益信酈生妙算，封號廣野君。

酈生有弟名商，頗有智勇，由酈生薦諸沛公，召為裨將，使他招募士卒，得四千人，沛公遂命他統帶，隨同西進，圍攻開封。數日未下，驚聞秦將楊熊，前來救應，沛公索性麾兵撤圍，竟去截擊楊熊。行至白馬城旁，正值楊熊到來，便即衝殺過去。熊未及防備，慌忙退軍，前隊兵馬，已傷亡多人，及退至曲遇東偏，地勢平曠，熊因就地布陣，準備交戰。沛公引兵進擊，兩陣對圓，各不相讓。正殺得難解難分，忽有一支生力軍趕到，竟向楊熊陣內，橫擊過去，把熊軍衝作兩段。熊軍前後截斷，自然潰亂！再經沛公乘勢驅殺，哪裡還能支持？楊熊奪路奔走，逃入滎陽，手下各軍，傷失殆盡。唯沛公此次交兵，幸虧有人夾攻楊熊，有此大捷。正要派員道謝，來將已到面前，滾鞍下馬，向沛公低頭便拜。沛公也下馬答禮，親自扶起，當頭一瞧，乃是韓司徒張良，**突如其來，回應第十五回**。

故人重聚，喜氣洋洋，當即擇地安營，共敘契闊。良自言拜別以後，與韓王成往略韓地，取得數城。可恨秦兵屢來騷擾，數城查德乍失，不得已在穎川左右，往來出沒，作為遊兵。今聞沛公過此，特來相助云云。沛公道：「君來助我，我亦當助君且去取了穎川，再攻滎陽。」說罷，便麾動人馬，南攻穎川。

　　穎川守兵，登陴抵禦，高聲辱罵。沛公大怒，親自督攻，好幾日才得破入，盡將守兵殺死，乃複議進兵滎陽。會有探騎來報，秦將楊熊，已由秦廷遣使加誅了。沛公喜道：「楊熊已死，近地可無他患，我等且把韓地奪還，再作計較。」張良亦以為然。

　　會聞趙將司馬卬，也欲渡河入關，沛公恐自己落後，乃北攻平陰，急切不能得手，改趨洛陽。洛陽頗多秦戍，攻不勝攻，因移就轘轅進軍。轘轅乃是山名，嶺路崎嶇，共計有十二曲，須要盤旋環行，故名轘轅。秦人以地勢迂險，不必扼守，遂使沛公暢行無阻。一過轘轅，勢如破竹，連下韓地十餘城。適韓王成來見沛公，沛公即令居守陽翟，自與張良等南趨陽城，奪得馬千餘頭，配充馬隊，令作前驅，直向南陽出發。南陽郡守名**齮，史失其姓**。出兵至犨縣東，攔截沛公，被沛公迎頭痛擊，齮軍大敗，走保宛城。沛公追至城下，望見城上已列守卒，不願圍攻，便從城西過兵，迤邐而去。約行數十里，張良叩馬進諫道：「公不欲攻宛，想是急欲入關，但前途險阻尚多，秦戍必眾，若不下宛城，恐滋後患，秦擊我前，宛塞我後，進退失據，豈非危迫！不如還攻宛城，掩他不備，幸得攻下，方可後顧無憂了。」沛公依議施行，復由良詳為畫策，傳令各軍繞道回宛，偃旗息鼓，貪夜疾行。靜悄悄的到了城下，天色尚是未明，便將宛城圍住，環繞三匝。布置已定，方放起號炮，響徹城中。

　　南陽守齮，總道沛公已去，不至再回，樂得放心安膽，鼾睡一宵。

第十八回
智酈生獻謀取要邑　愚胡亥遇弒斃齋宮

及城外炮聲大震，方才驚起，登城俯視，見敵軍環集如蟻，嚇得魂飛天外，躊躇多時，除死外無他法，不由的悽然道：「罷！罷！」說到第二個罷字，便拔出佩劍，意欲自刎。忽後面有人急呼道：「不必，不必，死時尚早呢！」**救星來了**。齮聞言回顧，乃是舍人陳恢，便驚問道：「君叫我不死，計將安出？」陳恢道：「沛公寬厚容人，公不如投順了他，既可免死，且可保全祿位，安定人民。」齮半晌方答道：「君言也是有理，肯為我往說否？」恢一口應承，便縋城下來，當被攻城兵拘住。恢自稱願見沛公，軍士便押至沛公座前。

沛公問他來意，恢進說道：「僕聞楚王有約，先入關中，便可封王。今足下留攻宛城，宛城連縣數十，吏民甚眾，自知投降必死，不得不乘城固守，足下雖有精兵猛將，未必一鼓就下，反恐士卒多傷；若舍宛不攻，仍然西進，宛城必發兵追躡，足下前有秦兵，後有宛卒，方且腹背受敵，勝負難料，如何驟能進關？為足下計，最好是招降郡守，給他封爵，使得仍守宛城，通道輸糧，一面帶領宛城士卒，一同西行，將見前途各城，聞風景慕，無不開門迎降，足下自可長驅入關，毫無阻礙了。」沛公一再稱善，且語陳恢道：「我並非拒絕降人，果使郡守出降，自當給他封爵，煩君還報便了。」恢即馳回城中，報知郡守。

郡守齮開城相迎，引導沛公入城。沛公封齮為殷侯，恢為千戶，**官名**。仍然留守宛城。隨即招集宛城人馬，引與俱西，果然沿途城邑，無不迎降。嗣是經丹水，出胡陽，下析酈，嚴申軍禁，毋得擄掠。秦民安堵如常，統皆喜躍，**王師原宜如此**。沛公遂得直抵武關。關上非無守將，只因沛公兵長驅直進，忽然掩至，急得倉皇無措，不及徵兵，但令老弱殘卒數千人，開關迎敵，不值沛公一掃，守將抱頭竄去，好好把一座關城，讓與沛公。沛公安然入關，咸陽一夕數驚，訛言四起，人多逃亡；那陰賊險狠

的趙高，至此也惶急起來。**惡貫已將滿了。**

　　趙高威權日重，已把二世騙入宮中，好似軟禁一般，不得過問。還恐朝上大臣，或有反對等情，因特借獻馬為名，入報二世。二世道：「丞相來獻，定是好馬，可即著人牽來。」趙高遂令從吏牽入。二世瞧著，並不是馬，乃是一鹿。便笑說道：「丞相說錯了！如何誤鹿為馬？」高尚說是馬，二世不信，顧問左右，左右面面相覷，未敢發言。再經二世詰問，方有幾個大膽的侍臣，直稱是鹿。不料趙高竟忿然作色，掉頭徑去。不到數日，高竟將前時說鹿的侍臣，誘出宮禁，一併拿住，硬派他一個死罪，並皆斬首。二世全然糊塗，竟不問及，一任趙高橫行不法。唯宮內的近侍，宮外的大臣，從此越畏憚趙高，沒一個稍敢違慢，自喪生命。及劉、項兩路兵馬，東西並進，趙高還想瞞住二世，不使得聞。到了沛公陷入武關，遣人入白趙高，叫他趕緊投降，高方才著急。一時想不出方法，只好詐稱有病，數日不朝。

　　二世平日，全仗趙高侍側，判決政務，偏趙高連日不至，如失左右兩手，未免驚惶。日間心亂，夜間當然多夢，朦朦朧朧，見有一隻白虎，奔到駕前，竟將他左驂馬齕死，還要跳躍起來，嚇得二世狂叫一聲，頓時醒悟，心下尚突突亂跳，才知是一個惡夢。**死兆已見。**翌日起床，越想越慌，乃召太卜入宮，令占夢兆。太卜說是涇水為祟，須由御駕親祭水神，方可禳災。**敢問他如何依附上去。**二世信為真言，遂至涇水岸旁的望夷宮，齋戒三日，然後親祭。唯二世既離開趙高，總不免有左右侍臣，報稱外間亂事，且云楚軍已入武關。二世大驚，忙使人責問趙高，叫他趕緊調兵，除滅盜賊。

　　高不文不武，徒靠著一種刁計，竊攬大權，此次叫他調兵禦亂，簡直是無能為力，況且敵軍逼近，大勢已去，無論如何智勇，也難支持。高欲

第十八回
智酈生獻謀取要邑　愚胡亥遇弒斃齋宮

　　保全身家，想出一條賣主的法兒，意欲嫁禍二世，殺死了他，方得藉口有資，好與楚軍講和。當下召入季弟趙成，及女婿閻樂，祕密定計。**趙高閹人，如何有女，想是一個乾女婿**。成為郎中令，樂為咸陽令，是趙高最親的心腹。高因與二人密語道：「主上平日，不知弭亂，今事機危迫，乃欲加罪我家，我難道束手待斃，坐視滅門麼？現在只有先行下手，改立公子嬰。嬰性仁儉，人民悅服，或能轉危為安，也未可知。」**毒如蛇蠍，可惜也算錯了一著**。成與樂唯唯聽命。高又道：「成為內應，樂為外合，不怕大事不成！」閻樂聽了，倒反遲疑道：「宮中也有衛卒，如何進去？」高答道：「但說宮中有變，引兵捕賊，便好闖進宮門了。」樂與成受計而去。高尚恐閻樂變心，又令家奴至閻樂家，劫得樂母，引置密室，作為抵押。樂乃潛召吏卒千餘人，直抵望夷宮。

　　宮門裡面，有衛令僕射守著，驚見閻樂引兵到來，忙問何事。樂竟麾令左右，先將他兩手反綁，然後開口叱責道：「宮中有賊，汝等尚佯作不知麼？」衛令道：「宮外都有衛隊駐紮，日夜梭巡，哪裡來的劇賊，擅敢入宮！」樂怒道：「汝尚敢強辯麼？」說著，便順手一刀，把衛令梟了首級，隨即昂然直入，飭令吏卒射箭，且射且進。內有侍衛郎官，及閹人僕役，多半驚竄，剩下幾個膽力稍壯的衛士，向前格鬥，畢竟寡不敵眾，統皆殺死。趙成復自內趨出，招呼閻樂，同入內殿，樂尚放箭示威，貫入二世坐帳。二世驚起，急呼左右護駕，左右反向外逃去，嚇得二世莫名其妙，轉身跑入臥室。回顧左右，只有太監一人隨著，因急問道：「汝何不預先告我，今將奈何！」太監道：「臣不敢言，尚得偷生至今，否則，早已身死了！」

　　答語未完，閻樂已經追入，厲聲語二世道：「足下驕恣不道，濫殺無辜，天下已共叛足下，請足下速自為計！」二世道：「汝由何人差來？」閻

樂答出丞相二字。二世又道：「丞相可得一見否？」閻樂連稱不可。二世道：「據丞相意見，料必欲我退位，我願得一郡為王，不敢再稱皇帝，可好麼？」閻樂不許。二世又道：「既不許我為王，就做一個萬戶侯罷！」樂又不許。二世嗚咽道：「願丞相放我一條生路，與妻子同為黔首。」樂瞋目道：「臣奉丞相命，為天下誅足下，足下多言無益，臣不敢回報。」說著，麾兵向前，欲弒二世。二世料不可免，便橫著心腸，拔劍自刎。總計在位三年，年二十三歲。小子有詩嘆道：

虎父由來多犬兒，況兼閹禍早留貽。
望夷求免終難免，為問祖龍知不知。

閻樂既殺死二世，當即返報趙高。欲知趙高後事，且至下回表明。

沛公素不喜儒，乃獨能禮遇酈生，雖由酈生之語足動人，而沛公之甘捐己見，易倨為恭，實非常人所可及。厥後從張良之計，用陳恢之言，何一非捨己從人，虛心翕受乎！古來大有為之君，非必真智勇絕倫，但能從善如登，未有不成厥功者，沛公其前師也。彼趙高窮凶極惡，玩二世於股掌之上，至於敵軍入境，不惜賣二世以保身家，逆謀弒主，橫屍宮中，此為有史以來，宦官逞凶之首例。漢唐不察，復循覆轍，何其愚耶！顧不有二世父子，何有趙高。始皇貽之，二世受之，一趙高已足亡秦，劉、項其次焉者也。

第十八回
智酈生獻謀取要邑　愚胡亥遇弒斃齋宮

第十九回
誅逆閹難延秦祚　坑降卒直入函關

　　卻說閻樂返報趙高，高聞二世已死，自然大喜，立即趨入宮中，搶得傳國玉璽，懸掛身上。本想自己篡位，因恐中外不服，且將公子嬰抬舉上去，俟與楚軍講定和議，再作後圖。主見已定，乃召集一班朝臣，及宗室公子，當眾曉示道：「二世不肯從諫，恣行暴虐，天下離畔，人人怨憤，今日已自刎了。公子嬰仁厚得眾，應該嗣立。唯我秦本一王國，自始皇統馭天下，乃稱皇帝，現在六國復興，海內分裂，秦地比前益小，不應空沿帝號，可仍照前稱王為是。」大眾聞言，心中統皆反對，因為積威所制，未敢異議，只好勉強作答，聽憑裁奪。趙高便令子嬰齋戒，擇日廟見，行受璽禮。一面收拾二世屍首，視作尋常百姓一般，草草棺殮，藁葬杜南宜春苑中。三年皇帝，求生不得，死且不許服袞冕，也覺可憐！

　　公子嬰雖被推立，自思趙高弒主，大逆不道，倘非設法加誅，將來必致篡位。旁顧大臣公子，無一可與同謀，只有膝下二兒，係是親生骨肉，不妨密商，乃喚入與語道：「趙高敢弒二世，豈尚畏我！不過布置未妥，暫借我做個傀儡，徐圖廢立。我不先殺趙高，趙高必且殺我了。」二子聽著，不禁泣下。

　　正密議間，忽有一人踉蹌趨入道：「可恨丞相趙高，遣使往楚營求和，

第十九回
誅逆閹難延秦祚　坑降卒直入函關

將要大殺宗室，自稱為王，與楚軍平分關中了。」子嬰一瞧，乃是心腹太監韓談，可與密商，因低聲囑咐道：「我原料他不懷好意，今使我齋戒數日，入廟告祖，明明是欲就廟中殺我，我當託病不行，免遭毒手。」韓談答道：「公子但言有病，尚非善策。」子嬰道：「我若不去告廟，高必自行來請，汝可與我二子，先伏兩旁，俟他進見，突出刺高，大患便可永除了。」談欣然領命，與子嬰二子預先準備，專等趙高進來，一同下手。

高正遣人詣沛公營，欲分王關中，偏沛公不肯允許，叱還高使。高不得逞計，且恐人心益散，急欲子嬰告廟，鎮定一時，因此定了日期，派人往報子嬰，子嬰並不推辭。屆期這一日，高先至廟中，待了多時，竟不見子嬰到來。一再差人催促，回稱公子有疾，不能親臨。高憤然道：「今日何日，尚好不至麼？我當親往速駕。」**今日是汝死期，汝尚不知麼？**說畢，即匆匆馳赴齋宮。下馬入門，遙見子嬰伏案假寐，便大聲呼道：「公子今已為王，速宜入廟告祖，奈何不行！」道言未絕，兩旁趨出三人，持刃至前，喝聲弒君亂賊，還敢胡言！趙高不及答話，已被韓談手起刀落，砍倒地上，再經子嬰二子，雙刃並舉，連下二刀，當即送命。**也有此日。**子嬰見趙高已誅，亟召群臣入宮，指示高屍，歷數罪惡。群臣爭頌子嬰英明，且言高死不足蔽辜，應夷三族。**從前何皆無言？**子嬰點首，便令衛隊往捕趙高家屬，並及趙成、閻樂一併拿到，俱處死刑，於是往告祖廟，嗣登大位，徵兵遣將，往守嶢關。

探報至沛公營，具述底細，沛公即欲引兵進擊，張良進言道：「秦兵尚強，未可輕攻。良聞守關秦將，係一屠家子，必然貪利，願公暫留營中，但使人齎著金寶，往啖秦將，一面就嶢關四近，登山張旗，作為疑兵，秦將內貪重賂，外怯強兵，還有什麼不降？」沛公依議施行，命酈食其齎寶入關，招誘秦將，且撥部兵數千，悄悄上山，遍列旗幟。秦將登關

東望，但見高低上下，統是楚幟豎著，不由的膽裂心寒。可巧酈生叩關入見，送上多珍，引得秦將心花怒開，看一樣，愛一樣，便問沛公何故厚遺？酈生道：「沛公素仰大名，所以備物致意，通告將軍，將軍試想事至今日，秦朝尚能長存麼？將軍若孤守關中，願為秦死，沛公有精兵數十萬，當與將軍相見。唯聞將軍明察事機，熟知利害，所以先禮後攻，敢請將軍明示。」秦將不待聽畢，便已一口應承，願與沛公連和，同攻咸陽。**所謂利令智昏。**

酈生當即告別，還報沛公。沛公甚喜，復欲令酈生入關訂約，旁有一人出阻道：「不可！不可！」沛公把頭回顧，就是前日獻計的張良。不覺動了疑心，問為何意？**我亦要疑。**張良道：「這不過秦將一人，貪利輕諾，料他部下未必盡從。我若驟與連和，入關同行，萬一彼眾生變，潛襲我軍，可危孰甚！最好是乘他不備，即日掩擊，定獲全勝。」**是從假途滅虢的遺計變化出來。**沛公連聲稱善，便令部將周勃，引步兵潛逾蕢山，繞出嶢關後面，徑襲秦營。秦將方以為酈生去後，必來續約，安心待著。猛聽得一聲喊起，即有許多敵兵，從營後殺來，秦兵茫無頭緒，還道是做夢一般，紛紛驚潰。秦將不識何因，親至營後檢視，不防一大將持刀突入，直至面前，刀光閃處，已把秦將劈開頭顱，腦漿迸流，死於非命。**實是該死！**

這大將就是周勃。勃係沛邑貧民，少時學織蠶箔，賺錢餬口，又因他善能吹簫，常往喪家充役，列入樂工。既而漸屆壯年，身長力大，學習弓馬，無不具精。沛令聞他技勇，引為中涓。**官名。**及沛公起兵入城，勃即投效麾下，戰必先驅，所向有功。沛公為碭郡長，拜勃為虎賁令，及隨軍西向，尤多戰績。至是復殺死秦將，踏平秦營，關上守卒，亦皆遁去。沛公又引軍入關，接應周勃，追殺秦兵。到了藍田縣南境，遇有戍將攔截，

第十九回
誅逆閹難延秦祚　坑降卒直入函關

便痛擊一陣。戎將大敗，逃回咸陽。嗣是沿途無阻，直抵霸上。

是年適為夏正十月間，秦王子嬰沿秦舊例，方在改元，交相慶賀，**是年為漢元年，故特提明**。不意敗將潰兵，陸續逃回，報稱沛公軍已逼都下。子嬰聞報，惶急失措，忙集大臣計議。好多時來了三五人，統皆束手無策，莫敢發言。子嬰越加焦灼，俄有軍書遞入，取過一閱，乃是沛公招降書。子嬰想了一會，既不能戰，又不能守，只好依書出降。乃駕著素車，乘著白馬，用帶套頸，捧著傳國玉璽，流淚出城，至軹道旁，守候沛公。沛公領著全軍，整隊馳入，戈鋌並耀，徒御無驚。既至子嬰面前，子嬰不得不屈膝就跪，俯首請降。**始皇子孫，出醜至此，當是始皇在日百思不到**。沛公接了玉璽，命他起身，偕入咸陽。眾將中或請殺子嬰，免滋後患，沛公道：「懷王遣我入秦，正因我寬容大度，不為已甚，況人已投降，還要殺他，也是不詳，君等幸勿多言！」說著，遂召過屬吏叫他看管子嬰，自率將佐入殿去了。總計子嬰為王，只有四十六日，便把秦室江山，雙手奉獻。這並非子嬰誤國，實由始皇二世，造孽太深，所以有此慘象呢。**評斷的確**。話休敘煩。

且說沛公既入殿中，與眾休息，將士等乘隙取財，各去開啟府庫，攜出金銀寶貝，大家分用。獨蕭何自往丞相府，特覓秦朝圖籍一併收藏，好待日後檢查，得知海內情形，凡關塞險要，戶口多寡等事，都可按圖尋索，一目了然。這就是蕭何特別精細，與他人不同。**不愧為佐漢元勛**。沛公也趁著閒暇，入宮探視，但見雕樓畫棟，曲榭迴廊，一步步的引人入勝，一層層的換樣生新，到了內外便殿，端的是規模宏麗，構築精工，所有花花色色的帷帳，奇奇怪怪的珍玩，羅列四圍，目不勝睹。最可憐的是一班美人兒，嬌怯怯的前來迎接，有的是蛾眉半蹙，有的是蟬領低垂，有的是粉臉生紅，有的是雲鬟嚲翠，有的是帶雨海棠，盈盈欲淚，有的是迎

風楊柳，裊裊生姿。沛公左顧右盼，不禁惹動那好色心腸，一面傳諭免禮，一面步入正寢，將身坐定，好多時不見出來。

突有一將趨入道：「沛公欲有天下呢？還是做個富家翁，便算滿志呢？」沛公看是樊噲，默然不答，但呆呆的坐著。**痴了**。噲又道：「沛公一入秦宮，難道就受迷不成！試看秦宮有此奢麗，所以致亡，沛公何需此物，請速還軍霸上，毋留宮中！」沛公仍然不動，徐徐答道：「我自覺睏倦，今夕便在此一宿罷！」**看中一班美人了**。噲不覺動惱，又恐出言唐突，反致觸怒，便轉身趨出，去尋那智士張良。可巧張良進來，即與語沛公情形，浼他進諫。良點頭徑入，與沛公說道：「秦為無道，故公得至此，公為天下除殘去暴，首宜反秦敝政，力與更新。今始入秦都，便想居此為樂，恐昨日秦亡，明日公亡，何苦為了一時安佚，自敗垂成？古人有言：良藥苦口利於病，忠言逆耳利於行，願公聽樊噲言，勿自取禍。」

沛公聽了良言，倒也翻然自悟，起身趨出，**幸有此爾**。封府庫，閉宮室，竟回霸上。召集父老豪傑，慨然與語道：「父老苦秦苛法，不為不久，誹謗受族誅，偶語便棄市，使諸父老痛苦至今，如何得為民上？今我奉懷王命令，伐暴救民，懷王曾有約語，先入秦關，便可稱王，今我已入關中，當為秦王。從此與諸父老等約法三章：殺人處死，傷人及盜抵罪。外如亡秦苛法，一律除去，凡官吏人民，統可安枕，不必驚惶。我所以還軍霸上，不過待別軍到來，共定約束，餘無他意。」父老豪傑，當然心喜，拜謝而去。沛公即傳令大小三軍，不得騷擾居民，違令立斬。又使人會同秦吏，安撫郡縣。秦民歡欣鼓舞，唯恐沛公不為秦王，沛公因在霸上駐紮，聽候項羽消息。

項羽自收服章邯，由東入西，行至新安，驚聞秦兵有謀變消息，又惹動項羽一片殺機。原來秦朝盛時，各處吏卒，徵調入都，往往為秦兵所虐

第十九回
誅逆闔難延秦祚　坑降卒直入函關

待，此次聯同項羽，戰勝攻取，做了上手，那秦兵反為降虜，自然受著報復，被他凌辱。秦兵遂私相告語道：「章將軍無端投楚，教我等一同歸降，我等被他哄騙，自入羅網，充做各國奴隸。如楚軍得乘勝入關，我等尚得一見骨肉，死也甘心；否則，各國吏卒，把我等擄掠東歸，秦必殺我父母妻子，奈何奈何！」這種議論，漸漸的傳到各國軍中。各國軍將，便去告知項羽。項羽道：「我自有計！」說著，即召英布、蒲將軍入帳，與他面語道：「秦兵雖然投降，聞他私下謀議，心甚不服，若我軍到了秦關，降兵不肯聽我號令，猝然生變，作為內應，我軍尚能生還麼？看來只有先行下手，黃夜圍擊，把他一併殺死，只留章邯、司馬欣、董翳三人，同他入秦，方可無虞。」一語殺死二十萬人，羽心何毒！

英布、蒲將軍，受了面命，就去預備妥當，待到夜半，趁著月色無光，引兵出營，往襲降兵。降兵在新安城南，靠山立寨，沉沉夜睡。英布指麾部眾，把他三面圍住，單留後面山路，故意縱他逃走。又分兵與蒲將軍，令他上山伏著，待有秦兵入山，便用矢石拋發，不使遺留。蒲將軍分頭自去，英布與兵士休息片時，大約蒲將軍已可上山，乃驅動兵士，破營直入。降兵方才驚起，睡眼模糊，不知外兵從何處殺到，就是司馬欣亦未知祕計，慌忙出來，兜頭遇著英布，英布道：「君為全營統領，奈何營中謀變，尚安然睡著哩！虧得我軍已偵破逆謀，前來剿殺，君可速往項上將營，自去聲辯，免得連坐呢。」司馬欣中了布計，急覓得一馬，將身躍上，加鞭徑去。英布放出司馬欣，便將營門堵住，秦兵逃出一個，殺死一個，逃出兩個，殺死一雙。可憐秦兵前無去路，只得向後逃生，後面都是山谷，七高八低，就是日間行走，也防失足，況且天色又暗，心內又急，忙不擇路，多半墮入谷中。忽見山上火炬齊明，還道是遇著救星，誰知卻是催命使，或放箭，或擲石，一班逃兵，不受箭傷，就遭石壓。到了雞聲

遠起，曙色微明，二十萬人，已經死完，簡直是一個不留了！**慘乎不慘！**

英布、蒲將軍，坑盡降兵，返報項羽。項羽早已接見司馬欣，好言慰諭，留置本營，自己坐待消息。及兩將覆命，才得放心進兵，拔營西指。途中已無秦壘，如入無人之境，一口氣跑至函谷關，關門卻是緊閉，上面列著守卒，也是楚軍，只隨風蕩漾的旗幟當中都有劉字寫著。羽在途中，已微聞沛公入關音信，至此見有劉字旗幟，越覺心中著忙，便仰呼守卒道：「汝等替何人守關？」守卒答道：「奉沛公令，在此守著。」羽複道：「沛公已入咸陽否？」守卒又答道：「沛公早破咸陽，現在霸上駐紮。」羽急說道：「我率大軍前來，汝等快快開關，使我入見沛公。」守卒道：「沛公有命，無論何軍，不准放入！」羽大怒道：「劉季無禮，竟敢拒我麼？」便令英布等努力突破瓶頸，自在後面監督，退後立斬。英布等揮兵猛攻，沿關駕起雲梯，冒險上登。守兵不過數千，顧左失右，顧右失左，如何禁遏得住。不到一日，便被英布等躍登關上，殺散守兵，隨即開關迎入項羽，進至戲地。

時已天暮，就在戲地西首，紮下營盤。這地方叫做鴻門，羽在營中設宴，大饗士卒，且與將佐商議，對付沛公。有主張決裂的，有主張從緩的，羽亦不能自決。忽來了一個使人，說是沛公左司馬曹無傷，有機密事傳報。羽即召他入帳，那人上前跪稟，謂由曹無傷差來。羽問為何事？那人道：「沛公欲王關中，用秦子嬰為相，秦宮府中一切珍寶，都想據為己有了。」羽不禁躍起，拍案大罵道：「可恨劉邦，目無他人，我明日定要滅他！」范增在旁進言道：「沛公居山東時，貪財好色，今入秦關，聞他不取財物，不近婦女，先後若出兩人，這定是具有大志，不可小覷！且增已令望氣人士，遙觀彼營，據言營上有龍虎形，迭成五采，就是天子氣。若此時不除，還當了得！請將軍號令將士，急擊勿失！」**增既知有天子氣，應**

第十九回
誅逆閹難延秦祚　坑降卒直入函關

該捨此就彼，才算智士，奈何尚欲逆天行事呢？羽悍然道：「我破一劉邦，如摧枯朽，有何難處！今日大眾飲宴，時又昏夜，且讓他活著一宵，明晨進擊便了。」說罷，遣回來使，囑他還報曹無傷，明日進兵，請作內應，來使應聲自去。

看官聽說！項羽有眾四十萬，號稱百萬，氣焰無比。沛公只有兵十萬人，比那項羽部下，四成中僅得一成。並且鴻門、霸上，相距止四十里，又沒有什麼險阻，羽兵一發即至，如何遮攔？眼見得一強一弱，一眾一寡，沛公生死關頭，就在旦夕間了。那知人有千算，天教一算，天意已屬沛公，當然有救星出現，化險為夷。小子有詩詠道：

到底天心是好生，雲龍獨護沛公營。
任他亞父多謀算，怎及蒼穹視聽明？

欲知何人往救沛公，下文自當說明。

子嬰不動聲色，能誅趙高，未始非英明主；假使秦尚可為，子嬰得在位數年，興利除害，救衰起弊，則秦亦不至遽亡。然如始皇之暴虐，二世之愚頑，豈尚得傳諸久遠？子嬰不幸，為始皇之孫，賢而失位，且為項羽所殺，祖宗不善，貽禍子孫，報應其果不爽歟！項羽以暴易暴，坑死秦降卒二十萬人，無道若此，寧能久存？沛公雖弱，獨能除暴救民，約法三章，且財物無所取，婦女無所幸，一變至道，天命攸歸，項羽豈能加害乎？范增於項羽之暴，並不進諫，且激項羽之怒，欲害沛公。人謂其智，吾謂其愚，如增者何足道焉！

第二十回
宴鴻門張樊保駕　焚秦宮關陝成墟

卻說項羽有個叔父，叫做項伯，為楚左尹。他在秦朝時候，因怒殺人，自知不免死罪，逃往下邳，幸虧遇著張良，與他同病相憐，引同居處，方得避禍。嗣是記念舊恩，常欲圖報。時正在項羽營中，聞知范增計策，不免為張良擔憂。暗思沛公被攻，與我無涉，唯張良跟著沛公，一同受禍，豈不可惜！當下乘夜出營，單騎加鞭，直至沛公營前，求見張良。好在沛公營內，聞得項羽入關，駐紮鴻門，也恐他夜來襲擊，所以格外戒嚴，不敢安睡。張良也憑燭坐著，聽說項伯來會，料有密事，急忙出迎。項伯入見張良，即與悄語道：「快走快走！明日便要遇禍了！」良驚問原委，由項伯略述軍情。良沉吟道：「我不能急走！」項伯道：「同死何益，不如隨我去罷！」良又道：「我為韓王送沛公，沛公今有急難，我背地私逃，就是不義。君且少坐，待我報知沛公，再定行止。」說著，抽身便去，項伯禁止不住，又未便擅歸，只好候著。

張良匆匆入沛公營，可巧沛公亦尚未寢，即向沛公說道：「明日項羽要來攻營了！」沛公愕然道：「我與項羽並無仇隙，如何就來攻我？」良答道：「何人勸公守函谷關？」沛公道：「鯫生前來語我！**鯫生即小生，或謂姓鯫。**謂當派兵守關，毋納諸侯，方可據秦稱王。我乃依議照行，莫非我

165

第二十回
宴鴻門張樊保駕　焚秦宮關陝成墟

誤聽了麼？」**自知有誤，便是聰明。**良便問道：「公自料部下士卒，能敵項羽否？」沛公徐說道：「只怕未必。」良接口道：「我軍只十萬人，羽軍卻有四十萬，如何敵得！今幸項伯到此，邀良同去，良怎敢負公？不得不報。」沛公頓足道：「今且奈何？」良又道：「看來只好情懇項伯，叫他轉告項羽，只說公未嘗相拒，不過守關防盜，請勿誤會。項伯乃是羽叔，當可止住羽軍。」沛公道：「君與項伯何時相識？」良答道：「項伯嘗殺人坐罪，由良救活，今遇著急難，故來告良。」沛公道：「比君少長如何？」良答言項伯年長。沛公道：「君快與我呼入項伯，我願以兄禮相事。如能代為轉圜，決不負德！」

良乃出招項伯，邀他同見沛公。項伯道：「這卻未便。我來報君，乃是私情，怎得徑見沛公？」良急說道：「君救沛公，不啻救良，況天下未定，劉、項二家，如何自相殘殺？他日兩敗俱傷，與君亦屬不利，故特邀君入商，共議和平。」**娓娓動人。**項伯尚要推辭，再經良苦勸數語，方偕良入見沛公。沛公整衣出迎，延他上坐，一面令軍役擺出酒餚，款待項伯，自與良殷勤把盞，陪坐一旁。酒至數巡，沛公開言道：「我入關後，秋毫不敢私取，封府庫，錄吏民，專待項將軍到來。只因盜賊未靖，擅自出入，所以遣吏守關，不敢少忽，何嘗是拒絕將軍？願足下代為傳述，但言我日夜望駕，始終懷德，決無二心。」項伯道：「君既見委，如可進言，自當代達。」張良見項伯語尚支吾，又想出一法，問項伯有子幾人，有女幾人？**想入非非。**項伯一一具答，良乘間說道：「沛公亦有子女數人，好與伯結為姻好。」沛公畢竟心靈，連忙承認下去。項伯尚是遲疑，託詞不敢攀援，良笑說道：「劉、項二家，情同兄弟，前曾約與伐秦，今得入咸陽，大事已定，結為婚姻，正是相當，何必多辭！」**好一個撮合山。**沛公聞言遽起，奉觴稱壽，遞與項伯，項伯不好不飲，飲盡一觴，也酌酒相

酬。良待沛公飲訖，即從旁笑談道：「杯酒為盟，一言已定，他日二姓諧歡，良亦得叨陪喜席。」項伯沛公，亦皆歡洽異常，彼此又飲了數杯。項伯起身道：「夜已深了，應即告辭。」沛公復申說前言，項伯道：「我回去即當轉告，唯明日早起，公不可不來相見！」沛公許諾，親送項伯出營。

項伯上馬亟馳，返入本營，差不多有三四更天氣了。營中多已就寢，及趨入中軍，見項羽還是未睡，因即進見。羽問道：「叔父何來？」項伯道：「我有一故友張良，前曾救我生命，現投劉季麾下，我恐明日往攻，破滅劉季，良亦難保，因此往與一言，邀他來降。」項羽素來性急，即張目問道：「張良已來了麼？」項伯道：「良非不欲來降，只因沛公入關，未嘗有負將軍，今將軍反欲加攻，良謂將軍未合情理，所以不敢輕投，竊恐將軍此舉，未免有失人心了。」羽憤然道：「劉季乘關拒我，怎得說是不負？」項伯道：「沛公若不先破關中，將軍亦未能驟入，今人有大功，反欲加擊，豈非不義！況沛公守關，全為防備盜賊起見，他卻財物不敢取，婦女不敢幸，府庫宮室，一律封鎖，專待將軍入關，商同處置，就是降王子嬰，也未嘗擅自發落。如此厚意，還要遭擊，豈不令人失望麼？」**力為沛公解說，全是張良之力**。羽遲疑半晌，方答說道：「據叔父意見，莫非不擊為是？」項伯道：「明日沛公當來謝罪，不如好為看待，借結人心。」羽點頭稱是。項伯方才退出，略睡片刻，便即天曉。

營中將士，都已起來，吃過早餐，專候項羽命令，往擊沛公。不料羽令未下，沛公卻帶了張良、樊噲等人，乘車前來。到了營前，即下車立住，先遣軍弁通名求謁。守營兵士，入內通報，項羽即傳請相見。沛公等走入營門，見兩旁甲士環列，戈戟森嚴，繞成一團殺氣，不由的忐忑不安。獨張良神色自若，引著沛公，徐步進去。既至中軍營帳，始讓沛公前行，留樊噲守候帳外，自隨沛公趨入。項羽高坐帳中，左立項伯，右立范

第二十回
宴鴻門張樊保駕　焚秦宮關陝成墟

增，待沛公已到座前，才把身子微動，總算是迓客的禮儀。沛公身入虎口，不能不格外謙恭，便向羽下拜道：「邦未知將軍入關，致失迎謁，今特踵門謝罪。」羽冷笑道：「沛公亦自知罪麼？」沛公道：「邦與將軍，同約攻秦，將軍戰河北，邦戰河南，雖是兩路分兵，邦卻遙仗將軍虎威，得先入關破秦。為念秦法暴酷，民不聊生，不得不立除苛禁，但與民約法三章，此外毫無更改，靜待將軍主持，將軍不先示邦，說明入關期間，邦如何得知？只好派兵守關，嚴備盜賊。今日幸見將軍，使邦得明心跡，尚復何恨？唯聞有小人進讒，使將軍與邦有隙，這真是出人意外，還求將軍明察！」這一席話，想是張良教他。

項羽本是個粗豪人物，胸無城府，喜怒靡常，一聞沛公語語有理，與項伯所說略同，反覺自己薄情，錯恨沛公。因即起身下座，握沛公手，和顏直告道：「這是沛公左司馬曹無傷，使人來說，否則籍何至如此！」沛公復婉言申辯，說得項羽躁釋矜平，歡暱如舊，便請沛公坐下客位。張良亦謁過項羽，侍立沛公身旁。羽在主位坐定，命具酒餚相待，才閱片時，已將筵宴陳列，由羽邀沛公入席。沛公北向，羽與項伯東向，范增南向，各就位次坐定，張良西向侍坐，帳外奏起軍樂，大吹大打，侑觴勸酒。沛公素來善飲，至此卻提心吊膽，不敢多喝。羽卻真情相勸，屢與沛公賭酒，你一杯，我一觥，正在高興得很。偏范增欲害沛公，屢舉身上所佩玉玦，目示項羽。一連三次，羽全然不睬，儘管喝酒。增不禁著急，託詞趨出，召過項羽從弟項莊，私下與語道：「我主外似剛強，內實柔懦，沛公自來送死，偏不忍殺他。我已三舉玉玦，不見我主理會，此機一失，後患無窮。汝可入內敬酒，藉著舞劍為名，刺殺沛公，我輩才得安枕了！」何苦逞刁。

項莊聽罷，遂撩衣大步，闖至筵前。先與沛公斟酒，然後進說道：「軍

中樂不足觀，莊願舞劍一回，聊助雅興。」羽也不加阻，一任項莊自舞。莊執劍在手，運動掌腕，往來盤旋。良見莊所執劍鋒，近向沛公，慌忙顧視項伯。項伯已知良意，也起座出席道：「劍須對舞方佳。」說著，即拔劍出鞘，與莊並舞。一個是要害死沛公，一個是要保護沛公，沛公身旁，全仗項伯一人擋住，不使項莊得近，因此沛公不致受傷。但沛公已驚慌得很，面色或紅或白，一刻數變。張良瞧著，亦替沛公著急，即託故趨出帳外。見樊噲正在探望，便與語道：「項莊在席間舞劍，看他意思，欲害沛公。」噲躍起道：「依此說來，事已萬急了！待我入救罷！」張良點首。噲左手持盾，右手執劍，闖將進去。帳前衛士，看了樊噲形狀，還道他要去動武，當然出來攔住。噲本來力大，再加此時拚出性命，不管什麼利害，但向前亂撞亂推，格倒衛士數人，得了一條走路，竟至席前，怒發上衝，瞋目欲裂。項莊、項伯，見有壯士突至，都停住了劍，呆呆望著。項羽倒也一驚，便問噲道：「汝是何人？」噲正要答言，張良已搶步趨入，代噲答道：「這是沛公參乘樊噲。」項羽隨口讚道：「好一個壯士！可賜他卮酒彘肩。」左右聞命，便取過好酒一斗，生豬腳一隻，遞與樊噲。噲橫盾接酒，一口喝乾，複用刀切肉，隨切隨食，頃刻亦盡。**屠狗英雄，自然能食生肉。**乃向羽拱手稱謝。項羽復問道：「可能再飲否？」噲朗聲答道：「臣死且不避，卮酒何足辭！」羽又問道：「汝欲為誰致死？」噲正色道：「秦為無道，諸侯皆叛，懷王與諸將立約，先入秦關，便可稱王。今沛公首入咸陽，未稱王號，獨在霸上駐紮，風餐露宿，留待將軍。將軍不察，乃聽信小人，欲殺功首，這與暴秦何異？臣竊為將軍不取呢！唯臣未奉傳宣，遽敢突入，雖為沛公訴枉而來，究竟是冒瀆尊嚴，有干禁令，臣所以謂死且不避，還請將軍鑑原！」羽無言可答，只好默然。

　　張良又目視沛公，沛公徐起，偽說如廁，且叱樊噲出外，不必在此絮

第二十回
宴鴻門張樊保駕　焚秦宮關陝成墟

聒。噲因即隨同出帳。既至帳外，張良也即出來，勸沛公速回霸上，勿再停留。沛公道：「我未曾辭別，怎得遽去？」張良道：「項羽已有醉意，不及顧慮，公此時不走，尚待何時？良願代公告辭。唯公隨身帶有禮物，請取出數件，留作贈品便了。」沛公乃取出白璧一雙，玉斗一雙，交與張良，自己另乘一馬，帶了樊噲，及隨員三人，改從間道行走，馳回霸上。獨張良一人留著，遲遲步入，再見項羽。**真好大膽。**羽據席坐著，但覺得醉眼朦朧，似寐非寐，好一歇方才旁顧道：「沛公到何處去了？如何許久不回！」**他已去遠，不勞費心。**良故意不答。項羽因使都尉陳平，出尋沛公。既而陳平入報，謂沛公車從尚在，只沛公不見下落。羽乃問張良道：「沛公如何他去？」良答道：「沛公不勝酒力，未能面辭，謹使良奉上白璧一雙，恭獻將軍，還有玉斗一雙，敬獻範將軍！」說著，即將白璧玉斗取出，分頭獻上。項羽瞧著一雙白璧，確是光瑩奪目，毫無瘢點，不由的心愛起來，便即取置席上，且顧問張良道：「沛公現在何處？」良直說道：「沛公自恐失儀，致被將軍督責，現已脫身早去，此時已可還營了。」羽愕問道：「為何不告而去？」良又道：「將軍與沛公情同兄弟，諒不致加害沛公；唯將軍部下，或與沛公有隙，想將沛公殺害，嫁禍將軍。將軍今日，初入咸陽，正應推誠待人，下慰物望，為何要疑忌沛公，陰謀設計？沛公若死，天下必譏議將軍，將軍坐受惡名，諸侯樂得獨立。譬如卞莊刺虎，一計兩傷。沛公不便明言，只好脫身避禍，靜待將軍自悟。將軍英武天縱，一經返省，自然了解，豈尚至責備沛公麼？」**好似為項羽畫策，妙甚。**

項羽躁急多疑，聽了張良說話，反致疑及范增，向他注視。增因計不得行，已是說不出的懊惱，再見項羽顧視，料他起了疑心，禁不住怒上加怒，氣上加氣，當即取過玉斗，擲置地上，拔劍砍破，且目視項莊，恨恨說道：「唉！豎子不足與謀！將來奪項王天下，必是沛公，我等將盡為所

虜哩！」項羽見增動怒，不欲與較，起身拂袖，向內竟入。范增等也即趨出，只項伯、張良，相顧微笑，徐徐引退。到了營外，良謝過項伯，召集隨從人員，一徑回去。是時沛公早回霸上，喚過左司馬曹無傷，責他賣主求榮，罪在不赦。無傷不能抵賴，垂首無言，當被沛公喝令推出，梟首正法。待張良等還營報聞，沛公喜懼交併，且再駐紮霸上，徐作計較。

　　過了數日，項羽自鴻門入咸陽，屠戮居民，殺死秦降王子嬰，及秦室宗族，所有秦宮婦女，秦庫貨幣，一古腦兒劫取出來，自己收納一半，餘多分給將士。最可怪的是將咸陽宮室，付諸一炬，無論什麼信宮極廟，及三百餘里的阿房宮，統共做了一個火堆。今日燒這處，明日燒那處，煙焰蔽天，連宵不絕，一直過了三個月，方才燒完。可憐秦朝數十年的經營，數萬人的構造，數萬萬的費用，都成了眼前泡影，夢裡空花！**秦固無謂，項羽尤覺無謂**。羽又令兵士三十萬名，至驪山掘始皇墓，收取壙內貨物，輸運入都，足足搬了一月。只剩下一堆枯骨，聽他拋露，此外搜刮淨盡，毫不遺留。**厚葬何益**。本來咸陽四近，是個富庶地方，迭經秦祖秦宗，創造顯庸，備極繁盛。此次來了一個項羽，竟把他全體殘破，弄得流離滿目，荒穢盈途。羽為了一時意氣，任意妄行，及見咸陽已成墟落，也覺沒趣，不願久居，便欲引眾東歸。適有韓生入見，勸羽留都關中，且向羽說道：「關中阻山帶河，四塞險阻，地質肥饒，真是天府雄國，若就此定都，便好造成霸業了。」羽搖首道：「富貴不歸故鄉，好似衣錦夜行，何人知曉？我已決計東歸哩！」韓生趨出，顧語他人道：「我聞里諺有言，楚人沐猴而冠，今日果然相驗，才知此言不虛了。」那知為了這語，竟有人傳報項羽，羽即命將韓生拿到，剝去衣服，擲入油鍋，用了烹燔的方法，把韓生炙成燒烤。看官試想，慘不慘呢！**羽之暴且過亡秦**。

　　羽既烹韓生，便想起程，轉思沛公尚在霸上，我若一走，他便名正言

第二十回
宴鴻門張樊保駕　焚秦宮關陝成墟

順的做了秦王，如何使得？看來不如報知懷王，請他改過前約，方好將沛公調徙遠方，杜絕後患。於是派使東往，囑他密請懷王，毋如前約。待使人去後，眼巴巴的望著復報，好容易盼到回音，乃是懷王不肯食言，仍將如約二字，作了覆書。羽頓時動惱，召集諸將與議道：「天下方亂，四方兵起，我項家世為楚將，所以權立楚後，仗義伐秦。但百戰經營，全出我叔姪兩人，及將相諸君的勞力。懷王不過一個牧豎，由我叔父擁立，暫畀虛名，毫無功業，怎得自出主見，分封王侯？今我不廢懷王，也算是始終盡道，若諸君披堅執銳，勞苦三年，怎得不論功行賞，裂土分封？諸君可與我同意否？」諸將皆畏項羽，且各有王侯希望，當然齊聲答應，各無異詞。項羽又道：「懷王究係我主子，應該尊他帝號，我等方可為王為侯。」**何必尊牧兒為帝，不如廢去了他，較為直捷**。眾又同聲稱是。羽遂決稱懷王為義帝，另將有功將士，按次加封。唯第一個分封出去，已覺有些為難，先不免躊躇起來。正是：

隻手難遮天下目，分封要費個中思。

畢竟項羽欲封何人，須待躊躇，小子且暫停一停，俟至下回發表。

沛公身入鴻門，為生平罕有之危機，項羽令焚秦宮，為史冊罕有之大火，於此見劉、項之成敗，即定楚、漢之興亡。鴻門一宴，沛公已在項氏掌握，取而殺之，反手事耳。乃有項伯為之救護，有張良、樊噲為之扶持，卒使項羽不能逞其勇，范增不能施其智，雖曰人事，豈非天命！天不欲死沛公，羽與增安得而殺之？若羽之焚秦宮，愚頑實甚，秦宮之大，千古無兩，材料無不值錢，散給民生，正足嘉惠黎庶，焚之果何為者？武王滅紂，不聞舉紂宮而盡焚之，越王沼吳，又不聞舉吳臺而盡焚之，羽果何心，付諸一炬？甚且殺子嬰，屠咸陽，掘始皇塚，烹韓生，以若所為，求

若所欲，安往而不敗亡耶？秦之罪上通於天，羽且過之，故秦尚能傳至二世，而羽獨及身而亡。

第二十回
宴鴻門張樊保駕　焚秦宮關陝成墟

第二十一回
燒棧道張良定謀　築郊壇韓信拜將

　　卻說項羽欲分封諸將，想了多時，自己不能決定，只好仍請范增商議。范增雖為了鴻門一役，有些懊惱，但總不忍遽去，尚為項氏效忠。**血氣既衰，戒之在得，增何不三復斯言，潔身早去。**既聞項羽召請，便即入帳相見。項羽與增密議道：「我欲按功加封，別人都不難處置，只有劉季一人，封他何處，請君為我一決。」增答道：「將軍不殺劉季，實是錯著，今日又把他加封，是更留遺患了。」項羽道：「他未嘗有罪，無故殺他，必致人心不服，且懷王又欲照原約，種種為難，君亦應該諒我。並非我不肯從君！」增又答道：「既經如此，不如封他王蜀，蜀地甚險，易入難出，秦時罪人，往往發遣蜀中，便是此意。且蜀亦關中餘地，使為蜀王，也好算是依照舊約了。」項羽點首稱善。增又道：「章邯、司馬欣、董翳三人，皆秦降將，最好令他分王關中，使他阻住蜀道，他必感恩效力，堵截劉季，就是將軍東歸，亦可無虞。」**後來偏不如所料，奈何！**羽喜說道：「此計甚妙，應即照行。」說罷，復與增妥議各將封地，及所有名稱，一一決定，增始退出。

　　適由沛公遣人探信，至項伯處詳問一切，項伯已聞項羽定議，封沛公為蜀王，乃即告知大略。來人忙去回報沛公，沛公大怒道：「項羽無禮，

第二十一回
燒棧道張良定謀　築郊壇韓信拜將

竟敢背約麼？我願與他決一死戰。」樊噲、周勃、灌嬰等，亦皆摩拳擦掌，想去廝殺。獨蕭何進諫道：「不可，不可！蜀地雖險，總可求生，不至速死。」沛公道：「難道去攻項羽，便至速死麼？」蕭何道：「彼眾我寡，百戰百敗，怎能不死？湯武嘗服事桀紂，無非因時機未至，不得不因屈求伸。今誠能先據蜀地，愛民禮賢，養精蓄銳，然後還定三秦，進圖天下，也未為遲哩。」沛公聽了，怒氣稍平，因轉問張良。良亦如蕭何言，但請沛公厚賂項伯，使他轉達項羽，求漢中地。**為暗度陳倉伏案。**沛公乃取出金幣，派人遣遺項伯，乞將漢中地加封。項伯已陰助沛公，且有金幣可取，樂得代為說情。項羽竟依了項伯，把漢中地加給沛公，且改封沛公為漢王。於是頒發分封諸王的命令，列記如下：

沛公為漢王，得巴蜀漢中地，都南鄭。

秦降將章邯為雍王，得咸陽以西地，都廢邱。

司馬欣為塞王，得咸陽以東地，都櫟陽。

董翳為翟王，得上郡地，都高奴。

魏王豹徙封河東，號西魏王，都平陽。

趙王歇徙封代地，仍號趙王，都代郡。

趙將張耳為常山王，得趙故地，都襄國。

司馬卬為殷王，得河內地，都朝歌。

申陽張耳嬖臣，先下河南迎楚。為河南王，得河南地，都洛陽。

楚將英布為九江王，都六。

楚柱國共敖**曾擊南郡有功。**為臨江王，都江陵。

燕王韓廣徙封遼東，改號遼東王，都無終。

燕將臧荼**從楚救趙，且隨項羽入關。**為燕王，得燕故地，都薊。

番君吳芮**芮為英布婦翁，曾由布招芮，從羽入關。**為衡山王，都邾。

齊王田巿徙封膠東，改號膠東王，都即墨。

齊將田都**從楚救趙，隨羽入關**。為齊王，得齊故地，都臨淄。

田安**故齊王建孫，下濟北數城，引兵降楚**。為濟北王，都博陽。

韓王成封號如舊，仍都陽翟。

項羽自稱西楚霸王，擬還都彭城，據有梁楚九郡。一面派遣將士，迫義帝遷往長沙，定都郴地。**郴音琛**。郴地僻近南嶺，比不得彭地繁庶。羽欲自去建都，怎肯使義帝久住，所以將他逼徙，好似遷錮一般。另撥部兵三萬人，託詞護送沛公，即令西往就國。此外各國君臣，皆一律還鎮。

沛公既為漢王，此後敘述，應該以漢王相呼。漢王就從霸上起行，因念張良功勞，賜金百鎰，珠二斗。良拜受後，卻去轉贈項伯，並與項伯作別，還送漢王出關。就是各國將士，或慕漢王仁厚，也盡願跟隨西去，差不多有數萬人，漢王並不拒絕，一同登程。好容易到了褒中，張良意欲歸韓，即向漢王說明，漢王乃遣良東歸。兩下告別，統是依依不捨。良復請屏左右，獻上一條密計，漢王也即依從。良即拜辭而去，漢王仍然西進。不料後隊人馬，統皆喧嚷起來。當下問為何因？有軍吏入報導：「後面火起，烈焰沖天，聞說棧道都被燒斷了！」漢王絕不回顧，但促部眾西行，說是到了南鄭，再作後圖，部眾不敢違慢，只好前進。旋聞棧道為張良所燒，免不得咒罵張良，說他斷絕後路，永不使回見父老，真是一條絕計，太覺忍心。那知張良燒絕棧道，卻是寓著妙算，與庸眾思想不同。一是計給項羽，示不東歸，好教他放心安膽，不作準備；二是計御各國，杜絕出入，好教他知難而退，不敢入犯。當時拜別漢王，與漢王祕密定謀，便是這條計策。**良之決送漢王，也是為此**。漢王已經接洽，自然不致驚惶，一心一意的馳赴南鄭去了。既至南鄭，拜蕭何為丞相，此外將佐亦皆授職有差，不必細述。

第二十一回
燒棧道張良定謀　築郊壇韓信拜將

　　唯張良拜別漢王，轉身東行，過一路，燒一路，已將棧道燒盡，方向陽翟出發，等候韓王成歸國。原來項羽入關，韓王成未曾相隨，嗣經羽進駐鴻門，號令諸王，韓王成方才往見。羽雖嫌他無功，終究是無罪可加，不得不許復舊封。只有一語相囑，叫他召回張良。及韓王成與良接洽，良亦知項羽加忌，不令事漢，所以有此要約，當時答覆韓王，俟送漢王出境，然後還韓。韓王不便相強，因即應諾。偏偏項羽藉口有資，責成違命縱良，將他留住，不令歸國，但使隨軍東行。成無拳無勇，怎能拗得過項羽，沒奈何跟著羽軍，出發秦關。羽把秦宮中所得金銀，及子女玉帛等類，一古腦兒載入後車，啟程東歸，到了彭城，復將韓王成貶爵，易王為侯。過了數月，索性把他殺死了事。還有燕王韓廣，不願遷往遼東，被臧荼引兵逐出，追至無終，一鼓擊死。**韓廣了**。乃使人報知項羽，羽不咎臧荼擅殺，反說荼討廣有功，令他兼王遼東。就是齊王田市，本由齊將田榮擁立，田榮前不願從項氏攻秦，為羽所憎，**見第十六回**。故羽徙封田市，改封田都、田安，獨將田榮擱起不提。**全是私心用事**。榮秉性倔強，不服羽命，竟羈留田市，拒絕田都，待田都將到臨淄，竟發兵邀擊中途，把都殺敗，都逃往彭城。田市聞田都敗卻，恐他向羽求救，復來攻齊，因此潛身脫走，馳詣膠東。偏田榮恨他私逃，自領兵追殺田市，**榮亦太覺猖狂**。再西向襲擊濟北，刺死田安，便自稱齊王，並有三齊。是時彭越尚在鉅野，**彭越見前文**。有眾萬人，無所歸屬，田榮給與將軍印綬，使他略奪梁地，越遂為榮效力，攻下數城。趙將陳餘，自去職閒遊後，羈居南皮，仍然留意外務，常欲出山。**陳餘事見前文，但餘既歸隱，何必再尋煩惱**。他本與張耳齊名，項羽封耳為常山王，卻有人進說項羽，請封陳餘。羽因餘未嘗從軍，但封他南皮附近的三縣。餘怒說道：「餘與張耳，功業相同，今耳封常山王，餘乃只得三縣地方，充個邑侯，豈非不公！我要這三縣地

何用呢？」當下使黨徒張同、夏說，往見田榮道：「項羽專懷私意，不顧公道，所有部將，盡封善地，獨將舊王徙封，使居僻境，如此不公，何人肯服？今大王崛起三齊，首先拒羽，威聲遠震，東海歸心。趙地與齊相近，素為鄰國，現趙王被徙至代，也覺不平。臣餘本趙舊將，願大王撥兵相助，往攻常山，若得將常山攻破，仍迎趙王還國，當世為齊藩，永不背德！」田榮聽了，立即應允，因派兵往助陳餘。陳餘盡發三縣士卒，會同齊兵，星夜馳擊常山。張耳未曾預防，倉猝拒敵，竟被殺敗，向西遁走。陳餘遂迎趙王歇還國，遣還齊兵。趙王號餘為成安君，兼封代王。餘因趙王初定，不便遽離，仍然留輔趙王，但命夏說為代相，令往守代，事且慢表。

且說漢王劉邦，到了南鄭，休兵養士，安息了一兩月，獨將士皆思東歸，不樂西居。漢王部下，有一韓故襄王庶孫，單名為信，**此與淮陰侯韓信異人同名**。曾從漢王入武關，輾轉至南鄭，為漢屬將。因見人心思歸，自己亦生歸志，乃入見漢王道：「項王分封諸將，均在近地，獨使大王西居南鄭，這與遷謫何異？況軍吏士卒，皆山東人，日夜望歸，大王何不乘鋒東向，與爭天下？若待海內已定，人心皆寧，恐不可複用，只好老死此地了。」漢王道：「我亦未嘗不憶念家鄉，但一時不能東還，如何是好！」正議論間，忽有軍吏入報，丞相蕭何，今日出走，不知去向。漢王大驚道：「我正思與他商議，奈何逃去！莫非另有他事麼？」說著，即派人往追蕭何。一連二日，未見蕭何回來，急得漢王坐立不安，如失左右兩手。方擬續派得力兵弁，再去追尋，卻有一人蹌踉趨入，向王行禮，望將過去，正是兩日不見的蕭何。**卻是奇怪**。心中又喜又怒，便佯罵道：「汝怎得揹我逃走？」何答道：「臣不敢逃，且去追還逃人！」漢王問所追為誰？何又道：「臣去追還都尉韓信！」漢王又罵道：「我自關中出發，直至此地，沿

第二十一回
燒棧道張良定謀　築郊壇韓信拜將

途逃亡多人,就是近日又有人逃去,汝並不往追,獨去追一韓信,這明明是騙我了。」何說道:「前時逃失諸人,無關輕重,去留不妨聽便,獨韓信乃是國士,當世無雙,怎得令他逃去?大王若願久居漢中,原是無須用信,如必欲爭天下,除信以外,無人合用,故臣特亟去追回。」漢王道:「我難道不願東歸,乃鬱鬱久居此地麼?」何即接入道:「大王果欲東歸,宜急用韓信,否則信必他去,不肯久留了。」漢王道:「信有這般才幹麼?君既以為可用,我即用他為將,一試優劣。」何又道:「但使為將,尚未足留信。」漢王道:「我就用他為大將可好麼?」何連說了幾個好字。漢王道:「君為我召入韓信,我便當命為大將。」何正色道:「大王豈可輕召麼?本來大王用人,簡慢少禮,今欲拜大將,又似傳呼小兒,所以韓信不願久留,乘隙逃去。」漢王道:「拜大將當用何禮?」何答道:「須先擇吉日,預為齋戒,築壇具禮,敬謹行事,方算是拜將的禮節。」漢王笑道:「拜一大將,須要這般鄭重麼?我就依君一行,君為我按禮舉行便了。」**看到此種問答,便是興王大度。**何乃退出,便去照辦。

究竟韓信,是何等人物?聽小子約略敘明。**信為三傑中人,自應補敘明白。**信本淮陰人氏,少年喪父,家貧失業,不農不商,要想去充小吏,也屬無善可推,因此遊蕩過日,往往就人寄食。家中雖有老母,不獲贍養,也累得愁病纏綿,旋即逝世。南昌亭長,頗與信相往來,信常去吃飯,致為亭長妻所嫉。晨炊蓐食,不使信知,待信來時,好多時不見具餐。信知惹人厭恨,乃掉頭徑去,從此絕跡不至。**便是有志。**獨往淮陰城下,臨水釣魚。有時得魚幾尾,賣錢過活,有時魚不上鉤,莫名一錢,只好挨著飢餓,空腹過去。會有諸老嫗瀕水漂絮,與韓信時常遇著,大家見他落魄無聊,當然不去聞問。獨有一位漂母,另具青眼,居然代為憐惜,每當午餐送至,輒分飯與信。信亦飢不擇食,樂得吃了一餐,借充飢腹。

那知漂母慷慨得很，今日飼信，明日又飼信，接連數十日，無不如此。**與亭長妻相較，相去何如！**信非常感激，便向漂母稱謝道：「承老母這般厚待，信若有日得志，必報母恩。」道言甫畢，漂母竟嗔相叱道：「大丈夫不能謀生，乃致坐困，我特看汝七尺鬚眉，好像一個王孫公子，所以不忍汝飢，給汝數餐，何嘗望汝報答呢！」**婦人中有此識見，好算千古一人。**說著，攜絮自去。韓信呆望一會，很覺奇異，但心中總懷德不忘，待至日後發跡時，總要重重謝她，方足報德。無如福星未臨，命途多舛，只好得過且過，將就度日。他雖家無長物，尚有一把隨身寶劍，時時掛在腰間。一日無事，躑躅街頭，碰著一個屠人子，當面揶揄道：「韓信，汝平時出來，專帶刀劍，究有何用？我想汝身體長大，膽量如何這般怯弱呢？」信絕口不答，市人卻在旁環視。屠人子又對眾嘲謔道：「信能拚死，不妨刺我，否則只好出我胯下！」說著，便撐開兩足，立在市中。韓信端詳一會，就將身子匍伏，向他胯下爬過。**能忍人所不能忍，方可有為**。市人無不竊笑，信卻不以為辱，起身自去。

　　到了項梁渡淮，為信所聞，便仗劍過從，投入麾下。梁亦不以為奇，但編充行伍，給以薄秩。至項梁敗死，又屬項羽，羽使為郎中。信屢次獻策，偏不見用，於是棄楚歸漢，從軍至蜀。漢王亦淡漠相遭，唯給他一個尋常官職，叫做連敖。連敖係楚官名，大約與軍中司馬相類。信仍不得志，未免牢騷，偶與同僚十三人，敘飲談心，到了酒後忘情，竟發出一種狂言，大有獨立自尊的志願。適被旁人聞知，報告漢王，漢王疑他謀變，即命拿下十三人，並及韓信，立委夏侯嬰監斬。嬰將眾犯驅往法場，陸續梟首，已有十三個頭顱，滾落地上。猛聽得一人狂呼道：「漢王不欲得天下麼？奈何殺死壯士！」**這是命中注定，應有一番作為，故脫口而出**。嬰不禁詫異，便命停斬，引那人至面前，見他狀貌魁梧，便動了憐才的念

第二十一回
燒棧道張良定謀　築郊壇韓信拜將

頭。及驗過斬條，乃是韓信，便問他有什麼經略？信將腹中所藏的材具，一一吐露出來，大為嬰所嘆賞。就與語道：「十三人皆死，唯汝獨存，看汝將來當為王佐，所以漏出刀下，我便替汝解免罷！」說著，遂命將信釋縛，自去返報漢王，極稱信才，不應處死，且當升官。漢王是個無可無不可的人物，一聞嬰言，即宥信死罪，命為治粟都尉。治粟都尉一官，雖比連敖加升一級，但也沒甚寵異。獨有丞相蕭何，留意人才，隨時物色。聞得夏侯嬰器重韓信，也召與共語，果然經綸滿腹，應對如流，才知嬰言不謬，即面許他為大將才。信既得何稱許，總道是相臣權重，定當保薦上去，不致長屈人下。偏偏待了旬月，毫無影響，自思漢王終不能用，不如見機引去，另尋頭路，乃收拾行裝，孑身出走，並不向丞相署內報聞。及有人見信自去，告知蕭何，何如失至寶，忙揀了一匹快馬，聳身躍上，加鞭疾馳，往追韓信。差不多跑了百餘里，才得追及，將信挽住。信不願再回，經何極力敦勸，且言自己尚未保薦，因此稽遲。信見他詞意誠懇，方與何仍回原路。既入漢都，由何稟報漢王，與漢王問答多詞，決意拜為大將。**語見上文。**因即命禮官選定吉日，築壇郊外。

　　漢王齋戒三日，才屆吉期，清晨早起，即由丞相蕭何，帶領文武百官，齊集王宮，專候漢王出來。漢王也不便遲慢，整肅衣冠，出宮登車。蕭何等統皆隨行，直抵壇下。當由漢王下車登壇，徐步而上。但見壇前懸著大旗，迎風飄揚，壇下四圍，環列戎行，靜寂無譁，容止不紊，天公都也做美，一輪紅日，光照全壇，尤覺得旌旄變色，甲杖生威，頓令漢王心中，倍加欣慰。**這是興漢基礎，應該補敘數語。**丞相何也即隨登，捧上符印斧鉞，交與漢王。一班金盔鐵甲的將官，都翹首佇望，不知這顆斗大的金印，應該屬諸何人？就中如樊噲、周勃、灌嬰諸將，身經百戰，積功最多，更眼巴巴的瞧著，想總要輪到己身。忽由丞相何代宣王命，請大將登

壇行禮，當有一人應聲趨出，從容步上。大眾眼光，無不注視，裝束卻甚端嚴，面貌似曾相識，仔細看來，乃是治粟都尉韓信，不由的出人意外，全軍皆驚！小子有詩詠道：

胯下王孫久見輕，誰知一躍竟成名。
古來將相本無種，庸眾何為色不平！

欲知韓信登壇情形，容至下回再表。

本回敘述，可作為三傑合傳：張良之燒絕棧道，一奇也；蕭何之私追逃人，二奇也；韓信之驟拜大將，三奇也。有此三奇，而漢王能一一從之，尤為奇中之奇。乃知國家不患無智士，但患無明君，漢王雖倨慢少禮，動輒罵人，然如張良之燒棧道而不以為怪，蕭何之追逃人而不以為嫌，韓信之拜大將而不以為疑，是實有過人度量，固非齊趙諸王所得與同日語者。有漢王而後有三傑，此良臣之所以必擇主而事也。

第二十一回
燒棧道張良定謀　築郊壇韓信拜將

第二十二回
用祕計暗度陳倉　受密囑陰弒義帝

卻說韓信上登將壇，向北立著，便有樂工奏起軍樂，鳴鐃擊鼓，響遏行雲。既而絃管悠揚，變成細曲，當由贊禮官朗聲宣儀，第一次授印，第二次授符，第三次授斧鉞，俱由漢王親自交代，韓信一一拜受。漢王復面諭道：「閫外軍事，均歸將軍節制，將軍當善體我意，與士卒同甘苦，無胥戕，無胥虐，除暴安良，匡扶王業。如有藐視將軍，違令不從，儘可軍法從事，先斬後聞！」說到末句，喉嚨格外提響，故意使大眾聞知。大眾聽了，果皆失色。韓信拜謝道：「臣敢不竭盡努力，仰報大王知遇隆恩。」漢王大喜，因命信旁坐，自己亦即坐下，開口問道：「丞相屢言將軍大材，將軍究有何策，指教寡人？」信答道：「大王今欲東向爭衡，豈非與項王為敵麼？」漢王說了一個是字。信又道：「大王自料勇悍仁強，能與項王相比否？」漢王沉吟道：「寡人恐不如項王。」信應聲道：「臣亦謂大王不如項王，但臣嘗投項王麾下，素知項王行為。項王暗嗚叱咤，千人皆驚，獨不能任用良將，這乃所謂匹夫之勇，不足與語大謀。有時項王亦頗仁厚，待人敬愛，言語溫和，遇人疾病，往往涕泣分食，至見人有功，應該加封，他卻把玩封印，未肯遽授，這乃所謂婦人之仁，不足與成大事。**此兩節，實不如漢王**。今日項王雖稱霸天下，役使諸侯，乃不都關中，往都彭

第二十二回
用祕計暗度陳倉　受密囑陰弒義帝

城，明明是自失地利；況違背義帝原約，任性妄行，甚且放逐義帝，專把私人愛將，分封善地，諸侯亦皆效尤，各將舊王驅逐，據國稱雄，試想山東諸國，倏起倏僕，爭奪不休，如何致治？且項王稱兵以來，所過地方，無不殘滅，天下多怨，百姓不親，不過眼前威勢，總要算項王最強，所以被他劫制，不敢俱叛，將來各國勢力，逐漸養足，何人肯再服項王？可見項王雖強，容易致弱。今大王誠能遵道而行，與彼相反，專任天下謀臣勇將，何敵不摧？所得天下城邑，悉封功臣，何人不服？率領東歸將士，仗義東征，何地不克？三秦諸王，雖似扼我要塞，犄角設防；但彼皆秦朝舊將，帶領秦士卒數年，部下死亡，不可勝計，到了智盡能索，復脅眾歸降項王，項王又起了殺心，詐坑秦降卒二十餘萬，只剩章邯、司馬欣、董翳三人，生還秦關。秦父老怨此三人，痛入骨髓，恨不得將三人食肉寢皮，今項王反立此三人為王，秦民當然不服，怎肯誠心歸附？唯大王首入武關，秋毫無犯，除秦苛法，與秦民約法三章，秦民無不欲大王王秦，且義帝原約，無人不知，大王被迫西行，不但大王怨恨項王，就是秦民亦無不懷憤！大王若東入三秦，傳檄可定，三秦既下，便好進圖天下了！」**看似乎常計議，但已如兵法所云，知己知彼，百戰百勝**。漢王喜甚，即慰諭道：「寡人悔不早用將軍！今得親承指導，如開茅塞。此後全仗將軍排程，指日東征！」信復答道：「將非練不勇，兵非練不精，項王雖有敗象，終究是百戰經營，未可輕視，現須部署諸將，校閱士卒，約過旬月，方可啟行。」漢王稱善，乃與信下壇回朝。

越日即由信升帳閱兵，定出軍律數條，號令帳外。大小將士，因他兵權在手，只好勉遵約束。信遂親自督操，口講指畫，如何排列陣勢，如何整齊步伐，如何奇正相生，如何首尾相應，如何可合可分，如何可常可變，種種法制，都是樊噲、周勃、灌嬰等人，未曾詳曉，既得韓信訓示，

才知信確有抱負，不等尋常，於是相率敬畏，各聽信命。操演部曲，甫經數日，已是軍容丕振，壁壘一新。乃擇定漢王元年八月吉日，出師東征。**特標年月，點清眉目。**是時棧道已經燒絕，不便行軍。漢王卻早由張良定計，叫他明修棧道，暗度陳倉。當下召入韓信，問明出路，信所言適與張良相合。漢王鼓掌道：「英雄所見，畢竟略同。」遂派了兵士數百人，佯去修築棧道，自與韓信率領三軍，悄悄的出發南鄭。但使丞相蕭何居守，徵稅收糧，接濟軍餉。

時當仲秋，天高氣爽，將士等各願東歸，日夜趲程，由故道直達陳倉。雍王章邯，本奉項王密囑，堵住漢中，作為第一重門戶，平時亦派兵巡察，但恐漢王出來。不過他算差一著，總道漢王東出，必須經過棧道，棧道未曾修築，縱有千家萬馬，也難通行，所以章邯安心坐待，一些兒不加防備。旋經探卒走報，漢兵已有數百人，修理棧道，章邯微笑道：「棧道甚長，燒毀時原是容易，修築時卻是萬難，區區數百人，怎能濟事？漢王既欲東來，當時何必燒絕棧道，呆笨如此，真正可笑極了！」**他並不呆，你卻呆甚！**既而又有人傳入邯耳，謂漢已拜韓信為大將。邯尚不知韓信為何人，復派幹員探明履歷，及返報後，聞說韓信屈身胯下，毫無志節，遂又大笑道：「胯下庸夫，也配做大將麼？漢王如此糊塗，怪不得他行為乖謬，前燒棧道，已是失策，今修棧道，又只派了數百人，看他至何年何月，方將棧道修竣哩！」嗣是愈加輕視，毫不為意。

到了八月中旬，忽有急報傳到，乃是漢兵已抵陳倉。章邯尚疑是說謊，顧語左右道：「棧道並未修好，漢兵從何處出來，難道真能插翅高飛麼？」話雖如此，但也不得不再派幹員，探聽明白。未幾果有陳倉逃兵，走至廢邱，報稱漢王親率大軍，據住陳倉，殺死戍將，不日就要進攻了。章邯才覺有些著忙，自思漢兵未經棧道，如何通路，莫非另有小徑，可出

第二十二回
用祕計暗度陳倉　受密囑陰弒義帝

陳倉！今不如親領兵隊，前往邀擊為是。乃引兵數萬，逕赴陳倉，邀截漢軍。一路行去，但見逃兵，不見難民。原來漢兵經過的地方，絲毫不准侵掠，所以民皆安堵，不致流離。章邯將逃兵收集，急急的趕到陳倉，正值漢兵整隊東來。兩下相遇，便即交戰，漢兵是積憤已深，**奮身不顧**，一經對壘，好似猛虎離山，無論什麼刀兵水火，統是不怕，只管向前殺去。章邯部下的兵士，本是懷恨未銷，勉強隸屬，怎肯為邯拚著死力，自傷生命？所以戰不多時，已經四潰。章邯只得回走，奔往好畤，漢兵從後追殺，不肯罷休。

　　究竟章邯是個慣戰人員，也不願為了一敗，甘心歇手。且看部兵喪失一半，還有一半隨著，不若回頭再戰，出敵不意，返戈**奮鬥**，或能轉敗為勝，亦未可知，因此號令軍中，再與漢兵賭個死活。那知韓信早已防著，囑令前驅小心追趕，免為所乘，自己居中排程，隨時策應，待至章邯還軍拚命，漢兵前隊，毫不慌亂，仍然照前廝殺，無懈可擊。邯見漢兵整肅如故，自知所謀不遂，添了一種懊惱，沒奈何支撐一陣。偏漢中軍又調出左右兩翼，策應前驅。前鋒就是樊噲，左翼主將，就是灌嬰；右翼主將，就是周勃。這三人繫著名大將，夾攻一個章邯，叫邯如何抵敵！徒然斷送了許多士卒，去做一班冤死鬼。邯卻乘間溜脫，使長子平一**說平為邯弟**。入守好畤，自引敗卒遁還廢邱。

　　漢軍兩獲勝仗，即進攻好畤。章平已知漢兵利害，怎敢出頭？只有召集兵民，乘城拒守。漢將樊噲等率兵圍城，竭力攻撲。約閱兩日，見城上守兵稍懈，噲即令兵士架起雲梯，督令登城。城上尚有矢石，陸續放擲，兵士未敢遽上，惱動樊噲性子，左擁盾，右執刀，首先登梯。**此公慣用兩般兵器**。梯級尚未畢登，那城上已是大譁，亂放硬箭，亂擲巨石，噲竟用盾格開，覷著城上空隙，一躍而上，用刀亂掠，剁落頭顱好幾個。守兵措

手不迭，再經漢兵蜂擁登城，殺散守兵，立即下城開門，放入餘軍。章平忙從後門逃出，落荒竄去。縣令、縣丞，不及出奔，盡被殺死。城中百姓，無一反抗，情願降漢。漢兵不殺一民，當即平定。韓信也即入城，敘噲首功，報知漢王。漢王已封噲為臨武侯，至此復加授郎中騎將。噲與周勃、灌嬰等，分徇下鄙、槐里、柳中諸地，俱皆略定。乘勢攻入咸陽，擊走守將趙賁。唯廢邱為章邯所守，往攻不下。

　　韓信得報，親至廢邱城外，周覽地勢，已得破城方法，遂召樊噲等授以密計，囑他分頭往辦。章邯因漢兵攻城，日夜防守，很是留意。長子章平，已從好時逃至廢邱，與乃父相助為理，竭力抵禦，所以漢兵雖盛，急切未能攻入。一日到了夜間，忽聞城中兵民，大噪起來。章邯父子，慌忙巡視，但見平地上面，水深數尺，卻不知從何處湧來。未幾水勢更漲，彷彿似萬馬奔騰，不可控遏。轉眼間竟漲至丈許，漂沒民廬，外面徧喊聲大震，駭人聽聞。章邯料不能守，急同長子平帶領家小，及所有將士，從北門水淺處衝出，奔往桃林。最奇的是章邯一走，城中水勢，便即退下。看官道是何因？原來廢邱城兩面環水，自西北流向東南，韓信令樊噲等壅住下流，使水不得順下，水無可歸，當然氾濫，湧入城中。況當秋季水漲，奔流湍急，單靠一座城牆，如何阻得住急流。章邯名為大將，徒知浪戰，不知預防，正中了韓信的祕計。**敘得明白**。樊噲等既逐章邯，便將下流宣洩，水自瀉去，城中就點滴不留。漢兵陸續入城，安民已畢，復去追擊章邯，章邯父子，無路可奔，再戰再敗，章平被擒，章邯自刎而亡。**始終難免一死，不若前時死於漳南，免為貳臣。**

　　雍地盡為漢有，乃移兵轉攻翟、塞二王。翟王董翳，塞王司馬欣，本來是章邯手下的屬將，勇武遠不及章邯。邯敗走後，曾遣人向二王求救，二王恐漢兵入境，不敢發兵救雍。及聞章邯敗死，更嚇得膽顫心驚。再加

第二十二回
用祕計暗度陳倉　　受密囑陰弒義帝

民心不服，一聞漢兵殺到，多去降漢。董翳先知不敵，向漢請降，司馬欣越加孤立，也只有低首下心，降漢了事。三秦地方，不到一月，都歸漢王，項霸王第一著計策，是完全失敗了。趙相張耳，西行入關，正值漢兵平定三秦，也即投順漢王。漢王兵力，因此益強。

項王前聞齊趙皆叛，已是忿恨，此次又聞關中失去，三秦都為漢屬，不由的大肆咆哮，急欲西向擊漢。一面令故吳令鄭昌為韓王，牽制漢兵；一面使蕭公角率兵數千，往攻彭越。**蕭公當是官號，角為蕭公名。**越擊敗蕭角，項羽更為動怒，自思彭越小丑，何能為力，無非仗著田榮聲勢，有此猖狂，欲除彭越，不得不先除田榮。於是既欲攻漢，又欲攻齊。可巧來了一封書函，接過一閱，乃是張良署名。他本深忌張良，偏這番看了良書，竟要依他行事，是又墮入張良計中了。張良書中，略言漢王失職，但得收復三秦，如約即止，不再東進。唯有齊梁蠢動，連同趙國，要想滅楚等語，這明明是良為漢計，使項王北向擊齊，不急攻漢，好教漢王乘隙東來。那項王有勇無謀，竟被張良一激便動，先去攻齊。良復歸入漢，為漢王畫策東行。

漢王使韓庶子信領兵圖韓，許俟韓地平定後，封為韓王，信即受命去訖。張良又欲從信東去，因由漢王挽留，乃居住幕下，受封為成信侯。漢王復遣酈商等往取上郡北地，俱皆得手，再使將軍薛歐、王吸，引兵前往南陽，會同王陵徒眾，東入豐沛，迎取眷屬入關。陵亦沛人，素與漢王相識，頗有膽略，漢王因陵年較長，事以兄禮。及起兵西進，路過南陽，適值陵亦集黨數千人，在南陽獨立一幟，漢王因遣人招陵，陵尚不甘居漢王下，託詞不往。至此次薛、王二將，復來邀同王陵，陵聞漢王已得三秦，聲威遠著，乃決擬歸漢。且有老母在沛，正好乘此迎接，脫離危機，於是合兵東行。到了陽夏，卻被楚兵攔住，不得前進，只好暫時停駐，派人報告漢王，時已為漢王二年了。漢王得薛、王二將報告，本思即日東略，只

因項王兵威未挫，正是一個勁敵，不便輕率發兵，所以大加簡閱，廣為號召，待籌足三五十萬兵馬，方好啟行。

那項王卻已親率大眾，向齊進攻，臨行時候，徵召九江王英布，一同會師。英布獨稱病不赴，但遣偏將往會。項王也不加詰責，另有一道密囑，寄與英布，叫他即日照行，不得再違。布接著密令，明知事關重大，易受惡名，唯不好屢次違拗，開罪項王，沒奈何叫過心腹，示以項王密書，令他前去照辦。心腹將士，奉令承教，便去改扮裝束，乘了快船，急向長江上流，星夜馳去。約莫趕了數百里，望見前面有大小船隻，鼓棹西行，料知辦事目的，已在眼前，當即搶前速駛，追行數里，已得與前船相併。可巧天日已暮，夜色朦朧，一班改裝的九江兵，竟跳上前船倉中，拔出利刃，順手剁去。前船也有軍人，一時不及對敵，只好伸著頭顱，由他屠戮。還有一位身穿龍袍的主子，無從奔避，也落得一命嗚呼，死得不明不白。究竟此人為誰？就是前號懷王後號義帝的楚王孫心。**畫龍點睛。**

自從項王回都彭城，遷徙義帝，義帝不能不行。但左右群臣，依戀故鄉，未肯速徙，義帝也須整頓行李，慢慢兒的啟程。至項王將到彭城，不願再見義帝，屢使人催促西行。義帝不得已出都就道，所有從吏，陸續逃去，就是舟夫水手，也瞧不起義帝，沿途延挨，今日駛了五十里，明日駛了三十里，因此出都多日，尚不能到郴地，終被九江兵追及，假扮強盜，弒死義帝。舟中人夫，不做刀頭面，就做江中鬼。九江兵既經得手，樂得將舟中財物，搬取一空，飽載而回。途次又遇著好幾艘來船，彼此問訊，乃是衡山王吳芮、臨江王共敖。兩處遣派的兵士，也是受了項王密命，來弒義帝，及見九江兵已占先著，不煩再進，遂各分路回去。九江兵還報英布，布自然轉達項王。項王方自喜得計，誰知被人做了話柄，反好聲罪致討了！小子有詩嘆道：

第二十二回
用祕計暗度陳倉　受密囑陰弒義帝

敢將故主弒江中，如此凶殘怎望終？

漫道陰謀人未覺，須知翹首有蒼穹。

欲知何人聲討項羽，容待下回說明。

不識地理者，不足以為將。章邯為將有年，乃於棧道以外，未知漢中之可出陳倉，是實顢頇糊塗，毫無將略，無惑乎其敗死也。漢王還定三秦，為項羽計，正宜大舉攻漢，杜其侵軼，乃因張良一書，不攻漢而攻齊，尤為誤事。良書所言，不足以欺他人，而項羽乃墮其計中，全是有勇無謀之弊。且敢冒天下之大不韙，弒義帝於江中，夫亂臣賊子，人人得誅，自羽弒義帝，為天下所不容，而漢乃得起而乘之，故羽之失道，莫甚於弒義帝，而羽之失計，亦莫過於弒義帝。

第二十三回
下河南陳平走謁　過洛陽董老獻謀

　　卻說漢王整繕兵馬，志在東略，且聞項羽攻齊，相持未決，正好乘間出師，遂與大將韓信等，出關至陝郡。關外父老，相率歡迎，漢王傳令慰撫，眾皆喜悅，額手稱慶。河南王申陽，望風輸款，由漢王覆書許降，唯改置河南郡，仍令申陽鎮守。會接韓地捷音，乃是韓庶子信擊敗鄭昌，昌窮蹙乞降，韓地大定，漢王乃實授信為韓王。鄭昌當然失位，不過做了一個韓王的屬員，苟全性命罷了。**項羽第二著拒漢計謀，又復失敗。**

　　是時已值隆冬，雨雪紛飛，途中多阻。**漢尚沿秦正朔，故雖已改年，尚在隆冬。**漢王因未便遠征，重返關中，暫都櫟陽。開放秦時苑囿，令民耕作，改秦社稷為漢社稷，赦罪人，減賦稅，凡民年五十以上，具有善行，得選為三老，每鄉一人；復就鄉三老中，採擇一人，令為縣三老，輔助縣令丞尉，興教施仁，關中大安。待至春回寒盡，漢王乃復引兵東出，從臨晉關渡過黃河，直抵河內。河內為殷王司馬卬居守，聞知漢兵入境，不得不發兵迎敵。一場交戰，哪裡敵得過漢軍，徒折傷了好幾千人，敗回朝歌。漢將樊噲等進逼城下，麾眾圍攻，司馬卬自然督守，不敢少懈。一面遣人馳報項王，乞求援兵。

　　項王方攻入齊地，所向無敵，進迫城陽，齊王田榮，未嫻兵略，徒靠

第二十三回
下河南陳平走謁　過洛陽董老獻謀

　　那一股悍氣，橫行青齊，但欲與項羽賭決雌雄。究竟強弱不同，主客懸絕，所以田榮屢戰屢敗，連城陽都不能守，只帶了殘卒數百，走入平原。平原百姓，未嘗實受榮惠，榮反叫他輸糧納芻，不准遲延，頓時惱動眾意，糾合至萬餘人，圍住田榮。榮手下只敵百殘兵，如何抵擋，眼見得眾怒難犯，坐被那平原百姓，擊斃了事。**軍閥家其鑑諸**。項王乘勢直入，縱兵焚殺，毀城郭，壞廬舍，坑死降兵，拘繫老弱婦女，一些兒沒有仁恩。唯復立田假為齊王，總算不絕齊後。**田假為榮所逐，亡入楚軍，事見前文**。齊人不願奉假，情願擁戴田榮弟田橫，橫得收集餘燼，得眾數萬，逐走田假，再據城陽。假又走入楚營，項王說他庸弱無才，不能自立，索性賞他一刀，結果性命，自領兵猛撲城陽，總道田橫新立，容易剷滅，誰知田橫卻得人心，合力拒守，齊人又皆憚羽凶威，自知難免一死，不如拚出性命，堅持到底。因此楚兵雖盛，終不能攻破城陽。項王又未肯捨去，總想把城陽蕩平，方足洩恨。接連數旬，仍然相持不下。及河內求救，不過分撥將士若干名，作為援應，且令使人先歸，虛張聲勢，但言楚軍將移動全隊，來援朝歌。**只是誤事**。

　　司馬卬得了復音，越覺抖擻精神，乘城拒敵，忽見漢兵逐漸撤圍，一日一夜，竟皆撤盡，不留一人。他想漢兵無故退去，定由項王親自到來所以致此，此時正好追擊一陣，幹些功勞。遂不待躊躇，立率城中將士，開門追趕。約跑了五六十里，未見動靜，天色卻已薄暮，四面又盡是山林，司馬卬也防有埋伏，吩咐收兵。道言未絕，林中一聲炮響，閃出兩員漢將，各帶精兵，來攻司馬卬。司馬卬不敢戀戰，往後便退，部眾慌亂，多半棄甲拋戈，隨卬奔回。卬策馬先奔，只恐漢兵趕來，恨不得一步入城，好容易到了城下，突遇一猛將據住吊橋，大聲喝道：「司馬卬往哪裡走？快快下馬受縛，免得一死！」卬魂飛天外，欲想竄避，又慮後面追兵

到來，越覺難敵。沒奈何硬著頭皮，挺槍與戰，才經三合，已被猛將用刀格槍，輕舒左臂，把卬擒住，及卬眾奔還，卬已早作俘囚。又經猛將屬聲呼降，還有何人再敢交鋒，落得匍匐橋邊，乞降求生。究竟這猛將是誰？就是漢先鋒樊噲，還有埋伏林中的兩將，就是周勃、灌嬰，這三將分頭伏著，都是韓信所授的密計。他料司馬卬敗還城中，必向項王處求援，倘或援兵驟至，裡應外合，反不勝防，因特用了誘敵的方法，佯為撤圍，使樊噲退伏城隅，周勃、灌嬰退伏林間，專誘司馬卬來追，便好前後截殺，把他擒捉，果然司馬卬貪功中計，被樊噲活捉到手，獻至漢王面前。漢王令即解縛，慰諭數語，卬拜伏地上，自稱願降，當由漢王帶領將士，借卬入城，城中兵民，見卬已歸順漢王，自然全體投誠。

漢兵復出略修武，適有一美貌丈夫，前來投謁，當由軍吏問過姓名，便是楚都尉陳平，**名見前文**。自稱陽武縣人，與漢王部將魏無知素來相識。至說明履歷，即有人入報魏無知，無知便出營迎入。班荊道故，相得益歡，且為陳平設宴接風，私下問道：「聞足下已事項王，為何今日到此？」陳平道：「險些兒不能見君，還虧平具有小智，方得脫險前來。」無知驚問原因，陳平道：「平自往事項王，受官都尉，雖未得項王寵信，卻還不見薄待。前因殷王司馬卬，謀叛項王，項王遣平往討，平不欲勞兵，只與殷王說明利害，殷王總算謝罪了事。平還報項王，項王卻賜平金二十鎰。近日漢王攻殷，由項王撥兵救應，行至中途，聞殷王已經降漢，因即折回。項王見救兵還營，問明情形，登時大怒，便欲將平加罪。平只好封還金印，脫身西走，是以到此。」**陳平棄楚投漢，借他口中敘出，且將司馬卬前時叛楚，及楚兵救司馬卬中道折還等情，一併敘過，省卻許多轉折。**無知道：「漢王豁達大度，知人善任，遠近豪傑，相率歸心。今足下棄暗投明，無知當即為薦舉，俾展大才！」陳平道：「故人高誼，很是可

第二十三回
下河南陳平走謁　過洛陽董老獻謀

感,但平尚有一種危險的情事,容待說明。平逃出楚營,還幸無人知覺,得離大難。乃到了黃河,僱舟西渡,舟子卻有四五人,統是粗蠻大漢,平急不暇擇,只好下船坐著,催他速駛。偏舟子一面搖船,一面只管向我注目,還道我懷珍寶,要想謀財害命。我身旁只有一劍,並且不習武事,怎能敵得過數人?君想這般情景,豈不是危險萬分麼?」無知道:「這卻如何脫難?」平笑道:「我想舟子動疑,無非利我財物,我索性脫下衣服,赤著身體,幫他搖船。他看我空無所有,也就罷休,一到對岸,我仍將衣服穿好,付與船錢,跳上河岸,一口氣跑到此間,還算是天大的造化哩。」**又借平口中自述,以見平之急智。**無知道:「如足下的聰明,真是一時無兩了。」說著,復與平暢飲多時,待至日暮更深,即留平住宿營中。

翌日早起,無知便往見漢王,面薦陳平。漢王遂召平入見。平從容進謁,行過了禮,未蒙漢王問及,只好站立一旁。時當午餐,漢王即顧令左右,引平至側廂就食。同席共有七人,俱是因事進見,留賜午膳,及彼此食畢,平又欲入白漢王,使中涓石奮代請,適漢王飲酒微醺,不願見平,只令他往就館中。石奮出語陳平,平答道:「臣為要事前來,今日便當詳告,不能再延。」奮因再報漢王,漢王乃復召入,問有何謀,平進言道:「大王誠欲討楚,何不乘項王伐齊時,迅速東行,搗破巢穴,若得入彭城,截彼歸路,那時楚軍心亂,容易潰散,項王雖勇,也無能為了。」漢王大喜,復問及進軍方略。平具陳路徑,瞭如指掌,說得漢王眉飛色舞,欣慰異常,便問平在楚時,受何官職?平答言曾為都尉。漢王道:「我亦任汝為都尉,何如?」平當然拜謝。漢王道:「且慢!我還要使汝參乘,兼掌護軍。」平亦即受命,再拜而出。

帳下諸將,見陳平驟得貴官,不禁大譁,你一言,我一語,無非說是陳平初至,心跡未明,如何得引為親近,不辨賢奸!這種私議,傳入漢王

耳中，漢王不以為意，且待平加厚。**這便是漢王過人處**。一面整頓兵馬，指日東行。平代為部署，急切籌備，限令甚嚴。眾將故意試平，向平行賄，乞稍展限，平亦未嘗峻拒，每得賄金，往往直受不辭。於是眾將得隙攻平，並推周勃、灌嬰出頭，進白漢王道：「陳平雖美如冠玉，恐徒有外貌，未具真才。臣等聞他家居時，逆倫盜嫂，今掌護軍，又多受諸將賄金，如此淫黷，實為不法亂臣，請大王熟察，毋為所惑！」漢王聽了此言，也不免疑心起來，遂召入魏無知，當面詰責道：「汝薦陳平可用，今聞他盜嫂受金，行止不端，豈不是薦舉非人麼？」無知道：「臣舉陳平，但重平才，大王乃責及行誼，實非今日要務，今日楚漢相距，全仗奇謀，不尚細行，就使信若尾生，**古信士，與女子期於橋下，女子不來，水至不去，抱橋柱而死，語見《莊子》**。賢如孝己，**殷高宗子事親至孝，高宗惑於後妻之言，放之而死**。有何效用？大王但當察平計畫，曾否可採，不必詳究盜嫂受金等事。倘平實無智慧，臣甘坐罪！」**無知所言，亦未免落偏**。漢王聽著，尚是半信半疑，待無知退後，又召平入責問。平直答道：「臣本為楚吏，項王不能用臣，故棄楚歸漢，沿途受盡艱難，只剩得孑然一身，來歸大王，若不受金，即無自取資，如何展策！大王今日，如以為臣言可用，不妨聽臣行事，否則原金具在，盡當輸官，請恩賜骸骨便了！」**必受金，方可行事，平之言毋乃太過**。漢王乃改容謝平，更加厚賜。嗣且遷任護軍中尉，監護諸將，諸將乃不敢復言。

　　唯受金一事，平既自認不諱，毋庸擬議，獨盜嫂事關係曖昧，平不自辯，無知亦未嘗代為洗刷，迄今猶傳為疑案。其實事屬子虛，應該剖白，免致誤傳。平少喪父母，唯與兄伯同居，兄已娶妻，務農為業，獨平喜讀書，手不釋卷。兄見他誠心好學，遣使從師，情願獨身耕稼，勉力持家，但兄妻是女流見識，很滋不悅。一日陳平在家，有里人看他面色豐腴，便

第二十三回
下河南陳平走謁　過洛陽董老獻謀

戲語道：「君家素來貧乏，君食何物，乃這般豐肥？」平尚未及答，忽伊嫂遽出來對答道：「我叔有何美食，無非吃些糠秕罷了，有叔如此，不如無有！」**此婦亦與漢王嫂相類，但庸婦局量，往往如此，能有幾個漂母慧眼識人？**這數語明寓譏嘲，急得陳平面紅耳赤，幾乎無地自容。可巧乃兄進來，亦有所聞，怒責彼婦，說他離間兄弟，立刻休回母家。平慌忙解勸，乃兄決計不從，竟將彼婦攆逐。**好一位賢兄。**照此看來，嫂叔絕對不和，何有私通情事？況且陳平後來，又得了一個美妻，乃是同里富翁張負的孫女。平不事生產，年逾弱冠，尚未娶妻，富家不肯與平聯姻，貧家亦為平所不願。適張負孫女，五次許字，五次喪夫，遂致無人過問。獨平見張宅多財，張女又貌美如花，暗暗豔羨，只苦無人替他作伐。事有湊巧，里人舉辦大喪，浼平襄理，平先往後歸，格外出力。張負亦在喪家弔唁，見平豐儀出眾，辦事精勤，不由的大加賞識，記在胸中。嗣復往視平家，雖是陋巷貧居，門外卻有貴人車轍，當下趨回家中，召子仲與語道：「我欲將孫女嫁與陳平。」仲愕然道：「陳平係一介貧儒，邑人統笑他寒酸，不願聯姻，奈何我家獨遣女往嫁呢？」張負拈髯笑道：「世上豈有美秀如陳平，尚至長久貧賤麼！」**也是別具青眼。**仲尚是不欲，入問伊女，伊女卻無違言。**想是平日亦見過陳平，兩心相悅之故。**再經張負遣媒定約，上下相迫，任他張仲如何不樂，也只好籌辦妝奩，嫁女出門。張負又陰出財帛，給與陳平，使得諏吉成禮。平大喜過望，指日完娶。親迎這一日，張負且叮囑孫女，叫她謹守婦道，勿得倚富壓貧。孫女唯唯登輿，到了平家，青廬交拜，綠酒諧歡，可意郎君，得了如花美眷，真個是情投意合，我我卿卿，一夜夫妻百夜恩，無論什麼外緣，總奪不去兩人恩愛，就使乃兄再娶後妻，亦不過鄉村俗女，怎及得張女纖穠，是可知盜嫂情事，定屬虛誣。自從平娶得張女，用度既充，交遊益廣，就是里人亦另眼相待。會遇里中

社祭，公推平為社宰，分肉甚均，父老交口稱讚道：「好一個陳孺子，不愧社宰。」平聞言嘆息道：「使我得宰天下，也當如分肉一般，秉公辦事呢！」**志趣不凡，平佐漢王定天下，後為丞相，故補敘獨詳。**既而陳勝起兵，使部將周市徇魏，立魏咎為魏王，**見前文**。平就近往謁，得為太僕。未幾有人構平，平乃走投項羽，從羽入關，受官都尉。至此復西歸漢王，言聽計從，指揮如意，遂得與漢家三傑，並傳不朽了。這且慢表。

且說漢王傳集人馬，統率東征，渡過平陰津，進抵洛陽。途次遇一龍鍾老人，叩謁馬前，漢王詢明姓氏，乃是新城三老董公，年已八十有二。當即命他起立，問有何言？董公道：「臣聞順德必昌，逆德必亡，師出無名，如何服人？敢問大王出兵，究討何人？」漢王道：「項王不道，所以往討。」董公又道：「古語有言，明其為賊，敵乃可服。項羽原是不仁，但逆天害理，莫如弒主一事。大王前與羽共立義帝，北面臣事，今義帝被弒江中，遺骸委地，雖說江畔居民，撈屍藁葬，終究是陰靈未瞑，逆惡未彰。**為後文建立義帝祠塚張本**。為大王計，果欲東討項羽，何不為義帝發喪，全軍縞素，傳檄諸侯，使人人知義帝凶信，罪由項羽，然後師出有名，天下瞻仰，三王盛舉，亦不過如是了。」漢王聽說，很覺有理，遂向董公答道：「極好！極好！若非先生，寡人幾不得聞此正論了。」**足愧三傑**。當下欲留住董公，使參軍政。董公自稱老病，不求仕進，告辭而去。漢王乃為義帝舉哀，令三軍素服三日，分遣使人，齎著檄文，布告各國。文中說是：

天下共立義帝，北面事之，今項羽放殺義帝於江南，大逆無道，寡人親為發喪，諸侯皆縞素，悉發關內兵，收三河士，南浮江漢以下，願從諸侯王擊楚之殺義帝者！

第二十三回
下河南陳平走謁　過洛陽董老獻謀

　　這檄文傳報各國，魏王豹覆書請從，漢王當然作答，叫他發兵相助。魏王豹如約而來，唯漢使至趙，趙相陳餘，卻要漢王殺死張耳，方肯聽命。使人返報漢王，漢王不忍殺耳，偏從兵中尋出一人，面貌與耳相類，竟將他割下首級，仍遣原使持示陳餘。**殺一無辜而得天下，仁者不為，漢王此舉，毋乃傷仁！**餘舉首審視，已是血肉模糊，未能細辨，不過大略相似，遽以為真，因也撥兵從漢。漢得塞、翟、韓、魏、殷、趙、河南各路大兵，共計五十六萬人，浩浩蕩蕩，殺奔彭城。又恐項羽乘虛襲秦，特使韓信留駐河南，扼要防守，自引大兵東出。路過外黃，正值彭越進謁，報告殺敗楚將，收取魏地十餘城。**見前回。**漢王道：「將軍既得魏地，應該仍立魏後，魏王豹可以復位，將軍即為魏相便了。」越領命自去，漢王徑至彭城。

　　彭城裡面，守兵寥寥，所有精兵猛將，都隨項王伐齊，單剩老弱數千人，留守城中，如何抵敵數十萬大兵，當下聞風遁去，聽令漢兵入城。漢兵魚貫而進，即將彭城占住，漢王攬轡徐入，檢查項王宮中，美人具在，珍寶雜陳，不由的故態復萌，就在宮中住下，朝飲醇酒，暮擁嬌娃，享受那溫柔滋味。就是部下將士，亦皆置酒高會，歡呼暢飲，快活異常。**此時張良、樊噲想亦從軍，奈何不復進諫！**小子有詩嘆道：

樂極悲生本古箴，如何一得便驕淫！
彭城置酒尋歡夜，錦帳沉沉禍已深。

　　漢王正在縱樂，不料項王已回馬殺來。欲知兩軍勝負，且待下回敘明。

　　司馬卬之反覆無常，宜為項王所痛恨，然不能責及陳平。平之說降司馬卬，已為盡職，若卬之戰敗降漢，平亦安能預料。乃項羽無端遷怒，擬加平以連坐之罰，卒使平畏罪走漢，是何異於為叢敺爵，為淵敺魚乎？漢

得陳平，卒賴其六出奇計，以成王業，故本回特詳敘履歷，代為表揚。至若盜嫂一事，卻一再辨誣，所以維持風化，杜後人之口實，意至深也。然陳平主議東征，而未及縞素發喪之大義，反使新城遺老，叩馬進辭，是可知策士遺風，但尚詭謀，不知正道，王跡亡而亂賊興，綱常或幾乎息矣，得董公以規正之，未始非末流之砥柱也。

第二十三回
下河南陳平走謁　過洛陽董老獻謀

第二十四回
脫楚厄幸遇戚姬　知漢興拚死陵母

　　卻說彭城潰卒，奔至城陽，往報項羽。羽聞彭城失守，氣得暴跳如雷，留下諸將攻齊，自率精騎三萬人，倍道回援。由魯地出胡陵，徑抵蕭縣。蕭縣東南，有漢兵數營紮住，本由漢王遣使防羽，營中亦不甚戒備。誰知項王黍夜到來，時正黎明，全營將士，方才睡起，竟被項王麾軍突入，任意蹂躪。漢兵除被殺外，逃避一空，項王長驅直進，奔向彭城。漢王日耽酒色，宴臥遲起，眾將亦連宵醉臥，不知早晚。忽聞楚兵已臨城下，統嚇得形色倉皇，心神慌亂。當由漢王擦開倦眼，出宮升帳，調齊大隊人馬，開城迎戰。遙見項王跨著烏騅，穿著鐵甲，當先開道，挾怒前來。一聲大吼，激成異響，已令人膽顫心寒，再加楚兵楚將，都是凶悍得很，要來與漢軍拚命，奪還家室。這般毒氣，不堪逼近，漢將亦曉得厲害，不得已向前爭鋒。戰一合，敗一合，戰十合，敗十合，那項王復親自動手，執著一竿火尖槍，左右亂搠，無人可當，突然間衝入漢陣，挑落數將，竟向漢王馬前，狂殺過來。樊噲等慌忙攔截，統不是項王對手，紛紛倒退。漢王也覺心慌，但恐項王殺到，只好拍馬返奔，才走數步，回顧大纛，已被項王槍尖撥倒。大纛為全軍耳目，一經倒地，軍士自然亂竄，漢王不暇顧及，只好落荒奔去，沒命亂跑。眾將亦各走各路，無心保護漢

第二十四回
脫楚厄幸遇戚姬　知漢興挤死陵母

王。項王從後追擊，殺得昏天黑地，日色無光，漢兵都從谷泗二水旁，逃將過去，前走的自相踐踏，後走的都遭屠戮，慘死至十餘萬人。還有三四十萬人馬，南竄入山，又為楚兵所追，殺斃了好幾萬。餘眾至靈壁縣東，競渡睢水，水中溺死了許多，岸上擠落了許多，約莫有十多萬人，隨波漂積，睢水為之不流。**前日喝得好酒，今日要他去吸清流了。**

漢王逃了一程，竟被楚兵追及，圍至三匝。自顧隨身士卒，止數百騎，如何衝突得出？不禁仰天長嘆道：「我今日死在此地了！」語尚未畢，忽天上狂風大作，飛砂走石，拔木揚塵，自西北吹向東南，遍地昏冥，好似夜間一般。楚兵既站立不住，又咫尺不辨爾我，只得退回。漢王乘間脫圍，覓路再走。行了數里，後面又有楚兵追來，回望楚將面目，很是熟識，便高聲呼道：「兩賢何必相厄？不若放我逃生！」說罷，又掉頭急奔，卻好後面的楚將，停住不追，竟自回去。這楚將叫做丁公，聞得漢王稱為賢人，就樂得賣個人情，收兵還營。**誰知後來竟致隕首！**因此漢王復得脫走。自思距家不遠，不如趁便回家，搬取老父嬌妻，免落楚兵毒手，當下馳至豐鄉，走近家門，但見雙扉緊閉，外加封鎖，禁不住吃了一驚，慌忙查問四鄰，俱云不知去向。那時子影徘徊，躊躇了好多時，諒想無從追尋，只好縱轡自去。

行行復行行，倏已走了數十里，日色已經西沉，漸覺得飢寒交迫，疲乏不堪。本擬下馬休息，又恐楚兵追來，未便小憩，沒奈何垂頭喪氣，向前再走。又過了好幾里，遙聞有犬吠聲，料知前面定有村落。及抬頭一望，果見前面有一樹林，從林隙處露出燈光，隱隱有村落出現，**摹寫有致。**當即策馬前進，想到村中借宿。事有湊巧，適與村內老人相遇，不得不殷勤問訊，求宿一宵。老人見漢王容止，不同凡人，因就引至家中，延令上坐，叩明姓氏。漢王也不諱言，講明實跡。老人說道：「老朽不知駕

到，有失遠迎！今因里中有喜慶事，夜宴歸來，得遇大王尊駕，不勝榮幸。」說著，便向漢王下拜。漢王忙即扶起，且轉問老人家世，老人道：「老朽姓戚，係定陶縣人，前因秦、項交兵，避亂至此，當時妻子流離，俱皆喪失，現只小女隨著，權藉此地寓居，亂世為人，不如太平為犬，說也可憐。」言下甚是慘沮。漢王已飢腸轆轆，急欲求食，向老人說道：「此處有無酒飯可沽？」老人道：「此地乃是僻鄉，並無市鎮，大王如不嫌簡褻，寒家尚有薄酒粗餚，可以上供。」漢王不待說畢，連忙說好。老人即傳聲入內，叫他女兒整備酒飯。約閱一時，便有一個二九佳人，攜著酒食，姍步來前，漢王瞧著，雖是衣衫樸陋，卻也體態輕盈，免不得稱羨起來。老人命女放下酒餚，便向漢王行禮。漢王起身相答，那戚女盈盈拜畢，轉身返入。老人遂與漢王酌飲，漢王連飲數觥，愁腸漸放，娓娓言情，且問戚女曾否字人。老人道：「小女尚未許字。前有相士談及，謂小女頗有貴相，今日大王到此，莫非前緣注定，應侍大王巾櫛，未知大王尊意如何？」漢王道：「寡人逃難到此，得蒙留宿，已感盛情，怎好再屈令嬡為姬妾哩？」**也要做作。**老人道：「只怕小女不配侍奉，大王何必過謙！」漢王乃說道：「既承老丈美意，我即領情便了。」當下解交玉帶，作為聘禮。老人復喚女出拜，女靦腆出來，含羞斂衽，受了玉帶。並由老人叫她斟酒，捧獻漢王，漢王一飲而盡。至戚女斟至第二杯，漢王就命戚女酬飲，戚女也不固辭，慢慢兒的喝乾，這便算做合卺酒了。既而戚女復入內取飯，出供漢王，漢王又吃了一飽。夜色已闌，老人卻甚知趣，便令該女陪著漢王，入室安寢。漢王趁著酒興，挽女同宿。戚女年已及笄，已解雲情雨意，且終身得侍漢王，可望富貴，不如曲意順承，由他寬衣解帶，擁入衾中。兩情繾綣，一索得男，居然是結下珠胎，不虛此樂了。**為生子如意張本，戚女想做妃嬪，誰知後來竟為人彘！**

第二十四回
脫楚厄幸遇戚姬　知漢興扐死陵母

詰旦起床，出見戚公，吃過早膳，漢王即欲辭行。戚公父女，苦留漢王再住數日，漢王道：「我軍敗潰，將士等不知所在，我何能在此久留？且容我往收散卒，待有大城可住，當來迎接老丈父女，決不爽約！」戚公乃不好強留，送別漢王，只有戚女格外生感，僅得了一宵恩愛，偏即要兩地分離，怎得不蹙損眉尖，依依惜別！漢王到了此時，也未免兒女情長，英雄氣短，臨歧絮語，握著戚女的柔荑，戀戀不捨。結果是硬著心腸，囑咐了一聲珍重，出門上馬，揚鞭徑去。

走了多時，忽見塵頭起處，約有數百騎馳來，他恐防是楚兵，急忙藏入林中，偷眼窺著。待來騎已近，方認得是自己人馬，當先一員將弁，不是別人，就是部將夏侯嬰。時嬰已受封滕公，兼職太僕，常奉王車。彭城一戰，嬰亦隨著，唯因戰敗以後，漢王舍車乘馬，倉皇走脫，所以與嬰相失。嬰保著空車，突出楚圍，四處找尋漢王，走了一夜有餘，方得與漢王相遇。漢王見是夏侯嬰，自然放膽出來，嬰即下馬拜見，具述經過情形，且請漢王換馬登車。漢王依了嬰言，改坐車上，由嬰跨轅隨行。沿途見有難民，紛紛奔走，就中有一幼童，一幼女，狼狼同行，屢顧車中，夏侯嬰眼光靈警，一經瞧見，似曾相識，便語漢王道：「難民中有兩個孩兒，好似大王的子女，究竟是與不是，請大王鑑察！」漢王方張目外顧，果然兩孩非別，乃是親生的子女，便命嬰叫他過來。嬰下車招呼，抱登車上，當由漢王問明情由，兩孩謂與祖父母親等，避難出奔，想來尋訪我父，途次被亂兵衝散，遂致分離，今祖父母親，已不知何處去了。漢王又驚又喜，更問及昨宵情狀，兩孩答道：「兒等已離家兩日，夜間統借宿別村。今日出門行路，偏偏撞著亂兵，祖父失散，母親等又忽然不見，幸虧遇著父親！」說到親字，淚下不止。**你的父親，昨夜卻快活得很**。漢王也為動容。

正敘談間，夏侯嬰忽驚報導：「那邊有旗幟飄揚，莫非楚兵追來麼？」漢王急著道：「快走罷！」嬰也覺著忙，自至漢王車後，親為漢王推車，向前飛奔。後面果有楚兵追至，首將叫做季布，前來趕拿漢王。漢王走一程，季布追一程，一走一追，看看將及。漢王恐車重行遲，竟將子女推墮車下。夏侯嬰見了，仍然左提右挈，把兩孩抱置車中。俄而漢王又將兩孩推落，夏侯嬰再把兩孩扶載，接連有好幾次，惹得漢王怒起，顧叱夏侯嬰道：「我等危急萬分，難道還要收管兩孩，自喪性命麼？」嬰抗答道：「這是大王親生骨肉，奈何棄去？」漢王更加懊惱，拔出劍來，欲殺夏侯嬰。**何以粗暴乃爾！**嬰閃過一旁，見兩孩覆被漢王踢下，索性令別將御車疾馳，自己伸展左右兩腋，輕輕挾住兩孩，一躍上馬，隨王走免。楚將季布，追趕不及，也只好領兵回去。

漢王見追兵去遠，稍稍放心，夏侯嬰亦策馬馳至，兩下會敘，決向下邑投奔。下邑在碭縣東，曾由漢王妻兄呂澤，帶兵駐紮。漢王與夏侯嬰挈了子女，從間道行至下邑，呂澤正派兵探望，見了漢王，當然迎入，漢王方得了一個安身的地方。已而漢將等聞王所在，陸續趨集，勢又漸振。唯調查各路諸侯消息，殷王司馬卬已經陣亡，塞王司馬欣與翟王董翳，又復降楚。韓趙河南各路殘兵，亦皆散歸。這雖是關係不小，但尚隨合隨離，不足深恨。最關緊要的，乃是漢王父太公，及妻呂氏等人，好多日不聞音信。仔細探聽，已被楚軍擄掠去了。原來太公帶領家眷，避楚奔難，子婦孫女以外，尚有舍人審食其相從。**食其亦讀為異基**。大家扮做難民，鬼鬼祟祟，從僻路潛行出去，首二日還算平安，晝行夜宿，不過稍受一些辛苦。至第三日早起，又復啟行，約越數里，適來了許多楚兵，慌忙避開。偏偏楚兵隊裡，有幾個認識太公，及漢王妻呂氏，竟一閧過來，把他兩人拘住。審食其不肯捨去，也為所拘，餘皆走散。漢王僅得子女二人，所有

第二十四回
脫楚厄幸遇戚姬　知漢興拚死陵母

兄弟親族，又俱未見，更聞得老父嬌妻，為敵所虜，生死未卜，忍不住嚎啕起來。旋經諸將解勸，勉強收淚，乃引眾轉趨碭縣，再著偵騎往探，尋問太公、呂氏音信。後來接得確音，才知二人在楚軍中，尚幸未死，只項羽視為奇貨，留作抵押，要想漢王往降。漢王怎肯身入虎口，只得暫從割捨，徐圖良策。**妻子可以割捨，老父亦可割捨嗎？**

過了數日，復接王陵哀報，乃是老母被掠，伏劍身亡，現願奉母遺命，事漢無二，誓報大仇云云。漢王聽著，悲喜交並，當下覆書勸慰，叫他節哀順變，協力復仇。一面啟節西行，道出梁地，復得楚軍進攻消息，且懼且忿，特召集將佐，商議退敵方法。將佐等甫經敗衄，未敢主戰，彼此相覷，不發一言。漢王勃然道：「我情願棄去關東，分授豪傑，但不知何人肯為效力，破楚立功，得享受此關東土地呢！」道言甫畢，即有一人接口道：「九江王英布，與楚有隙，彭越助齊據梁，兩人皆有大材，可以招致，使為我用。若大王部下，莫如韓信，大王果將關東土地，分給英布、彭越、韓信三人，彼必感激思奮，願出死力，項羽雖強，也容易破滅了。」漢王見獻計的人，就是張良，便連聲稱善，並顧問左右道：「何人能為我往說九江王，使他背楚從我？」旁有謁者隨何，**謁者二字，係秦官名，漢亦仍之**。挺身出應，自願前往。漢王乃派吏二千人，與何偕行，何即領命去訖。漢王復向韓彭兩軍，派使求援，自引兵由梁至虞，由虞至滎陽。滎陽為河右要衝，不得不就此扼住，阻楚西進。漢王命部眾屯駐城外，自入城中安歇。

才閱一宵，忽來了一員將弁，素衣素服，踉蹌趨入，拜倒漢王座前，嗚咽不止。漢王急忙審視，見是沛中故友王陵，當即離座扶起，延令旁坐。陵且泣且語道：「臣與逆賊項羽，不知有何宿世冤仇，既逼我母自殺，還要將我母遺骸，付諸鼎烹。臣憤不欲生，願大王撥助雄師，與臣偕行，

若不將賊羽碎屍萬段，誓不甘休！」漢王愕然道：「項羽竟這般殘忍麼？不但君欲報仇，就是我與君多年故交，亦當替君出力。況我的衰父弱妻，亦陷沒羽軍，存亡難料，怎好不前去救應？只恨我軍新敗，還須搜乘補闕，募兵添將，方好前去爭鋒，一鼓破賊。否則彼強我弱，彼眾我寡，再若一敗，不堪收拾了！」王陵仍然流涕，又由漢王慰諭一番，擬俟韓信等兵馬到來，便當出發。陵亦無可奈何，只好含淚拜謝。唯陵母也是個女中豪傑，何故自殺，何故被烹，小子應該補敘大略，表明烈婦情形。**補筆斷不可少**。陵母為羽所虜，羽留置軍營，脅她招降王陵，陵母不肯作書，由羽使人馳往陽夏，假傳陵母遺命，囑陵棄漢歸楚。陵料有詐謀，且亦不願降羽，乃遣歸楚使，另派心腹往楚省母，探明虛實。陵使到了彭城，無從與陵母相見，不得已進謁項羽，傳述陵言，願見陵母，羽即喚陵母出見，使他東向坐著，面諭陵使，叫陵即日來降，保全母命。陵母對著項羽面前，不便直述己見，只得支吾對付，敷衍數語。及陵使辭歸，陵母假送使為名，步出轅門。直至使人將要登車，向母拜別，陵母流淚與語道：「煩使人傳語陵兒，叫他善事漢王，漢王寬厚得民，將來必有天下，吾兒切勿顧念老婦，懷著二心，言已盡此，老婦當以死相送了。」使人尚不知陵母已具死意，還道是一時憤語，不足介懷，但說了尊體保重四字，匆匆上車。那知陵母袖中，取出一柄亮晃晃的匕首，向西叫了兩聲陵兒，便咬著牙關，把匕首向頸上一橫，喉管立斷，鮮血直噴，好一位志節高超的老母，撞倒車旁，一命歸陰去了！**比漂母更高一倍**。使人不及施救，並恐連害自身，疾馳而去。項羽正差人出視陵母，見了陵母言動等情，也為驚愕。至陵母已死，即刻入報，項羽大怒，喝令左右，舁入陵母屍首，擲置鼎鑊，用火一燒，頃刻糜爛，羽才算洩忿。但人已死去，烹亦何益？徒使王陵聞知，越加痛恨，這真叫做冤仇不解，越結越深呢。

209

第二十四回
脫楚厄幸遇戚姬　知漢興捄死陵母

　　漢王專待韓信等來援，韓信果然率兵來會，還有丞相蕭何，也遣發關中守卒，無論老弱，悉詣滎陽，人數又至十餘萬。漢王大喜，遂使韓信統軍留著，阻住楚鋒，自引子女還櫟陽。韓信究竟能軍，出與楚兵連戰三次，統獲勝仗。一次是在滎陽附近，二次是在南京地方，**南京係春秋時鄭京，與近今之江寧不同**。三次是在索城境內，楚兵節節敗退，不敢越過滎陽。韓信復令軍士沿著河濱，築起甬道，運取敖倉儲粟，接濟軍糧，漸漸的兵精糧足，屹成重鎮。漢王到了櫟陽，連得韓信捷報，放心了一大半，遂立子盈為太子，大赦罪犯，命充兵戍。太子盈年只五歲，使丞相蕭何為輔，監守關中。且立宗廟，置社稷，一切舉措，俱委蕭何便宜行事。何慨然受命，願在關中轉漕輸粟，擔任兵餉，並請漢王仍往滎陽，督兵東討。漢王依議，乃與蕭何囑別，復東往滎陽去了。小子有詩讚蕭丞相道：

　　從龍帶甲入關中，轉粟應推第一功。
　　為語武夫休擊柱，發蹤指示孰如公？

　　漢王再到滎陽，究竟如何東討，且看下回敘明。

　　漢王既入彭城，應該亟迎老父，乃耽戀美人寶貨，置酒高會，匪特不知有親，並且不知有敵，何其昏迷乃爾！睢水之敗，乃其自取，太公、呂后之被擄，亦何莫非漢王致之？況子身避難，一遇戚女，即興諧歡，父可忘，妻可棄，兄弟家族可不顧，將帥士卒可不計，而肉慾獨不可不償，漢王亦毋乃不經乎？唯當時項王暴虐，各諸侯亦不足有為，蒼蒼者天，乃不得不屬意漢王，大風之起，已有特徵。陵母以一婦人，獨能見微知著，捄死囑兒，是真一女中丈夫，非庸嫗所得同日語也。本回敘及戚姬，所以原人彘之禍，不沒陵母，所以揚彤幃之光，詳正史之所略，而懲勸之意寓於中，是亦一中壘之遺緒云。

第二十五回
木罌渡軍計擒魏豹　　背水列陣誘斬陳餘

　　卻說漢王再至滎陽，與韓信會師進討，諸將皆踴躍從命，期雪前恥。獨魏王豹入白漢王，乞假歸視母疾。漢王見他始終相從，未嘗擅返，總道是存心不貳，可無他患。況且老母有病，理應歸省，遂慨然應諾，與約後期。豹訂約而去，回到平陽，遽將河口截斷，設兵扼守，叛漢聯楚。當有人報知漢王，漢王雖然懊恨，但尚以為待豹不薄，或可勸他悔悟，免致動兵。因即召過酈食其，令他往說魏豹，且與語道：「先生善長口才，若能勸豹迴心，使我減去一敵，便是大功，我當撥出魏地萬戶，封賞先生！」酈生欣然領命，星夜馳往平陽，進見魏豹，仗著三寸不爛的舌根，反覆陳詞，曉諭禍福。偏魏豹毫不動情，淡淡的答說道：「人生世間，好似白駒過隙，若得一日自主，便是一日如願。況漢王專喜侮人，待遇諸侯群臣，不啻奴僕，今朝罵，明朝又罵，毫無君臣禮節，我不願與他再見了。」

　　酈生說他不動，只得歸報。漢王大怒，即命韓信為左丞相，率同曹參、灌嬰二將，統兵討魏。待韓信等已經出發，又召問酈生道：「魏豹竟敢叛我，想必有恃無恐，究竟他命何人為大將？」酈生道：「聞他大將叫做柏直。」漢王掀髯笑道：「柏直口尚乳臭，怎能擋我韓信，還有騎將為誰？」酈生又答是馮敬。漢王道：「敬係秦將馮無擇子，頗有賢名，惜少策

第二十五回
木罌渡軍計擒魏豹　　背水列陣誘斬陳餘

略，也不能擋我灌嬰，此外只有步將了。」酈生接入道：「叫做項它。」漢王大喜道：「這也不能擋我曹參，我可無慮了！」**料事如見**。遂放下愁腸，靜待韓信軍報。

韓信等到了臨晉津，望見對岸統是魏兵，不便徑渡，乃擇地安營，趕辦船隻，與魏兵隔河相距，暗中卻派遣幹員，探察上流形勢。未幾即得探報，謂對河統有魏兵守著，唯上流的夏陽地方，魏兵甚少，守備空虛。韓信聽著，便已想得破敵的計策，先召曹參入帳，囑令引兵入山，採取木料，不論大小，儘可合用，但教從速為妙，參受令而去。繼又召入灌嬰，叫他派遣兵士，分往市中，購取瓦罌，每罌須容納二石，約數千具，即日候用，不得少延。灌嬰聽了，不禁疑訝起來，便問韓通道：「瓦罌有何用處？」韓通道：「將軍不必急問，但教依令往辦，自可建功。」嬰尚是莫名其妙，只因軍令難違，不得不如言辦理。才閱兩日，參與嬰先後繳令，各將木料瓦罌，一律辦齊。信又取出一函，交與兩人，命他自去展閱。兩人受函出帳，拆視函中，乃是叫他製造木罌。這木罌的造法，係用木夾住罌底，四圍縛成方格，把繩絆住，一格一罌，兩格兩罌，數十格即數十罌，合為一排，數千罌分做數十排。製成以後，再行請令。灌嬰道：「渡河須用船隻，現在船已漸集，何故要造這木罌？真正奇事！」**故作疑幻，令人不測**。曹參道：「想元帥總有妙用，我等且監督工兵，依法製就便了。」於是日夜趕造，不到數日，已將木罌製齊，因即請令定奪。韓信親自驗畢，待至黃昏，留兵數千，使灌嬰帶著，但準搖旗擂鼓，守住船隻，不得擅自渡河，違令斬首。灌嬰唯唯受教。**這卻是個美差**。信卻與曹參督同大兵，搬運木罌，黍夜行抵夏陽，即將木罌放入河中，每罌內裝載兵士兩三人，卻也四平八穩，不致傾覆。兵士就在罌內，用械划動，自然移去。信與曹參亦下馬就罌，一同渡河。好容易到了對岸，並皆躍登陸地，整隊前行。

那魏將柏直等人，但扼住臨晉津，不使漢兵得渡。嗣聞漢兵陳船吶喊，越加小心防守，一步兒不敢他去。就是魏王豹亦注意臨晉，不及夏陽。因為夏陽平日，向無船隻，勢難徒涉，所以置諸度外，絕不過問。誰知韓信竟用木罌渡軍，無阻無礙，直至東張，才見有魏兵營盤，擋住大道。曹參拍馬舞刀，竟向魏營殺入，漢兵當然隨上。魏將孫遫，倉猝抵敵，終落得大敗虧輸，向北竄去。曹參乘勝直入，進薄安邑，守將王襄，出城迎戰，甫經數合，即被曹參賣個破綻，讓他劈來，輕身一閃，彼落空，此得勢，順手牽住絲絳，活擒下馬，擲付部軍。魏兵見主將被擒，何人再敢抵敵？或逃或降，安邑城空若無人，遂由曹參引兵占住。韓信也即進城，犒賞將士，再擬入攻魏都。

　　魏都就是平陽。魏王豹居住都中，連線東張、安邑敗耗，驚慌的了不得，遂差人追回柏直等軍，自率親兵出都，堵截漢軍。到了曲陽，剛遇漢軍殺來，當即擺開兵馬，與他交戰。漢軍已經深入，自知有進無退，奮不顧身，俗語說得好，一夫拚命，萬夫莫當，況大眾不下數萬，又有韓信、曹參兩將帥，前後指麾，憑他如何勁敵，也是不能支持。魏王豹既無韜略，又乏精銳，眼見得有敗無勝，向北亂逃。漢兵用力追趕，馳抵東垣，復將魏豹圍住。豹冒死衝突，總不得出，韓信知豹窮蹙，傳語魏兵，叫他早降免死。魏兵棄甲投戈，都稱願降。魏豹窮極無奈，也顧不得面子，只好下馬伏地，束手受擒。**卻不怕漢王辱罵麼？**

　　韓信把豹囚入檻車，直抵平陽城下，便令曹參押豹出示，曉諭守兵，叫他出降。守兵瞠目伸舌，無心抵禦，樂得舉城奉獻，保全性命。韓信、曹參，依次入城，下令兵民，一體赦宥，唯將魏豹家眷，盡行拿下，與豹一同繫著。會值魏將柏直等引兵回援，途次聞得漢軍襲入，連破城邑，並魏王亦被擒去，統嚇得不知所為。可巧韓信著人招降，指示一條生路，大

第二十五回
木罌渡軍計擒魏豹　背水列陣誘斬陳餘

眾無法可施，沒奈何走到平陽，跪降了事。**魏將全然無用，果如漢王所料**。韓信召到灌嬰，令與曹參分徇魏地，各處城邑，無不歸附，魏地大定。信欲乘便擊趙，留兵不返，但將魏豹全家，悉數解往滎陽，聽候漢王發落。自請添兵三萬人，往平趙國，且言從趙入燕，從燕入齊，東北既平，方好專力擊楚，南下會師。**卻是絕大計畫**。漢王允如所請，立撥部兵三萬，使張耳帶去，會同韓信等擊趙。一面提入魏豹，拍案大罵，意欲將豹梟首，慌得豹匍匐座前，頭如搗蒜，乞貸死罪。**虧他一張老臉皮**。漢王轉怒為笑道：「量汝這等鼠子，有何能力！我今日不妨饒汝，權給汝首，汝若再有異心，族誅未遲。」豹又叩了幾個響頭，方才退出。

　　漢王又命將魏豹家眷，除老母年邁不能充役外，餘皆沒入為奴。豹妾薄姬，姿容最美，發往織室作工。後來被漢王瞧見，頗覺中意，又把她送入後宮。說將起來，這個薄姬卻與漢魏大有關係。姬母薄氏，本為魏國宗女，魏為秦滅，流落他鄉，與吳人薄姓私通，儼成夫婦，生下一女，出落得裊裊婷婷，齊齊整整。魏豹得立為王，薄女已經及笄，夤緣入宮，得為豹妾。時有河內老嫗許氏，具相人術，言無不中，世人稱為許負。**負與婦通，注見前文**。豹聞許負善相，特召她進來，遍相家屬。許負看到薄女，不勝驚愕道：「將來必生龍種，當為天子。」豹亦驚喜道：「可真麼？試看我面，應該如何結果。」許負笑說道：「大王原是貴相，今已為王，尚好說是未貴麼？」**句中有眼**。豹聽到此語，料知自己不過為王，唯得子為帝，勝如自為，倒也歡喜得很。當下厚贈許負，送她歸家，且格外寵愛薄女，幾與正室無二。就是興兵背漢，也為了許負一言，激成變志。他想有子為帝，必須由自身先立基業，方可造成帝系。若儘管臣事漢王，如何獨立，如何貽謀，所以決意叛漢，負嵎自雄。**子尚未生，便作痴想，安得不敗，安得不亡**。偏偏痴願難償，反致國亡家破，那相親相愛的薄家女，竟被漢

王攫去，罰作宮妃。薄女也自傷薄命，身為罪人，充當賤役，始居織室，繼入漢宮，終不見有意外幸事，只得死心塌地，做個白頭宮人，便算了卻一生。那知過了年餘，竟得了一個夢兆，乃是蒼龍據腹，大驚而寤。默思此夢主何吉凶，一時也無從詳起。越宿起床，並無徵驗，遲至夜間，忽接內使宣召，叫她入侍，不得不略略整妝，前去應命。及見過漢王，在旁侍立，漢王方在酣飲，一雙醉眼，注視了好幾回，等到酒後撤餚，竟將她扯入內寢，要演那高唐故事，此時身不由主，任所欲為，到了交歡的時候，薄女始將昨宵夢兆，告知漢王。漢王道：「這是貴徵，我今夕就與汝玉成了。」說也奇怪，薄女經過一番雨露，便得懷胎，十月滿足，果生一男，取名為恆，便是將來的漢文帝。只晦氣了一個魏王豹，求福得禍，一敗塗地。可見人生遇合，都有命數，切勿可過信術士，癡心妄想呢！**喚醒世夢**。閒話休表。

　　且說韓信寓居平陽，籌備伐趙，可巧張耳帶兵到來，與信會師，信遂合兵東行，進攻代郡。這伐趙的原因，係由趙相陳餘，本已出兵從漢，自漢王為楚所敗，趙兵散歸，報稱張耳尚存，頓時惱動陳餘，復與漢絕和。**張耳詐死見二十三回**。韓信援為話柄，責趙背漢，因此長驅攻代，直抵閼與。代為陳餘受封地，餘留輔趙王，用夏說為代相，使他居守。**見二十一回**。說聞漢兵已至閼與，距代城不過數十里，當即引兵出敵，與漢兵前隊相遇。漢先鋒將乃是曹參，躍馬持刀，直指夏說，說亦持刀相迎。戰了一二十合，參虛晃一刀，拍馬就走，漢兵亦返身同奔。**明明是詐**。說麾兵大進，迤邐追趕，約行了二十多里，忽兩面喊聲大起，左有灌嬰，右有張耳，兩路兵殺出，沖斷代兵，再經曹參引兵殺回，三面夾攻，代兵大敗，說慌忙遁還。偏漢兵不肯罷手，從後急追，走至鄔東，已被曹參追及，刃傷說馬後股，馬負痛倒地，把說掀翻，便為漢兵所擒。參勸說投降，說反

第二十五回
木罌渡軍計擒魏豹　背水列陣誘斬陳餘

罵漢欺人無信，激動參怒，手起刀落，把說劈下頭顱，因即攻入代城。

安民已畢，就去迎接韓信。信立即至代，再擬移兵入趙。適有漢王使命到來，調回將士，助守敖倉，信乃使曹參南還。參道出鄔城，為趙將戚將軍所阻，一場惡鬥，力把戚將軍劈死，方得打通路徑，還詣敖倉去了。唯韓信麾下，要算參最為智勇，所領部曲，亦皆善戰。參既南下，部眾當然隨去，信不得不募兵補闕，好容易招添萬人，驅往擊趙。沿途探聽趙兵消息，先後接得探報，各稱趙兵據井陘口，差不多有二十萬人。信素知井陘口的險要，未便輕進，約距井陘口三十里外，停兵下寨，再遣細作往覘虛實，然後進兵。

是時趙已知代地失守，格外嚴防，所以扼險固守，阻住漢軍。有謀士廣武軍李左車，進說陳餘道：「韓信、張耳，乘勝遠鬥，鋒不可當。但臣聞千里饋糧，士有飢色，樵蘇後爨，師不宿飽，他敢遠道至此，必利在速戰。好在我國門戶，有井陘口為阻，車不得方軌，騎不得成列，彼若從此處進兵，勢難兼運糧草，所有輜重，定在後面。願假臣三萬人，由間道潛出，擷取彼糧，足下但深溝高壘，勿與交鋒，彼前不得戰，後不得還，野無所掠，何從得食，不出十日，兩將首級，可致麾下！否則，雖有險阻，不足深恃，恐反為二子所擒了！」**左車之計，足以守趙，若必謂足擒信耳，亦覺過誇。**陳餘本是書生出身，見識迂拘，嘗自稱為義兵，不尚詐謀，因辭退李左車，屏絕勿用。

事為韓信所聞，暗暗心喜，遂傳入騎都尉靳歙，囑他如此如此。待靳歙去後，又召左騎將傅寬，及常山太守張蒼，亦授以密計，令他分頭去訖。自己待至夜半，拔寨起行，及抵井陘口，天色微明，只令裨將分給乾糧，叫全軍暫時果腹，且傳諭大眾道：「今日便好破趙，待成功後，會食未遲。」將士等統皆疑訝，但亦不敢細問，只好齊聲應令。**卻是奇怪。**信

又挑選精兵萬人，叫他渡過泜水，揹著河岸，列陣待著。趙軍望見背水陣，不禁竊笑，就是漢將等亦皆驚疑。只韓信平日兵謀，往往令人不測，所以依令照行，未敢有違。信復笑語張耳道：「趙兵據險立營，未見我大將旗鼓，故堅持不動。我當與君同往，親去督攻，使彼奪氣，彼自然退去了。」耳亦未以為然，勉從信言，相偕渡河。信即命軍士揚旗示眾，伐鼓助威，大模大樣的闖入井陘口。

早有趙卒報達陳餘，餘大開營門，麾兵出戰。兩下交綏，趙兵仗著勢眾，一擁上前，來圍韓信、張耳。信呼耳急走，且令軍士拋去帥旗，擲去戰鼓，一齊返奔，馳還泜河。**顯是詭謀**。陳餘部眾得勝，自然併力追擊，還有居守營內的趙兵，也想乘勢邀功，竟把趙王歇都擁了出來，掠取漢軍旗鼓，揚揚得意，譁聲如雷。那時韓信等已退到泜河，陳餘等亦皆追至。泜河上面，本有漢軍列著，納入韓信、張耳，出拒陳餘。韓信下令軍中，決一死戰，退後立斬。漢兵本無退路，就使沒有號令，也只可拚死求生。當下奮力拒戰，爭先殺敵，自辰牌鬥至午牌，不分勝負，陳餘恐部眾腹飢，不能再戰，乃收軍回去。不料到了半途，遙見營中旗幟，都已變色，一張張的隨風飄動，好似紅霞散彩，燦爛異常。及仔細辨認，分明是漢軍赤幟，不由的魂馳魄喪，色沮心驚。正在慌張的時候，刺斜裡突出一軍，乃是漢左騎將傅寬，引兵殺來。餘急忙對敵，且戰且走，忽又有一路人馬，兜頭攔住，為首統將，係漢常山太守張蒼，嚇得餘不知所措，反從後面倒退。張蒼、傅寬，合兵趕殺，卻故意不去夾擊，唯把餘逼回泜水。餘軍不顧前後，但教有路可逃，走了再說。餘明知泜水旁邊，駐有漢軍，此去乃是一條絕路，自往尋死，為此喝止部眾，飭令死戰，偏部眾已無鬥志，不肯聽令，只管狂奔。餘不覺怒起，命部將連殺數人，越殺越逃，越逃越亂，連餘亦只好跟著，不能獨返。看看泜水將近，心下愈急，忽來了

第二十五回
木罌渡軍計擒魏豹　背水列陣誘斬陳餘

一個冤家，驅兵亂斫，先將餘轟砍翻，繼即將餘圍住。餘沒甚武力，怎能自脫，即被來兵殺死。這來兵中的主將，究是何人？看官聽著，就是前時刎頸交張耳！殺人不殺己，想也好算是刎頸交。

餘既被殺，趙兵除逃去外，悉數降漢。張耳還報韓信，且請往拿趙王歇，信微笑道：「公得斬陳餘，大功已立，那擒拿趙王歇的功勞，就讓與別人罷了。」言未畢，已由靳歙部下，押到一個俘虜，張耳瞧著，俘虜非他，正是趙王歇，又喜又驚。韓信令推歇至前，問了數語，歇默然不答，由信喝令斬訖。當有將士奉令，牽歇出外，梟首覆命。趙君臣統皆授首，趙地自平。

唯諸將雖得大捷，卻看了韓信用兵，好似神出鬼沒，無從捉摸，各欲向信問明。好在功成以後，應該入賀，就趁那賀捷的機會，請教玄機。正是：

欲知妙計平強敵，要待明言示暗機。

究竟韓信如何答說，且至下回再詳。

本回敘述韓信兵謀，說得迷離惝恍，不可究詰。迨一經揭出，始知韓信用兵，確有神出鬼沒之妙。謀固奇而筆亦奇，以視正史中之直言記載，趣味何如！夫正史尚直筆，小說尚曲筆，體裁原是不同，而世人之厭閱正史，樂觀小說，亦即於此處分之。然或向壁虛造，與正史毫不相符，則又為荒誕無稽，何關學術。試看本回之演述木罌渡軍，背水列陣，於史事有否不同？不過化正為奇，較足奪目，能令閱者興味不窮，是即歷史小說之特長也。中插薄姬一段，更於陣雲戰雨之中，關出風流佳話，尤足生色。且事關漢魏興亡，不可不敘，文以載事，即以道情，吾於是書亦云。

前漢演義——從計獻美姬至誘斬陳餘

作　　　者：	蔡東藩	
發 行 人：	黃振庭	
出 版 者：	複刻文化事業有限公司	
發 行 者：	複刻文化事業有限公司	
E-mail：	sonbookservice@gmail.com	
粉 絲 頁：	https://www.facebook.com/sonbookss	
網　　　址：	https://sonbook.net/	
地　　　址：	台北市中正區重慶南路一段 61 號 8 樓	

8F., No.61, Sec. 1, Chongqing S. Rd., Zhongzheng Dist., Taipei City 100, Taiwan

電　　　話：(02)2370-3310
傳　　　真：(02)2388-1990
印　　　刷：京峯數位服務有限公司
律師顧問：廣華律師事務所 張珮琦律師

定　　　價：299 元
發行日期：2024 年 10 月第一版
◎本書以 POD 印製

國家圖書館出版品預行編目資料

前漢演義——從計獻美姬至誘斬陳餘 / 蔡東藩 著 . -- 第一版 . -- 臺北市：複刻文化事業有限公司 , 2024.10
面；　公分
POD 版
ISBN 978-626-7514-89-4(平裝)
857.4521　　　113014017

電子書購買

爽讀 APP　　　臉書